le double suspect

To Niels,
With affection,
Madeleine Monette
10.81

madeleine monette

le double suspect

roman

Collection dirigée par François Hébert

Couverture : d'après une maquette de Roland Giguère
Illustration : Alex Colville, *Vers l'île du Prince-Edouard,*
Galerie nationale du Canada, Ottawa.

Endos: photo de Jean-François Renaud

LES QUINZE, ÉDITEUR
(Division de Sogides Ltée)
955, rue Amherst, Montréal
H2L 3K4
tél. : (514) 523-1182

Distributeur exclusif pour le Canada :
AGENCE DE DISTRIBUTION POPULAIRE INC.
(Filiale de Sogides Ltée)
955, rue Amherst, Montréal
H2L 3K4
tél. : (514) 523-1182

Dépôt légal, 2e trimestre 1980
Bibliothèque nationale du Québec

ISBN 2-89026-222-7

à b.l.

« Je savoure le règne des formules, le renversement des origines, la désinvolture qui fait venir le texte antérieur du texte ultérieur. »

R. Barthes

rome, le 8 juin

C'était à Rome, un matin du début du mois de juin. À deux pas seulement de la Piazza Navona, nous prenions le café à la terrasse d'un bar où, les yeux encore gonflés de sommeil, des ouvriers s'arrêtaient le temps d'enfiler en vitesse un espresso sirupeux et fumant. De la terrasse, nous ne pouvions apercevoir que leurs silhouettes molles et arrondies. Et, tandis que le patron faisait glisser l'une après l'autre les tasses de porcelaine blanche sur le comptoir reluisant, il était facile de deviner qu'ils suivaient machinalement des yeux le moindre de ses gestes et le moindre de ses mouvements. Accoudés au bar en silence, ils semblaient littéralement hypnotisés par cet homme rougeaud et grassouillet, à la chevelure patinée et au visage déjà couvert de sueur malgré l'heure matinale.

C'était à l'heure où, après avoir ouvert toutes grandes les portes de leurs boutiques, les marchands s'immobilisent quelques instants sur le trottoir pour saluer, les poings sur les hanches, quelques rares voisins qui se rendent au travail d'un pas pressé. C'était aussi à l'heure où, la tête enroulée dans un fichu de coton noir, des femmes rondes et fortes repoussent d'un geste brusque les volets colorés de leurs appartements douillets et sombres pour y laisser pénétrer d'un seul coup une lumière grise et tendre, une lumière encore diffuse et lourde d'humidité. Après cette brève apparition dans l'encadrement d'une fenêtre, on les voit parfois sortir un seau d'eau à la main et répandre d'un geste vigoureux et circulaire le contenu de ce seau sur les dalles poussiéreuses du trottoir. Bref, c'était à l'heure où la ville a déjà repris son souffle.

Manon était très belle ce matin-là. Elle sortait à peine de la douche, ses cheveux encore humides s'emmêlaient sur ses épaules un peu maigres et collaient à sa nuque tandis que sa peau, reluisante et dorée, semblait presque élastique au soleil. Comme tous les jours depuis qu'elle était à Rome, elle était habillée d'un jean beige et d'une mince camisole de coton blanc, recouverte d'un chemisier bleu très ample qu'elle portait sur le bord de ses épaules et qui retombait mollement vers l'arrière. L'ouverture de son chemisier laissait apercevoir, sous la minceur de sa camisole, la couleur légèrement plus foncée de la pointe de ses seins. Dans la trentaine, avec un corps d'adolescente, Manon avait adopté l'attitude d'une jeune voyageuse décontractée, mais ses doigts nouaient et dénouaient nerveusement un long collier rose qui, enroulé autour de son cou, s'allongeait entre ses seins jusqu'à son ventre. Et je sentais bien que son calme n'était qu'apparent. Tandis qu'elle cherchait à rattraper du bout de son pied droit une de ses sandales qui avait glissé sous la table, elle parlait doucement et le ton de sa voix donnait à notre conversation toute l'intimité du murmure. Ses lèvres bougeaient à peine, et le reste de son visage était figé dans un sourire étrange, presque suspendu, comme s'il s'était accroché là par erreur. Je regardais ses yeux et, surtout, les rides qui s'ouvraient en éventail à l'extrémité de chacun d'eux et qui avaient tracé, dans sa peau brunie par le soleil, de minuscules sillons blancs, des plis creux et délicats dont la vue avait pour moi quelque chose d'attendrissant. Je ne la connaissais pas beaucoup, mais je la devinais suffisamment pour soupçonner que quelque chose n'allait pas.

Manon allait me quitter quelques instants plus tard. Elle devait se rendre à Munich pour rejoindre un homme qu'elle disait aimer et pour lequel elle prétendait éprouver des sentiments nouveaux et, de ce fait, inquiétants. Mais dans sa voix, aucune exaltation, aucune excitation : rien qu'une douceur presque résignée qui me faisait croire qu'elle ne consentait qu'à rebours à prendre de nouveau le risque de se lier avec quelqu'un.

Manon n'en était certes pas à sa première aventure ni à son premier amant exotique. Elle était généralement plutôt discrète et réservée sur cette question mais, comme elle s'était déjà confiée à moi à quelques reprises, je savais que plusieurs hommes avaient déjà défilé dans sa vie. Et je savais aussi qu'ils n'avaient fait que *défiler.* À peine arrivés, ils étaient repartis, et j'imaginais qu'ils avaient refermé bien doucement la porte derrière eux. Manon, j'en étais sûre, devait inspirer cette sorte de douceur. Mais tout en la regardant, assise à cette terrasse et les jambes maintenant complètement allongées sous la table, je me disais qu'en réalité je n'avais eu droit, depuis que je la connaissais, qu'à très peu de confidences de sa part. Manon n'était pas du genre à vous raconter l'histoire de sa vie et, en trois mois, je n'avais appris que bien peu de choses à son sujet. Or nous étions sur le point de nous séparer, et j'en étais triste. Pourtant je ne pouvais pas lui reprocher de m'avoir injustement tenue à l'écart de sa vie privée car, si elle avait toujours adopté avec moi la même attitude un peu secrète et réservée, elle ne m'avait rien épargné concernant ses aventures passagères, ses histoires de séduction, ses nuits passées ici ou là et ses déceptions d'éternelle célibataire. Mais j'avais la conviction que tout cela ne comptait pas pour elle et que c'était précisément pour cette raison qu'elle n'avait jamais hésité à m'en parler.

Or, cette fois-ci, Manon semblait s'être engagée dans une aventure différente. Il s'appelait Hans, et elle l'avait rencontré en Yougoslavie sur une plage située à quelques kilomètres de Dubrovnik. Ils avaient passé deux semaines à se regarder dans les yeux, étendus au soleil, puis Hans était retourné en Allemagne, tandis que Manon, fidèle au rendez-vous que je lui avais fixé, était venue me rejoindre à Rome.

Elle et moi devions nous rencontrer dans un hôtel de la Via Veneto mais, craignant que l'hôtel ne fût complet au moment de son arrivée, je lui avais aussi donné rendez-vous, à date et à heure fixes, dans un petit restaurant italien que j'avais pris l'habitude de fréquenter lors de mon premier séjour à Rome. Or, après avoir constaté à regret que l'hôtel dont je lui avais indiqué le nom avait subi les contrecoups de l'inflation et qu'il n'était plus à la mesure de mon portefeuille, je m'étais installée à quelques rues de là, à la Pension Walder, chez deux vieilles dames un peu séniles mais charmantes. Quant à Manon, à peine avait-elle visité l'hôtel qu'elle s'y était louée une chambre avec vue sur les platanes et les boutiques luxueuses de la Via Veneto. Nous habitions donc à deux adresses différentes, mais cela n'avait aucune importance puisque notre séjour à Rome devait être de courte durée. Quelques jours plus tard nous devions en effet prendre le train pour Naples et, de là, un bateau pour Palerme. Le reste de notre itinéraire était encore incertain. Il n'était cependant pas impossible qu'en quittant la Sicile nous prenions un autre bateau en direction de Tunis et de la côte nord de l'Afrique.

Toutefois, il a bien fallu que je me rende à l'évidence : quelque chose avait bouleversé nos projets. Je ne savais encore rien de ce qui s'était passé entre elle et Hans, mais je savais qu'à son arrivée à Rome, Manon n'était pas dans son état normal. Son attitude surtout me semblait étrange car, lorsqu'il était question de fixer la date de notre départ pour Naples, Manon contournait toujours le sujet d'une façon franchement évasive et maladroite. De plus, lorsque je la questionnais sur son séjour en Yougoslavie, elle me répondait toujours d'une façon tellement embarrassée et incertaine que, si j'avais pu douter un seul instant de sa sincérité, j'en serais probablement arrivée à croire qu'elle me mentait. Mais elle ne m'avait pas encore parlé de Hans et j'ai cru comprendre par la suite que ses remarques évasives n'avaient eu pour but que de me dissimuler l'aventure qu'elle avait eue avec lui.

Petit à petit, j'avais donc cessé de la questionner en me disant que je finirais bien par découvrir, un jour ou l'autre, les raisons de son malaise et de ses hésitations. Nous marchions donc dans les rues de Rome du matin jusqu'au soir et, après la tombée de la nuit, nous nous séparions jusqu'au lendemain. Quelques jours se sont ainsi écoulés jusqu'à ce que, à ma grande surprise, Manon me fasse part de son intention d'aller à Munich.

C'est alors que j'ai cru tout comprendre : Manon avait rencontré Hans en Yougoslavie et, au moment de son arrivée à Rome, elle ne savait plus si elle devait aller le rejoindre à Munich, ou alors faire avec moi le voyage que nous avions projeté depuis plus d'un mois déjà. Craignant peut-être de me décevoir mais, plus certainement, de s'engager dans une nouvelle relation amoureuse, elle avait pris tout son temps et ne m'avait fait part de sa décision que lorsqu'elle avait été convaincue de savoir ce qu'elle voulait. Tant qu'elle avait hésité entre Hans et moi, entre l'Allemagne et, peut-être, les pyramides d'Égypte, elle avait préféré ne rien me dire et me faire subir d'un jour à l'autre les contrecoups de son indécision. Elle avait donc oscillé entre Hans et moi, mais derrière Hans, il était facile d'imaginer des dizaines d'aventures qui, toutes, avaient dû se terminer exactement de la même façon. Manon avait fini par se lasser en peu de temps et avait mis fin sans rien brusquer, à chacune de ses liaisons. Pas de crise, pas de scène de rupture, mais toujours le même processus de distanciation accélérée. Manon disait d'ailleurs qu'elle n'avait aucune disposition pour les amours durables, mais elle ne s'en plaignait jamais. Hans lui avait proposé de venir à Munich et il avait dû la quitter sans avoir obtenu d'elle aucune réponse définitive. Arrivée en Italie, Manon s'était donné du temps pour réfléchir et, tandis que j'ignorais l'objet de ses préoccupations, je m'étais contentée de la suivre dans les rues de Rome, un plan de la ville dans une main et un appareil photographique dans l'autre. Nous avions refait ensemble le trajet du parfait touriste, mais j'aurais pu être sa dame de compagnie ou son chauffeur, que la situation n'aurait pas été tellement différente. J'avais partagé ses repas, ses promenades dans les jardins de la Villa Borghese et ses visites au musée mais, toujours, j'avais eu l'impression désagréable de la suivre, et de la suivre seulement, dans ses moindres déplacements et changements d'humeur. Ma présence lui semblait à la fois indifférente et nécessaire, comme si elle n'avait pas pu supporter d'être seule tout en étant incapable de partager avec qui que ce soit le fil de ses pensées. En fait Manon se souciait peu de moi, et je ne pouvais pas m'empêcher de lui en vouloir. Puis, usant de toute la délicatesse dont elle était capable et s'excusant de ne pas m'en avoir parlé plus tôt, elle m'avait finalement fait part de sa décision la veille même de son départ. Hans l'avait emporté sur toutes ses hésitations, sur tous nos projets et (il me faut le formuler ainsi malgré le malaise que j'en éprouve) *sur moi*. Manon allait partir pour Munich.

Et nous étions là à prendre un dernier café à la terrasse d'un bar, remplies de cette affection que nous éprouvions l'une pour l'autre et qui tout à coup nous paraissait gênante. Manon cherchait de nouveau à rattraper du bout du pied l'une de ses sandales qui avait glissé sous la table, et je ne pouvais pas m'empêcher de comparer notre situation à celle de deux amants qui, se connaissant à peine, ne trouvent rien à se dire au moment du départ que des choses banales et sans importance, tout envahis qu'ils sont d'images et de souvenirs qui les prennent à la gorge et dont ils n'osent pas parler parce que ça ne servirait à rien. Mon affection pour Manon s'était mise à tourner à vide. J'allais faire sans elle le voyage que nous avions projeté de faire ensemble, mais, tout compte fait, il n'y avait là rien de tragique. J'avais l'habitude de voyager seule, et la décision de Manon n'allait pas me faire renoncer à mes projets.

Le soir de son arrivée à Rome, Manon s'est donc rendue directement à l'hôtel de la Via Veneto. Nous devions nous rencontrer le lendemain soir chez Alfredo, Via della Scrofa, et elle était au rendez-vous. Quand je suis arrivée, elle était déjà là, le nez plongé dans un verre de vin et les mains étendues sur la table avec une cigarette au bout des doigts. M'ayant aperçue dans l'encadrement de la porte, elle s'est levée d'un seul coup et, l'espace d'un instant, les traits de son visage se sont adoucis. Alors elle est venue à ma rencontre, m'a serrée dans ses bras, puis elle s'est éloignée d'un pas et m'a inspectée des pieds à la tête en me disant que j'avais l'air plus en forme que jamais, qu'elle était heureuse de me voir et qu'il fallait fêter ça. Elle avait les yeux brillants, les joues roses, et son haleine était lourde d'une odeur de tabac et de vin mêlés. Son bras enroulé autour de ma taille, elle m'a entraînée vers sa table avec empressement, et à peine étions-nous assises, qu'elle avait déjà commandé une deuxième bouteille de vin. Pas un mot sur son voyage en Grèce et en Yougoslavie, mais une avalanche de questions sur moi, sur ma vie, sur les derniers romans dont j'avais été chargée de faire la critique, etc. Elle était resplendissante et un peu ivre dans sa robe de coton noir qui collait à sa peau, mais l'ivresse lui donnait une sorte d'assurance et d'exubérance qui la rendait encore plus belle à mes yeux. J'étais heureuse d'être enfin à Rome avec elle, mais heureuse surtout de savoir que nous allions bientôt partir ensemble vers le sud et le soleil de la Méditerranée.

Quelques heures plus tard, ce soir-là, nous avons quitté Alfredo dans un état d'ivresse que je qualifierais d'« avancé ». Il était déjà très tard et, tandis que nous marchions d'un pas rapide dans les rues désertes de Rome, le silence a eu vite fait de nous gagner. Lorsque j'ai dit à Manon que j'avais loué une chambre dans une petite pension située à quelques rues de la Via Veneto et que nous devions donc nous séparer jusqu'au lendemain, sa réaction m'a étonnée. Je m'attendais à la voir déçue, et elle m'a semblé soulagée.

Et maintenant nous étions assises à la terrasse de ce café où, quelques instants plus tard, nous devions nous faire des adieux. Tandis que j'attendais l'addition, Manon a glissé la clé de sa chambre d'hôtel dans ma main en me disant qu'elle avait déjà réglé la note pour toute une semaine et qu'elle tenait absolument à ce que j'emménage là-bas. Je n'avais qu'à m'y installer jusqu'au moment de mon départ pour Naples, et, bien sûr, le propriétaire de l'hôtel était déjà prévenu de mon arrivée. En fait, il m'attendait le soir même. Manon savait bien que je ne refuserais pas son offre mais, indisposée par mon silence, elle s'est mise à me décrire sa chambre qui, disait-elle, allait certainement être plus confortable que la chambre de bonne des deux vieilles de la Pension Walder. Songeant à son départ imminent, je n'étais pas intéressée à entendre ce qu'elle avait à me dire à propos des meubles et des tentures de sa chambre et, lorsqu'elle s'est tue en allongeant les mains vers moi dans l'attente d'une réponse, il ne m'est resté que le souvenir un peu flou d'une chambre plutôt vieillotte, avec une grande porte vitrée donnant sur un petit balcon de fer forgé. Et j'imaginais cette chambre avec des murs tapissés de rayures roses et beiges, et un lustre de cuivre ancien qui allait répandre, sur un grand lit de plume, une lumière tendre et diffuse, une lumière chaude et douce comme les nuits de Venise.

Manon attendait toujours ma réponse. Le regard tendu, elle se mordillait les lèvres d'impatience. « Alors, c'est oui? » Elle était visiblement anxieuse et je ne comprenais pas pourquoi elle accordait tant d'importance au fait que j'accepte ou non d'occuper sa chambre avant mon départ pour Naples. J'avais l'impression qu'elle s'en voulait d'avoir bouleversé nos projets et qu'elle m'offrait tout simplement une compensation pour se faire pardonner, mais cette explication me déplaisait. Elle n'avait pas à m'offrir une semaine d'hôtel sous les platanes de la Via Veneto comme on offre, aux perdants, un prix de consolation. Toutefois, après avoir croisé son regard qui m'implorait d'accepter, je lui ai dit que c'était d'accord et je lui ai promis d'emménager dans sa chambre le soir même. Alors, l'air satisfait, elle a ramené ses mains au creux de ses cuisses et, s'étant redressée sur sa chaise, elle a pris une dernière gorgée de café. Les lèvres pincées dans une expression de regret, elle a replié solidement mes doigts sur la clé de sa chambre d'hôtel, passé en bandoulière un petit sac de cuir rouge qui ressemblait à un sac d'écolier, puis s'est levée, prête à partir. M'ayant prise dans ses bras, elle m'a retenue contre elle pendant de longues secondes où j'ai pu sentir, dans mes cheveux, son souffle chaud et rapide. Manon partie, je suis restée là avec un goût de café sur les lèvres et une clé à la main.

Je ne devais plus jamais revoir Manon, ou plutôt, je ne devais plus jamais la revoir vivante.

Après le départ de Manon, j'ai marché longtemps dans les rues de Rome. Je me suis dirigée d'abord et sans y penser vers la Fontaine de Trévi, faisant un léger détour pour contourner le Panthéon, et m'arrêtant de temps à autre devant les vitrines des magasins. Une chaleur humide et stagnante s'installait déjà dans les rues, tandis que des marchands de glaces déambulaient lentement sur les trottoirs et autour des places publiques. La journée allait être longue et je n'avais envie de rien d'autre que de marcher. Arrivée devant la fontaine, j'ai constaté avec soulagement que le flot des touristes n'avait pas encore envahi la place. Assise sur le rebord du bassin, je revoyais des images de la *Dolce Vita* tout en m'efforçant de ne pas penser à Manon au volant de sa petite voiture de location.

Quelques instants plus tard, un groupe de touristes français est apparu sur la place. Ils étaient environ une trentaine et, tous habillés de la même façon (chemisiers rouge clair pour les femmes et jaune vif pour les hommes), ils avaient l'air d'un groupe d'écoliers attardés. Dans leurs uniformes pour touristes-ayant-peur-de-se-perdre, ils étaient tellement dociles que je n'aurais pas été surprise de les voir se tenir par la main et marcher en rangs par deux en chantant la Marseillaise. Alors je suis repartie vers la Piazza di Spagna et la Villa Borghese. Je me sentais anxieuse et, sans savoir où aller, je me disais que je n'avais plus aucune raison d'être à Rome. Je n'avais qu'une idée en tête: prendre le train pour Naples dès le lendemain matin à la première heure et ne plus penser à Manon. Je la voyais rouler sur l'Autostrada del sole et se déplacer comme un minuscule point rouge sur la carte verte et bleue de l'Italie, et je la revoyais monter dans la petite Fiat rouge avec son sac d'écolier sur l'épaule, tourner la clé de démarrage en regardant droit devant elle, puis pencher la tête dans ma direction pour me faire un dernier signe de la main avant de disparaître dans le flot de la circulation. Je pensais aussi à Hans, cet homme que je ne connaissais pas et dont Manon ne m'avait presque rien dit. Petit à petit, son visage prenait pour moi les traits de cet Allemand que j'avais rencontré au Portugal deux années auparavant et dont je n'arrivais même plus à me souvenir du nom. J'avais beau creuser ma mémoire, seul le nom de *Hans* me venait à l'esprit. Peut-être, d'ailleurs, s'appelait-il Hans lui aussi.

Je l'avais connu sur une plage de l'Algarve et, pendant trois jours, je n'avais vu que lui. Tous les matins lorsque j'arrivais sur la plage, il était déjà là, assis dans le sable, les jambes croisées et le dos arrondi, les yeux plongés dans une vieille édition de *Die Welt,* le seul journal allemand en vente dans les kiosques de Lagos. Nous étions toujours les premiers arrivés et, lorsqu'il me voyait descendre lentement le long de la falaise abrupte qui était la seule voie d'accès à cette plage isolée, il posait son journal sur le sable humide et me suivait des yeux jusqu'à ce que j'arrive près de lui. Alors nous nous étendions au soleil et, les coudes dans le sable, nous parlions doucement sans porter attention aux autres baigneurs qui, peu à peu, venaient s'allonger autour de nous. Vers midi, sa femme arrivait et s'étendait au soleil en me saluant d'un léger mouvement du menton, puis elle ne disait plus rien. Mais lui et moi parlions toujours et, derrière les mots que nous échangions, se développait à notre insu une sous-conversation plus intime, un dialogue muet que trahissait parfois la tonalité d'un mot ou l'intensité d'un regard. Et plus le temps passait, plus la tension grandissait, et plus j'avais envie de le toucher et de me rapprocher de lui. Mais sa femme était là et je me sentais coupable de le désirer. Cela avait duré trois jours et puis j'étais partie, quittant cette petite plage de nudistes où je n'avais vu, du matin jusqu'au soir, que le corps blond et luisant de Hans.

Et pendant que Manon roulait vers Munich, moi je pensais à Hans, à cet homme dont l'image se confondait à mes propres souvenirs et me suivait de rue en rue, de café en café, comme si Manon avait été amoureuse du même homme que moi. Et je repoussais cette image en me disant que Hans n'existait pas et qu'il n'avait jamais existé ni pour moi, ni pour elle. En fait je préférais penser que Manon n'allait nulle part et qu'elle n'allait rejoindre personne, parce que je considérais qu'elle n'avait pas le droit de vivre *à ma place* ce que j'aurais moi-même voulu vivre, deux ans plus tôt, avec Hans-du-Portugal. Je traversais ce qu'on appelle communément « une crise de jalousie », mais une crise de jalousie déplacée, avec transfert d'objet. Car, après tout, Hans n'était pas Hans, mais je n'en souffrais pas moins. Mis à part mes accès de jalousie purement imaginaires, l'histoire de Hans me laissait perplexe. Lorsque Manon m'avait parlé de lui, elle avait manqué à la fois de conviction et de sentiment. Pourtant, comment pouvais-je douter de ce que Manon m'avait raconté puisqu'elle était déjà partie pour Munich ? Et quelles raisons aurait-elle eues de me mentir et d'inventer toute cette histoire ? J'avais beau me raisonner, je ne pouvais pas m'empêcher d'être incrédule. Quelque chose pour moi n'était pas clair et j'avais la vague intuition que Manon ne m'avait pas tout dit.

Assise sur un banc de parc dans les jardins de la Villa Borghese, je revoyais Manon allongée sur le lit de ma chambre à la Pension Walder. Manon dans sa petite robe blanche très ample et tissée de fils d'argent, sa robe de coton indien qui n'était retenue à son corps que par deux longs et minces cordons noués sur ses épaules. Elle fumait cigarette sur cigarette et, parlant nerveusement, elle s'interrompait souvent pour expirer par petites bouffées cette pâle fumée bleue qui s'amassait au-dessus de nos têtes et qui commençait à nous envelopper de sa douceur diffuse et mobile. Rassurée par cette petite chose blanche qui grillait au bout de ses doigts et qui suivait tous les mouvements de sa main, elle me disait combien elle était amoureuse de Hans et combien elle était confuse de bouleverser ainsi tous nos projets. Mais toutes les fois qu'elle avouait être amoureuse, son inspiration semblait couper court et elle ne trouvait plus rien à ajouter. Perchée sur le bord d'une falaise, elle n'osait pas faire un pas de plus en avant. Du moins était-ce l'impression que j'avais.

Haussant les épaules, la tête légèrement penchée vers la gauche, elle pressait ses lèvres l'une contre l'autre en me regardant d'un air contrit. Elle n'y pouvait rien, disait-elle, c'était comme ça. C'était toujours comme ça. Les amitiés de femmes ne faisaient jamais le poids et tournaient court dès qu'un homme intervenait. Non pas à cause de la vieille rivalité entre femmes dont les hommes parlaient toujours lorsqu'ils essayaient de nous persuader de l'inauthenticité des amitiés féminines, ni même à cause de l'esprit de sacrifice ou d'abnégation et de dévouement qui faisait autrefois de l'homme la seule et unique raison de vivre de la femme, mais parce que les femmes avaient besoin d'être désirées pour se sentir exister et que ce désir ne pouvait pas venir d'une autre femme...

Pendant que Manon parlait, je pensais à toutes les fois où je m'étais sentie trahie lorsque des femmes que j'aimais et que j'avais pris l'habitude de voir souvent étaient tout simplement disparues de ma vie dès l'instant où elles étaient devenues amoureuses. Or c'était précisément de cela que Manon cherchait à se défendre en me disant que c'était toujours comme ça et qu'on n'y pouvait rien. C'était « l'ordre naturel des choses » et je ne devais surtout pas lui en vouloir. Manon tenait à se déculpabiliser, mais sa voix manquait de conviction. Elle était consciente de me devoir une explication et, par pure considération pour moi, s'appliquait à me la fournir malgré les efforts que cela exigeait d'elle. Le coude sur l'oreiller, étendue de tout son long sur les draps défaits de mon lit, elle me répétait sans cesse le même argument comme quelqu'un qui, le pied attaché à un pieu, ne fait que tourner en rond en voulant faire croire qu'il avance.

Elle n'y pouvait rien, disait-elle, c'était comme ça. Elle avait besoin de Hans, mais surtout besoin de se sentir désirée, et c'était pour cette raison qu'elle avait décidé de me quitter. Évidemment, lorsqu'elle considérait son passé, elle se rendait bien compte que ses relations avec les femmes avaient toujours été plus équilibrées, plus harmonieuses et aussi plus rassurantes que ses relations avec les hommes, mais la tendresse et la confiance qu'elle y avait trouvées ne lui avaient jamais suffi...

Ici Manon s'était interrompue, comme si elle avait été saisie d'un malaise soudain. Il était clair qu'elle n'avait pas envie de pousser plus loin ses explications, mais moi j'étais curieuse d'entendre la suite et je n'avais surtout pas envie qu'elle s'arrête. Alors je n'ai rien dit et je l'ai regardée attentivement pour lui faire comprendre que j'attendais. Le silence lui pesait, mais je n'avais aucune intention de le briser pour lui venir en aide. Incapable de tenir en place, Manon s'est levée pour se rendre jusqu'à la fenêtre, et à peine y était-elle que, sentant le poids de mon regard sur son dos, elle s'est retournée d'un seul bloc avec ses mains à la hauteur de sa poitrine et ses doigts qui en frottaient nerveusement la paume. « As-tu déjà remarqué, m'a-t-elle demandé, que les conversations de femmes finissent toujours par pivoter autour des mêmes sujets ? As-tu déjà remarqué qu'elles ne manifestent de plaisir et d'excitation fébrile qu'à parler des hommes qu'elles ont connus, de ceux qu'elles ont envie de revoir, de ceux qui les ont comblées ou déçues, de ceux qui ont promis de les rappeler et qu'elles n'osent pas rappeler elles-mêmes, etc. ? À moins, bien sûr, qu'elles n'adoptent une attitude franchement critique et qu'elles ne parlent des hommes-en-général en laissant entendre qu'ils sont un mal nécessaire... Mais toujours le même sentiment de connivence suffit à les rapprocher comme s'il pouvait, à lui seul, donner tout son sens à leur amitié. Même entre elles, elles ne trouvent à se définir que par leurs fantaisies amoureuses, comme si la vraie vie était ailleurs et que leur amitié n'était qu'un hors-d'oeuvre ou qu'un exutoire. Tu me diras que j'exagère, mais je sais, moi, que leurs véritables préoccupations sont toujours ailleurs... » Oui, je savais très bien de quoi elle parlait et je pouvais même imaginer que ce qu'elle disait s'adressait à moi, personnellement, car j'avais souvent pris plaisir à questionner Manon sur ses aventures amoureuses, et j'allais même jusqu'à croire que ses confidences à ce sujet étaient la seule et unique preuve de notre intimité.

Manon avait déjà quitté la fenêtre et, sans attendre ma réponse, elle s'était laissée tomber mollement sur le lit, la tête contre l'oreiller. Puis, s'étant retournée contre le mur, elle avait ajouté que les femmes ne vivaient que pour séduire et que c'était cela qui la décevait le plus. Elles n'avaient qu'à se retrouver en présence d'un inconnu pour que la machine se mette en marche. Elles s'attendaient alors à ce qu'on leur renvoie une image positive d'elles-mêmes et, au mieux, à ce qu'on les confirme dans leur rôle de séductrices irrésistibles. Ce qui était encore plus choquant, c'était qu'elles n'avaient pas même besoin de désirer quelqu'un pour vouloir être désirées, allant même parfois jusqu'à provoquer le désir de ceux qu'elles méprisaient... D'ailleurs, plusieurs hommes agissaient de la même façon, et ils n'en étaient pas plus pardonnables. Lorsque le désir se mettait de la partie, disait Manon, la situation se renversait. La séduction continuait d'opérer, mais elle se jouait ailleurs, à un autre niveau. On devenait vulnérable, on avait l'impression de ne plus rien contrôler et, au-dedans de nous, quelque chose se mettait à souffrir. Cette souffrance-là on l'aimait assez, on la soignait, on l'entretenait même, parce qu'on savait que nos désirs étaient fragiles, mais aussi parce que le fait de souffrir nous rassurait sur l'intensité de nos émotions.

Je ne savais pas pourquoi Manon me parlait de tout cela. Toujours sans me regarder, elle s'était retournée vers moi en fixant le vernis à ongles rouge qui brillait au bout de ses doigts. « Tu vois, disait-elle, je suis convaincue par exemple que toi et moi avons vécu et vivons encore un rapport de séduction. Mais quand une femme séduit une autre femme, on appelle ça de l'amitié, de la tendresse ou du respect, parce qu'on s'imagine que le désir n'y est pour rien. Et d'ailleurs, même s'il y était pour quelque chose, on aurait trop peur de l'admettre pour que ça change quoi que ce soit. Et *moi* je m'en vais rejoindre Hans parce que je suis une femme et que *moi* j'ai besoin de me sentir désirée pour exister... » Et Manon avait pris soin d'insister sur le *moi* comme si elle avait voulu me laisser entendre qu'il y avait une différence entre nous. Pourtant je sentais que ce qu'elle disait ne s'adressait à moi que par accident et que c'était d'abord elle qui avait besoin de l'entendre. Je la sentais réticente et peu sûre d'elle-même et, à intervalles réguliers, je la voyais lever la tête et me regarder en se mordant les lèvres comme si elle avait voulu rattraper ce qu'elle venait à peine de dire. Cependant, incapable de supporter le moindre silence entre nous, elle se remettait à parler nerveusement et les mêmes mots scandaient invariablement le rythme de ses phrases : besoin, envie, désir... Assise à deux pas de la fenêtre dans un large fauteuil rembourré, les jambes repliées sur l'un des bras du fauteuil et le corps à demi-tourné vers elle, je n'entendais plus que ces mots auxquels Manon s'accrochait d'une façon obstinée et presque obsessive. Sentant peut-être que je ne l'écoutais plus, Manon s'était assise sur le lit et, la tête appuyée sur le mur, elle m'avait regardée en silence. Je ne savais plus comment réagir et je m'expliquais mal les raisons de son anxiété. La situation n'avait pour moi rien de tragique et je ne comprenais pas pourquoi Manon en faisait toute une histoire. Elle irait à Munich, moi en Sicile et en Tunisie, et on se reverrait plus tard, à Montréal ou ailleurs, peut-être même à Munich à mon retour d'Afrique. Manon avait renoncé à nos projets et j'en étais un peu déçue, mais ce n'était pas une raison pour se mettre dans tous ses états. Sa réaction me semblait excessive et, si j'en étais étonnée, je ne pouvais pas m'empêcher de soupçonner qu'il y avait autre chose derrière tout cela.

Manon me regardait encore. Elle s'était allumée une autre cigarette et, comme si elle avait voulu me provoquer, elle avait ajouté d'un ton agressif, les dents serrées et le regard défiant, qu'elle n'avait plus rien à dire, qu'elle avait envie d'aller rejoindre Hans et que c'était comme ça, que je n'y pouvais rien et elle non plus, et que ce n'était pas sa faute à elle si le moindre désir qu'une femme éprouvait pour un homme effaçait toujours tout le reste, c'est-à-dire tout ce qui n'était pas proprement *ce* désir-là... Et Manon avait insisté sur le *ce* en pointant du doigt dans ma direction comme si le désir dont elle parlait avait été là, droit devant elle, puis elle avait fondu en larmes en ramenant ses jambes contre elle et en laissant tomber sa tête sur ses genoux.

Alors je suis allée la rejoindre et je me suis assise sur le lit auprès d'elle en posant mon bras autour de ses épaules. Au fond, je lui en voulais un peu, mais pas tant d'avoir bouleversé nos projets que de ne pas s'être confiée à moi plus tôt. J'en voulais peut-être aussi un peu à Hans, mais ça c'était une autre histoire.

Désireuse de consoler Manon, je me suis mise à dire n'importe quoi en la serrant contre moi et en cherchant à la rassurer. Elle s'en faisait pour rien, son aventure avec Hans n'avait rien à voir avec notre amitié, son départ pour Munich ne remettait rien en question et, quoi qu'il arrivât, je serais toujours là et elle pourrait toujours compter sur moi. Vraiment je ne comprenais pas ce qui la troublait à ce point. Et puis, pour nos projets de voyage, ce n'était pas tellement grave... J'allais voyager seule, et c'était tout. D'ailleurs j'en avais l'habitude... Bien sûr ça allait être différent, mais ce n'était que partie remise... etc. Manon avait fini par se calmer et elle s'était mise à pleurer tout doucement, mais j'étais convaincue que le ton de ma voix l'avait rassurée bien davantage que ce que j'avais pu lui dire. Alors, pour lui laisser le temps de se remettre, je suis descendue au café du coin et j'ai demandé qu'on nous prépare deux cafés au lait.

Lorsque je suis revenue à la chambre, Manon était toujours là, assise sur le lit, et l'objectif de son appareil photographique était dirigé vers la porte. Au moment où j'en ai poussé le battant, j'ai entendu le déclic de l'appareil. « Tu vois, c'est exactement comme je le disais. Quand tu regardes à travers l'objectif, tout ce qui n'est pas dans ton champ de vision disparaît. Tu sais que ça continue d'exister, mais ton attention est tout entière dirigée vers un seul et unique objet, une seule et unique personne. Au centre de l'image quelque chose est au foyer, alors que tout le reste est plongé dans un flou brumeux. Toutes tes énergies se concentrent sur un objet exclusif, et le reste devient secondaire, accessoire et non essentiel. L'image se rétrécit, bien sûr, mais elle te donne la mesure exacte de ce que tu désires... »

Pendant qu'elle parlait, Manon tenait toujours son appareil à la hauteur de ses yeux, l'objectif dirigé vers moi. Le doigt sur le déclencheur, elle me suivait dans mes moindres déplacements et, derrière l'appareil, je pouvais voir qu'elle souriait. Mais son sourire en était un de défi et je savais que Manon jouait à un nouveau jeu. Et j'avais beau m'efforcer de ne pas entendre les déclics à répétition de son appareil, je ne pouvais pas m'empêcher de perdre contenance. Je réagissais comme je réagis toujours lorsqu'on braque un objectif dans ma direction et je me sentais agressée, ridicule et démunie. La comparaison pourra sembler banale ou excessive, mais je ne me suis jamais sentie plus à l'aise devant un objectif photographique que devant la bouche d'un fusil. Non pas que j'aie jamais eu l'occasion d'être le point de mire d'un fusil mais la comparaison dit bien ce qu'elle veut dire.

Manon n'avait pas encore lâché son appareil et elle semblait prendre son jeu de plus en plus au sérieux, comme si elle avait eu un compte à régler avec moi. Elle ne pouvait pas ne pas se rendre compte de l'impatience qui me gagnait, mais elle redoublait d'ardeur à chaque déclic, à chaque nouveau cliché. Pressant sur le déclencheur, elle disait à chaque fois: « Tu vois ? C'est comme ça le désir. Ça élimine tout le reste. Et à chaque déclic, tu te fais mettre en boîte. Tu vois ? Clic. Tu vois ?... » Puis elle s'était mise à rire nerveusement. Je n'avais jamais vu Manon dans un tel état, et tout cela me semblait hystérique. Elle riait de plus en plus et ne cessait toujours pas de prendre cliché sur cliché. Elle avait même épuisé la pellicule, mais elle continuait de faire comme si. « Clic... Tu vois ? Clic. Clic... » Je n'en pouvais plus. Alors je me suis levée et d'une voix ferme et brusque, presque agressive, je lui ai crié que ça suffisait. Manon a cessé de rire et m'a cherchée du regard, mais ses yeux semblaient incapables de se fixer sur moi. Vitreux et mobiles, ils se déplaçaient de droite à gauche et de gauche à droite comme deux billes exorbitées. Tenant ses épaules entre mes mains et la secouant de toute l'énergie dont j'étais capable, je lui ai répété que ça suffisait, plus violemment encore que la première fois, et elle a laissé tomber l'appareil sur le lit en me serrant contre elle, ses bras enroulés autour de mes cuisses et sa tête appuyée au creux de mon ventre. Elle pleurait.

La crise a passé. Je nous revois encore, assises sur le lit de cette chambre délabrée, la tête de Manon blottie au creux de mon épaule. Sur les murs, la peinture jaunie se détachait par endroits en larges plaques inégales. Au plafond, un lustre de métal empoussiéré répandait une lumière diffuse et grisâtre sur les meubles, les draps, le plancher de tuiles noires et les rideaux décolorés de la chambre. La laideur de cette pièce me sautait aux yeux pour la première fois et elle avait tout à coup quelque chose de choquant et de repoussant.

Au début de cette soirée, j'avais souhaité que Manon me parle de Hans, mais, tout en étant avide de détails à son sujet, je m'étais retenue de la questionner. La crise étant passée, je regrettais de n'avoir pas insisté pour que Manon se confie à moi, et je me reprochais d'avoir adopté avec elle une attitude aussi passive, d'abord parce que j'étais convaincue d'avoir manqué l'occasion de lui soutirer des aveux (au point où nous en étions, Manon ne parlerait plus), ensuite parce que je comprenais, mais trop tard, que Manon avait cherché à me provoquer dans le seul but que je l'oblige à me dire ce qu'elle brûlait de m'avouer et qu'elle s'efforçait de me cacher. Or, j'avais tout fait pour éviter une réelle confrontation et, ce faisant, je l'avais empêchée, bien malgré moi, de mettre cartes sur table. J'avais senti qu'elle ne me disait pas tout, et je m'étais arrêtée là. Manon m'avait demandé de comprendre ce qu'elle n'osait pas m'avouer, et je n'avais cherché quant à moi qu'à me protéger.

Aujourd'hui je me rends compte à quel point cette dernière soirée m'a échappé jusque dans ses moindres détails. Se réfugiant un cran derrière ce qu'elle aurait voulu me dire, Manon avait tenu un discours qui m'avait semblé incompréhensible et décousu, un discours que j'avais pris au pied de la lettre, car il était ponctué d'allusions que je ne pouvais pas saisir. Mais comment aurais-je pu saisir ces allusions alors que je ne savais même pas de quoi il était question ? Son séjour en Yougoslavie, sa rencontre avec Hans, sa décision de partir pour Munich, tout ce qui avait d'abord excité ma curiosité avait fini par m'inquiéter mais, incapable de lire entre les lignes, je n'avais pas réussi à découvrir la maille sur laquelle je devais tirer pour que les noeuds se dénouent. L'essentiel m'avait échappé, et je dois reconnaître qu'il m'échappe encore.

Après avoir relu tout ce que j'ai écrit jusqu'à présent, j'éprouve le même malaise que celui que j'avais éprouvé ce soir-là avec Manon. Toutefois, et bien que cela me semble invraisemblable, je commence à avoir une vague intuition de ce qui a pu se passer entre elle et moi.

Manon a mis tant d'énergie à m'expliquer les raisons de son départ pour Munich, tant d'énergie à me faire comprendre que ses relations avec les femmes ne faisaient jamais le poids, tant d'insistance à me parler de ce manque à désirer qu'il lui fallait combler ailleurs et qui l'obligeait à « trahir » ses relations les plus « harmonieuses » et les plus « rassurantes », que j'en suis arrivée à croire qu'elle s'est servie de son histoire avec Hans pour me parler de toute autre chose, d'elle et de moi par exemple...

Manon avait allumé une autre cigarette et moi, sans penser à rien, je regardais les longs filets de fumée bleue qui s'enroulaient autour de sa tête. Elle avait cessé de pleurer et, sa cigarette dans une main, elle nouait et dénouait nerveusement de l'autre la courroie de son appareil photographique. Et je la revois encore lever brusquement la tête pour me dire qu'elle allait peut-être faire une bêtise, mais qu'elle tenait à ce que je sache qu'elle m'aimait, qu'elle m'aimait autant qu'une femme pouvait aimer une autre femme. Puis, l'air de m'implorer et les traits de son visage complètement défaits par la fatigue, elle s'était excusée en me disant que l'idée de partir pour Munich l'angoissait davantage qu'elle ne l'aurait voulu. Elle aurait souhaité pouvoir m'en parler plus clairement, disait-elle, mais elle n'avait pas l'habitude des confidences et cela était décidément au-dessus de ses forces. Je ne devais surtout pas m'en faire, une bonne nuit de sommeil et tout irait mieux. Elle ne savait vraiment pas ce qui lui avait pris, ses nerfs avaient craqué : maintenant c'était fini et elle était heureuse que je sois là. De toute façon, j'allais comprendre un jour ce qu'elle se sentait incapable de m'expliquer et qu'elle avait elle-même du mal à comprendre. Pour l'instant, il valait mieux tout oublier...

Oublier ? Comment aurais-je pu oublier ? Ce soir-là Manon s'était refugiée dans une zone d'ambiguïté où elle savait que je ne pourrais pas l'atteindre. Mais, le jour même de son départ, j'allais commencer à comprendre ce qu'elle n'avait pas osé me dire. Ce jour-là, après que j'aie arpenté les rues de Rome dans tous les sens, ses allusions se mirent à tourner dans ma tête comme des chiffres dans une machine à boules pour prendre place, petit à petit, au bon endroit et dans le bon ordre.

Vers huit heures, ce soir-là, je suis entrée dans une trattoria bruyante et bondée de monde avec l'intention de manger un peu et de boire beaucoup. J'avais les pieds endoloris après une journée entière à marcher, et ma tête surtout était fatiguée.

Le patron du restaurant était un petit homme maigre et souriant, dans la soixantaine, avec des yeux vifs et un peu malicieux, portant moustache et tablier blanc. Il s'appelait Sesto. Voyant que je parlais italien, il m'a entourée d'attentions et lorsque, prête à partir, je me suis levée pour le saluer, il m'a fait promettre de revenir le lendemain. Dans l'état où j'étais, j'aurais promis n'importe quoi à n'importe qui, et je lui ai dit que c'était entendu. Alors il a pris ma tête entre ses mains et, d'un geste rapide, il m'a embrassée sur la bouche. Étonnée par tant de familiarité, je suis sortie de là comme sur un tapis de mousse, le pas incertain et les yeux brumeux. J'avais bu plus que ma tête ne pouvait le supporter.

Malgré mon intention de prendre le train pour Naples à la première heure le lendemain matin, j'ai décidé de passer ma dernière nuit à Rome dans la chambre de Manon, sur la Via Veneto. Je devais m'y rendre de toute façon pour remettre la clé au propriétaire et le prévenir de mon départ. De retour à la Pension Walder, j'ai donc préparé mes bagages, heureuse de quitter cette chambre et le souvenir de Manon qui y était rattaché. Son comportement hystérique de la veille m'avait affectée plus que je n'avais voulu le reconnaître, et le seul fait de me retrouver à nouveau dans cette chambre évoquait pour moi des scènes trop pénibles pour que je n'éprouve pas un certain soulagement à l'idée de dormir ailleurs. Après avoir réglé la note, j'ai prix un taxi jusqu'à la Via Veneto et, arrivée devant l'hôtel, j'ai vu une dizaine de personnes rassemblées sur le trottoir à quelques pas seulement d'une voiture de police. Je l'ignorais encore, mais c'était moi que l'on attendait. Dans l'encadrement de la porte, appuyé au chambranle, il y avait un homme que j'identifiai par la suite comme étant le propriétaire de l'hôtel. Il s'épongeait le front avec un large mouchoir de coton blanc, et son visage montrait un profond désarroi.

Il y avait eu un accident sur l'Autostrada del sole et une jeune étrangère était morte au volant d'une voiture de location alors qu'elle roulait vers le nord. Elle ne transportait aucun bagage, sauf un petit sac de cuir rouge qui ressemblait à un sac d'écolier et qui renfermait des documents officiels tels que passeport, permis de conduire et fiche de location. Il y avait aussi une carte d'affaires imprimée sur laquelle on pouvait lire le nom et l'adresse de l'hôtel de la Via Veneto, de même que mon nom, écrit à l'encre verte dans le coin supérieur gauche. En plus de ces documents, il y avait une série de cahiers noirs tous identiques et numérotés sur les pages desquels s'entassait, comme dans un journal, une écriture fine, inégale et presque illisible.

Après avoir inspecté de fond en comble la chambre de la Via Veneto, on a consenti à ce que je l'occupe et j'y suis encore.

Hier après-midi, j'ai accompagné le corps de Manon à l'aéroport et mes yeux n'arrivaient pas à se détacher de la grande boîte de métal gris dans laquelle Manon allait effectuer le voyage de retour, survolant l'océan dans une soute à bagages. Les membres de sa famille avaient été prévenus et je les imaginais tous, en habits de deuil, la gorge serrée et les épaules courbées de chagrin, assis sur un banc de la salle des arrivées au milieu d'une foule bruyante et indifférente. Mais je m'efforçais de ne pas y penser car ce tableau avait pour moi quelque chose de grotesque et de choquant.

Après que l'avion eût enfin décollé, j'ai eu du mal à me convaincre que je ne pouvais plus rien faire d'autre pour Manon. Puis, le front appuyé sur la fenêtre panoramique qui faisait face à la piste de décollage, j'ai senti les muscles de mon corps se relâcher et des larmes chaudes, presque rassurantes, glisser le long de mes joues.

De retour à l'hôtel, je suis montée à ma chambre et je me suis laissée tomber sur le lit avec l'intention de ne plus jamais me relever. J'ai dormi plusieurs heures d'affilée et ne me suis réveillée en sursaut qu'à la tombée de la nuit, prise d'une panique soudaine. Les événements des derniers jours s'étaient mis à tourner dans ma tête comme les pièces d'un puzzle qui se seraient assemblées d'elles-mêmes dans un film projeté en accéléré, et j'avais de plus en plus la conviction que Manon avait tout planifié d'avance, tout prévu, tout calculé. Hans existait peut-être, mais je commençais à soupçonner que Manon s'en était servie comme d'un prétexte ou d'un alibi. Elle était partie sans bagage, elle m'avait laissé sa chambre d'hôtel de façon à ce que je puisse prolonger mon séjour à Rome sans avoir à en assumer les frais, et elle avait pris la peine de noter mon nom sur la carte de l'hôtel de la Via Veneto pour que l'on puisse me contacter sans problème... J'étais sidérée. Manon avait tout prévu, et moi, comme une idiote aveuglée par une lumière trop éclatante, j'avais préféré ne rien voir et croire à un accident. Il y avait bien certains détails qui m'avaient laissée perplexe dès le début, mais je m'étais empressée de leur trouver une explication. Le fait que Manon était partie sans bagage n'avait d'ailleurs étonné ni le propriétaire de l'hôtel, ni les agents de police puisque, avant de partir, Manon avait réservé sa chambre pour toute une semaine encore et qu'elle avait prévenu le propriétaire de l'arrivée d'une de ses amies. Mais pour moi l'explication n'avait pas été aussi simple à trouver, et j'avais d'abord cru à un coup de tête ou à un geste purement symbolique de sa part. Ayant voulu briser avec son passé, elle avait tout laissé derrière elle pour se donner l'illusion de recommencer à neuf. Voilà ce que je m'étais dit. Mais maintenant je commençais à croire que Manon n'avait eu l'intention d'aller nulle part et qu'elle n'avait tout simplement pas eu besoin de ses bagages. Si seulement elle les avait emportés avec elle, je ne me serais posée aucune question et je ne serais pas là à me torturer en me disant qu'elle s'est froidement suicidée et que je n'ai fait aucun effort pour l'en empêcher... Or un suicide parfaitement maquillé n'aurait été un suicide pour personne d'autre qu'elle, et Manon a probablement souhaité, même inconsciemment, qu'une personne au moins sache ce qui s'était vraiment passé...

Mais en supposant que mes soupçons soient fondés, que viennent faire dans tout cela les cahiers noirs qu'on m'a remis ? Manon devait savoir que ces cahiers me reviendraient après sa mort et qu'on me laisserait libre d'en disposer à ma guise, comme, d'ailleurs, de tous ses effets personnels. Si elle n'avait pas voulu que j'en prenne connaissance, elle aurait pu les détruire ou s'en débarrasser avant son départ... Fallait-il que Manon soit morte pour que j'aie enfin droit à ses confidences et que me soit enfin donné à lire ce qu'elle avait de plus intime ? Avait-elle prévu cela aussi ?

Il y avait bien eu, auparavant, quelques moments privilégiés où toute distance avait semblé abolie et où je n'avais eu d'autre envie que de la serrer contre moi, de prendre sa tête entre mes mains et de lui murmurer des mots incompréhensibles, des phrases dépourvues de toute syntaxe et de toute logique comme celles que l'on murmure parfois pour apaiser un animal ou un enfant en se servant du seul son de sa voix, mais la pudeur m'avait toujours empêchée d'agir ainsi et avait laissé se gonfler, d'elle à moi, un silence complice et lourd de tout ce qui n'allait jamais être dit. Dans ces moments privilégiés, ni Manon ni moi n'aurions osé parler. Cela faisait partie des règles du jeu, comme s'il y avait eu entre nous une entente tacite. Certes, je lui en ai parfois voulu de ne pas se confier à moi, mais notre relation n'en a jamais souffert, car cette confiance qu'elle me refusait, j'étais persuadée qu'elle ne l'accordait à personne d'autre. Manon était ce qu'on appelle une personne « secrète », et cela lui donnait encore plus d'*épaisseur* à mes yeux. Elle n'était pas de ces personnes transparentes qui vous donnent tout à lire et à entendre dès la première rencontre. L'histoire de sa vie, on ne pouvait la reconstituer qu'à partir de bribes et de phrases détachées, et cela impliquait que l'on consente à de multiples détours, interprétations et conjectures. Mais il fallait surtout *vouloir* la reconstituer, cette histoire, malgré les pièces manquantes, malgré les trous dont elle était tissée et au creux desquels elle semblait prendre tout son intérêt et toute sa signification. Manon ne parlait jamais de ses préoccupations réelles, ne se complaisait jamais à étaler ses sentiments, et ne vous fournissait jamais de justifications. D'ailleurs, le malaise que j'ai éprouvé la veille de son départ trouve là son explication, du moins en partie. Car, l'entêtement de Manon à m'exposer les motifs de son départ avait pour moi quelque chose d'inattendu et d'exceptionnel. Je savais bien que cela lui demandait un effort démesuré et qu'elle n'avait pas l'habitude de se justifier mais, tandis que je la voyais patauger dans ses explications, je ne me suis pas doutée un seul instant qu'elle n'avait d'autre but que de me cacher, tout en me les suggérant, ses intentions réelles. J'ai beau être convaincue désormais que Manon s'est tuée délibérément, jamais auparavant cette pensée n'aurait traversé mon esprit. Et voilà que Manon, celle qui me tenait toujours à l'écart de sa vie privée, celle qui parlait si peu et qui semblait toujours tellement secrète, voilà qu'elle me donnait à lire son journal, cette série de cahiers noirs où, à intervalles irréguliers, elle avait entassé des fragments de vie, des bribes d'émotions, des récits décousus et souvent incomplets d'événements qui l'avaient touchée, bouleversée, désemparée, agressée, ou rendue heureuse... Ce qui m'a toujours été refusé du temps où Manon vivait m'est donné maintenant sous la forme de ces petits cahiers numérotés, et il ne dépend plus que de moi de les faire parler. Ils sont là, empilés sur la table, et je n'y ai jeté jusqu'à présent que quelques regards furtifs, la pudeur l'emportant toujours sur la curiosité. Et s'il m'arrive parfois de les feuilleter rapidement en m'arrêtant au hasard d'un mot, d'une phrase ou d'une page, je ne peux pas m'empêcher de penser que je viole une intimité à laquelle je n'ai pas droit. Mais peut-être était-ce précisément cela que voulait Manon... ? Au point où j'en suis, je ne saurais encore le dire.

Déjà deux semaines se sont écoulées depuis la mort de Manon et je n'ai pas encore quitté Rome ni l'hôtel de la Via Veneto. Je n'y arrive pas. Ce matin il m'a semblé évident que je devais oublier Naples, la Sicile et l'Afrique du Nord car je n'ai plus envie de partir, plus envie de voyager ni de jouer aux touristes. Il m'a fallu deux semaines pour me rendre à cette évidence.

Le propriétaire de l'hôtel, que j'appelle maintenant par son prénom, semble m'avoir prise en affection et me considérer davantage comme une pensionnaire et une amie que comme une cliente régulière. Franco est veuf depuis cinq ans déjà (le *déjà* n'est pas de moi, mais de lui), il n'a pas d'enfants, et il vit seul dans ses appartements au rez-de-chaussée de l'hôtel. Il doit avoir une quarantaine d'années, mais bien que son visage rende justice à son âge, son corps, lui, est toujours aussi svelte, alerte et élancé que le corps d'un homme de vingt ans. Sachant que je suis seule à Rome et que je suis terriblement affectée par la mort de Manon, il m'invite parfois à partager ses repas dans la salle à dîner de l'hôtel, à cette table qui lui est réservée et à laquelle il prenait autrefois tous ses repas avec sa femme. Un peu à l'écart, cette table est toujours plus richement et plus abondamment garnie que les autres, mais cela ne l'empêche pas non plus d'être plus triste.

Au début je croyais que Franco m'invitait dans le seul but de satisfaire sa curiosité, pour me faire parler de ma relation avec Manon, ou des raisons de son départ vers le nord de l'Italie (je n'ai parlé à personne ni de Hans, ni de Munich), ou encore des motifs de notre séjour à Rome et j'en passe, mais j'ai dû me raviser à ce sujet car il a continué de m'inviter à sa table même après s'être rendu compte qu'il ne tirerait rien de moi. Les employés de l'hôtel me font des sourires complices et je les ai entendus, à quelques reprises, faire des allusions quant aux intentions du *padrone* à mon égard : ils s'imaginent assister au début d'une romance entre Franco et la *giovane straniera.* Mais si telles sont les intentions de Franco à mon égard, rien n'a encore transpiré, et je dois avouer que, pour l'instant, je prends plaisir à partager ses repas et à l'écouter parler de son enfance, de sa femme, de sa famille, de ses employés et de la situation politique en Italie. La mort de Manon est un sujet tabou entre nous, mais Franco est au courant de toutes mes allées et venues; il sait que je passe plusieurs heures par jour enfermée dans ma chambre et il semble avoir compris que, depuis l'accident, je n'arrive plus à quitter Rome, ni cette chambre d'hôtel.

Ce matin, je venais à peine de renoncer à mes projets de voyage et j'en étais à me demander combien de temps mes ressources financières allaient me permettre de rester à Rome tout en continuant d'occuper la chambre (trop luxueuse) de Manon, que Franco s'offrait à m'aider en échange de quelques services. Sachant que je parle français, anglais, italien et allemand, il me proposait de le remplacer à la réception de l'hôtel quelques jours par semaine. Mon salaire allait inclure tous mes repas et je pouvais, de surcroît, être hébergée gratuitement si je consentais à occuper une chambre du rez-de-chaussée. Cette proposition ne pouvait pas tomber mieux. Ou bien Franco a du flair, ou bien c'est un heureux hasard, mais tous mes problèmes financiers sont résolus. Toutefois, il n'était pas question que je quitte la chambre de Manon, et je n'ai conclu d'entente avec Franco qu'après qu'il ait consenti à me la laisser à prix d'*ami.*

Franco est aux anges, et il a passé tout l'avant-midi à siffloter derrière le comptoir de la réception. Quant à moi, j'hésite à me réjouir de ma nouvelle situation. Bien sûr, notre entente me convient parfaitement, mais je me demande toutefois si je ne devrais pas quitter Rome au plus tôt, d'abord pour me libérer de la fascination que cette ville exerce sur moi, mais surtout pour échapper à cette curiosité presque maladive qui m'empêche de me séparer définitivement de Manon. Depuis les deux dernières semaines, j'ai passé des journées et des nuits entières à lire et à relire les cahiers noirs numérotés, et j'y ai mis autant d'ardeur que s'ils renfermaient une énigme que je devais résoudre à tout prix. J'ai aussi passé quelque temps à écrire mes impressions relatives aux événements des dernières semaines dans ce nouveau cahier noir que j'ai moi-même acheté à la Papelleria Americana le lendemain de la mort de Manon. Or ces impressions sont confuses et, depuis la première page jusqu'au moment où je mentionne l'existence des cahiers numérotés, elles ne rendent compte que très approximativement de ce qui s'est réellement passé entre l'arrivée de Manon à Rome et son *départ pour Munich*... Il faudrait peut-être que j'essaie de récrire tout cela pour y mettre un peu d'ordre, mais je sais que cela ne servirait à rien puisque ma perception des faits est toujours aussi embrouillée et incertaine.

Quant aux cahiers numérotés, ils sont encore plus confus et désordonnés que tout ce que j'ai pu écrire jusqu'à présent. Les inscriptions de Manon y suivent, grosso modo, un ordre chronologique, mais certains fragments ne sont pas datés et plusieurs périodes semblent avoir été passées sous silence. Les premières inscriptions datent déjà d'il y a un an et font référence à des événements qui auraient eu lieu quelques semaines seulement avant le début de la rédaction des cahiers. En fait, Manon semble avoir commencé à écrire peu de temps après que Paul (son mari !) se soit tué au volant d'une motocyclette, mais les cahiers font aussi référence, rétroactivement, à des événements qui se seraient étalés sur une période de cinq ou six ans. J'ignorais tout du mariage de Manon, et encore plus de la mort de son mari. Or, lorsque je lis ces cahiers, ma curiosité se heurte non seulement à ce qu'ils passent sous silence, mais aussi à ce qu'ils décrivent avec une profusion de détails car, dans un cas comme dans l'autre, l'essentiel semble toujours se dissimuler derrière ce que Manon ne dit pas.

J'ai rencontré Manon en avril, c'est-à-dire il y a à peine trois mois de cela, et au moment de nos retrouvailles à Rome je ne savais que très peu de choses à son sujet. Dès l'instant où elle est apparue dans les bureaux de la rédaction du journal où je travaillais, j'ai eu le sentiment que Manon me plairait et que nous pourrions nous entendre. D'avril à juin, nous sommes sorties ensemble à plusieurs reprises, soit pour aller au cinéma ou au théâtre, soit pour assister aux concerts dont Manon devait faire la critique dans la chronique musicale du journal, soit enfin pour courir les cocktails auxquels j'étais constamment invitée, en tant que chroniqueur littéraire, par différentes maisons d'édition. Mais malgré les trois mois qu'a duré notre amitié, Manon m'était encore, lors de son arrivée à Rome, aussi mystérieuse et énigmatique que le premier jour. À lire les cahiers numérotés, j'y découvre progressivement une partie de sa vie qui m'était inconnue jusqu'à présent et j'y rencontre aussi des personnages qui, tout en m'étant parfaitement étrangers, commencent à m'être étonnamment familiers. Paul, par exemple. Manon ne m'en a jamais parlé, je doute même qu'elle ait jamais prononcé son nom devant moi, et pourtant il semble bien que ce soit sa mort qui ait déclenché la rédaction de ces cahiers dans lesquels me sont dévoilés, par bribes, des fragments de son passé sur lesquels mon imagination travaille sans relâche. Qu'on me permette une comparaison grossière (à saveur légèrement balzacienne) et je dirai que je n'ai trouvé qu'une chaussure ou quelques bijoux et que j'essaie de reconstituer le costume tout entier. Plus le temps passe, plus je lis les cahiers, et plus mon imagination se fait envahissante. Il se peut même que j'en sois déjà arrivée à inventer, de toutes pièces, un costume qui n'irait à personne, et surtout pas à Manon. Mais quand mon imagination devient trop fébrile et qu'elle semble vouloir m'entraîner trop loin, je la rappelle à l'ordre en m'efforçant de m'en tenir à la lettre de ce que disent les cahiers. Toutefois, c'est précisément parce que les cahiers ne disent pas tout et que leur vérité m'échappe que j'ai tendance à vouloir *inventer*. Ainsi, je ne peux pas m'empêcher de voir un rapport entre la mort de Manon et celle de Paul car, tout comme

Manon, Paul s'est tué dans un accident de circulation alors qu'il roulait seul, sur une autoroute, un matin ensoleillé du début du mois de juin. Je sais que la similarité des deux morts n'explique rien, mais il faut reconnaître que le parallélisme est frappant, pour ne pas dire inquiétant. Ce que je cherche se situe probablement dans l'intervalle qui sépare la mort de Paul de celle de Manon, mais peut-être aussi faudrait-il que je comprenne ce qui a *causé* la mort de Paul, puisqu'il semble que lui non plus ne se soit pas tué accidentellement. Or, et c'est ce qui m'exaspère le plus, Manon n'a commencé à rédiger son journal qu'après la mort de son mari, et ce qu'elle en dit n'est jamais très clair, comme si elle s'était refusée d'en parler sans pouvoir s'empêcher d'y revenir continuellement. De plus, et compte tenu de la situation dans laquelle elle se trouvait, Manon elle-même en était réduite à formuler des hypothèses, car elle n'avait aucune certitude relativement aux circonstances qui avaient entouré la mort de cet homme.

Au moment où j'écris, les cahiers numérotés sont tout près de moi, sur la table, et leur couverture luit sous le rayon de la lampe. J'en suis moi-même au tiers d'un cahier noir tout neuf et, quand je le refermerai dans quelques instants, ils seront tous là, côte à côte, et presque identiques.

Àprès avoir pris le café avec Franco ce matin, je suis remontée à ma chambre avec l'intention de relire un passage du troisième cahier où Manon raconte comment elle a été séduite, un jour, par un homme d'affaires d'une cinquantaine d'années. C'était sa première expérience avec un homme beaucoup plus âgé qu'elle, et j'éprouve une sorte de gêne extrême à lire ce passage car il renferme des descriptions minutieuses et fort détaillées de ce qui s'est passé entre eux et de la tendresse appliquée qu'il a mis à lui faire l'amour. Si la lecture de ce passage m'intrigue et me gêne tout à la fois, c'est surtout, je crois, à cause de la fausse complaisance qui semble avoir poussé Manon à l'écrire. Il y a là quelque chose d'affecté, quelque chose qui détonne, et j'aimerais bien savoir d'où me vient cette impression.

En refermant derrière moi la porte de ma chambre, j'ai eu soudainement envie de m'enfuir. La seule vue de ces cahiers noirs alignés sur ma table de travail m'angoissait. J'ai pris une douche et l'eau tiède a peu à peu dissipé mon angoisse. Je n'avais plus envie de me mettre à la lecture des cahiers noirs, et encore moins de rester enfermée dans ma chambre toute la journée. Alors j'ai mis environ une demi-heure à me maquiller et presque autant de temps à choisir une robe et à m'habiller et, prête à partir, je suis allée prévenir Franco de mon départ. Non pas que j'aie à lui rendre compte de mes allées et venues, mais je voulais tout simplement lui dire de ne pas m'attendre pour le repas du midi. L'air désolé, Franco m'a répondu qu'il aurait du mal à se passer de moi, mais je crois qu'il était surtout curieux de savoir ce que j'allais faire du reste de ma journée. Je n'avais certainement pas l'intention de satisfaire sa curiosité. L'autre jour il m'a avoué que j'étais pour lui une énigme, *un mistero delizioso,* et cela me plaît assez. Je suis donc partie sans ajouter un mot de plus. En fait, je crois que cela me rassure de savoir, même vaguement, que quelqu'un me désire, surtout lorsque je sais que rien ne m'oblige à en tenir compte. Et tant que Franco sera aussi réservé à mon égard qu'il l'est actuellement, je suis convaincue que l'on pourra s'entendre et que, étant un rêveur, il y trouvera son compte lui aussi.

Après avoir quitté l'hôtel, je me suis dirigée vers le quartier des grands magasins. J'avais besoin de sentir la foule se presser contre moi, besoin de bruit, de couleur et d'anonymat, mais j'avais surtout envie de me faire plaisir et de m'acheter quelque chose, de nouveaux vêtements par exemple, et cette envie me paraissait des plus saines. Pour la première fois depuis le départ de Manon, j'étais prête à effectuer un retour sur moi-même. J'avais laissé les cahiers noirs derrière moi et, tandis que je parcourais les allées d'un grand magasin à rayons, toute cette histoire des dernières semaines prenait à mes yeux une apparence irréelle. Submergée par la vue de tant d'objets de luxe, je regrettais seulement de ne pas avoir plus de billets dans mon sac. Il m'avait pris un goût effréné de consommation et, avec quelques lires de plus, j'aurais pu être la proie parfaite de ces étalages sophistiqués.

Pour retourner à l'hôtel, je n'ai pas pu m'empêcher de porter ces souliers de cuir fin aux talons aiguilles dont je venais de faire l'acquisition. Compte-tenu de mon budget, cet achat avait été une folie, mais compte-tenu de mon état mental, il me semblait avoir fait là un geste extrêmement sain. Perchée sur ces hauts talons, je me sentais devenir quelqu'un d'autre et cet autre me plaisait. J'en suivais l'image de vitrine en vitrine, amusée par ce reflet de moi-même où je me voyais tout à coup élégante et presque aussi féminine que Manon. Il me tardait d'arriver à l'hôtel pour voir l'effet que mes nouveaux souliers produiraient sur Franco (à supposer qu'il les remarquerait) et pour appliquer ce vernis à ongles rouge que je transportais avec moi dans un petit sac de papier blanc. Ces souliers, me disais-je, conviendraient parfaitement aux robes que Manon m'avait laissées. Évidemment je n'avais pas, au début, l'intention de porter ses robes, et je dois dire que je n'avais pas même le courage de les toucher. Ses vêtements étaient suspendus dans le placard ou rangés dans les tiroirs d'une commode et je les regardais comme s'ils avaient été des reliques. J'aurais crié au sacrilège si quelqu'un y avait posé ne fût-ce que le bout du doigt. Mais un soir où j'avais l'impression que l'image de Manon allait me fuir, un soir où il me semblait avoir oublié jusqu'aux traits de son visage et où j'essayais de toutes mes forces de les rappeler à ma mémoire, j'ai essayé l'un après l'autre ses chemisiers, ses pantalons et ses robes. Nous étions de la même taille, elle et moi, et ses vêtements m'allaient à la perfection. Debout devant la glace, je regardais mon corps en m'efforçant de ne pas voir mon visage et, lentement, le visage de Manon m'était revenu en mémoire en se substituant au mien. Ce soir-là le sommeil m'avait surprise alors que je relisais mes notes des dernières journées dans une robe noire à pois blancs que Manon affectionnait tout particulièrement. Je m'étais endormie dans un fauteuil et, lorsque je me suis réveillée très tôt le matin, la magie de la veille s'était dissipée. Les vêtements de Manon étaient empilés pêle-mêle sur le plancher, et ils avaient perdu à mes yeux leur caractère inviolable et plus ou moins sacré. Depuis ce jour-là ses vêtements ont rejoint les miens dans le même placard et la même commode et j'ai décidé de les porter comme s'ils m'appartenaient, car je n'ai plus envie de jouer le jeu de la sentimentalité ni celui de la superstition.

Aujourd'hui j'ai acheté un autre cahier noir à la Papelleria Americana. Identique à tous les autres, il a cependant une caractéristique qui les en distingue, car les tranches n'en sont pas blanches, mais rouges. Je n'en suis pas encore aux deux tiers de ce cahier-ci, mais j'avais besoin d'un autre cahier parce que j'ai maintenant de nouveaux projets.

Depuis que les cahiers noirs sont en ma possession, depuis surtout que je me suis mise à les lire et à les relire, j'éprouve un malaise étrange. C'est comme si j'étais devant un brouillon, devant une série de notes et de fragments écrits au hasard des jours et des émotions, et qui n'attendraient que d'être récrits pour prendre une forme définitive. À vrai dire, je ressens à les lire non seulement une sorte d'anxiété que je refoule, mais aussi une sorte d'enthousiasme que je refrène. J'ai peut-être mis du temps à m'en rendre compte, mais je crois comprendre maintenant ce que dissimulent et cet enthousiasme et cette anxiété. C'est le désir que j'ai d'écrire à mon tour et de leur donner moi-même, à ces fragments, la forme définitive qui leur fait défaut, et l'impatience que j'éprouve à les lire ressemble étrangement au sentiment d'insatisfaction qu'éprouverait un auteur devant un texte inachevé. J'ai envie de reprendre les notes de Manon depuis le début, de les récrire, de les enchaîner peut-être même dans un ordre différent, d'en combler les vides et les silences et d'en supprimer les passages inutiles, comme on le ferait d'un premier manuscrit que l'on juge maladroit. À reprendre ces notes, j'en arriverai probablement à les transformer ou même à les trahir mais, à les trahir, je leur ferai peut-être dire, précisément, ce qu'elles cherchent à taire ou à dissimuler. Il se peut aussi que je ne réussisse qu'à les faire dévier de leur trajectoire initiale, mais c'est là un risque que je suis prête à courir. Quoi qu'il en soit, je n'ai rien à perdre et, d'ailleurs, ma décision est déjà prise. Depuis la mort de Manon, plus rien ne m'intéresse en dehors de ces cahiers qu'elle m'a laissés et, au point où j'en suis, je n'ai plus vraiment le choix : ou bien j'entreprends de les récrire, ou bien je me résigne à tourner en rond dans cette chambre d'hôtel jusqu'à la fin de mes jours. Ce n'est peut-être que pure folie, mais ces cahiers me troublent et me fascinent comme un miroir aux alouettes, et j'ai besoin de savoir pourquoi. J'ai déjà commencé à les récrire mentalement dès l'instant où j'ai commencé à les lire, et je n'aurai plus maintenant qu'à suivre pas à pas les notes de Manon pour en retracer le parcours à ma façon. Je sais pourtant que de Manon à moi ces notes auront perdu toute mémoire, car seule Manon aurait pu les récrire en se souvenant, mais je sais aussi que la mémoire n'a rien à voir avec ce qui me préoccupe ici, sauf peut-être en ce qui concerne la part d'imaginaire qui lui est toujours rattachée. Or, s'il le faut, je saurai bien m'en inventer une.

Toutefois je ne me berce pas d'illusions et ne prétendrai jamais ni à la vérité, ni à l'authenticité des faits dont j'ai l'intention d'entreprendre la narration. Ce qui m'importe, c'est de refaire le trajet d'une écriture en m'efforçant d'y retrouver cette part de moi-même qui semble y être enfermée. Car si les cahiers noirs m'obsèdent à ce point, c'est bien parce que, sournoisement et à mon insu, ils ont laissé s'établir entre moi et Manon des rapports dont la complexité me déroute et m'exaspère, et qui semblent échapper à toute logique autre que subjective.

Manon étant disparue, je n'ai plus d'autre interlocuteur que son journal et c'est lui maintenant que je dois faire parler, car lui seul peut me donner accès à cette intimité que j'ai longtemps convoitée et que Manon m'a toujours refusée. Pourtant, cette intimité à laquelle j'ai maintenant droit, c'est Manon elle-même qui m'en a ouvert la porte avant de mourir.

D'abord en ne détruisant pas les cahiers, bien sûr, mais aussi, et c'est cela qui me semble étrange, en me laissant cette chambre d'hôtel que j'ai trouvée intacte, remplie de son odeur et presque habitée encore, cette chambre dans laquelle j'ai parfois l'impression que Manon va revenir comme si elle n'était sortie que pour quelques instants et qu'elle allait apparaître d'un moment à l'autre dans l'encadrement de la porte. Manon avec son grand corps mince et blond, Manon qui entrerait et qui, de sa démarche souple et aérienne, se dirigerait vers le lit pour s'y laisser tomber en soupirant de fatigue et de bonheur.

Il est vrai qu'elle était partie en emportant les cahiers avec elle, mais elle n'était pas sans savoir que ces cahiers me reviendraient, n'est-ce pas ? Il se pourrait d'ailleurs qu'elle ne les ait emportés que par crainte que sa tentative de suicide n'échoue... Mais ce qu'elle n'avait peut-être pas prévu, c'était jusqu'à quel point sa mort allait me toucher, comme une image anticipée de ma propre mort. Car j'arrive à imaginer sans trop de mal que je pourrais bien, moi aussi, mourir de la même façon, un matin du mois de juin, au moment où le soleil commence à percer lentement une lourde couche d'humidité et de brume qui se dissipe progressivement vers le bleu du ciel. Je n'en suis pas encore arrivée au point de vouloir ma propre mort, mais la sienne me fait rêver et continue de vibrer en moi comme une explosion au ralenti qui n'en finirait plus de se produire. Manon meurt encore pour moi chaque matin. Et alors j'ouvre les cahiers noirs, je regarde cette écriture fine et coulante qui s'allonge sur chaque page et, toujours, la même peur et la même excitation s'emparent de moi.

C'est pour cette raison que j'ai acheté cet autre cahier, celui à tranches rouges qui est là sur la table, juste à la limite du cercle de lumière qui se découpe autour de moi et qui laisse dans une demi-pénombre tout le reste de la chambre.

Je suis restée assise pendant plus de deux heures devant la première page de ce cahier à tranches rouges dont la seule vue me laisse interdite et comme affolée. Puis, sentant que je n'arriverais à rien, j'ai finalement repoussé ce cahier pour me rabattre sur cet autre dans lequel j'écris mon propre journal depuis la mort de Manon.

Je sais exactement ce qui ne va pas. Le problème c'est que je n'arrive pas à dire *je,* car je sens qu'il y a là un piège et que j'ai peur d'y tomber. Le travail que je vais entreprendre risque de me demander plusieurs semaines et peut-être même plusieurs mois et je devrai me substituer à Manon pendant tout ce temps-là pour écrire, comme si j'étais à sa place, le compte-rendu de la dernière année de sa vie. Or je crains que cette activité de décentrement ne soit pour moi qu'une source de confusion comme si, à force de m'identifier à Manon, ma personne et la sienne risquaient de se superposer au point où je ne saurais plus *qui* écrit.

Il me faudra marcher sur mes peurs car, au point où j'en suis, je ne peux plus me permettre de reculer. Mais si je consens à dire *je* en acceptant les règles de la *simulation littéraire,* je pourrai toujours prétendre que ma situation n'a rien de plus tragique ni de plus dangereux que celle d'un écrivain qui, sur le point de commencer un récit, se demande s'il aura ou non recours à l'alibi de la fiction, s'il acceptera ou non de s'identifier à l'un de ses personnages pour le laisser parler à sa place, et s'il consentira ou non à décaler d'un cran son propre discours pour se soumettre aux lois de la fiction avec tout ce que cela implique de déplacements, substitutions, détours, simulations... Car si d'autres auteurs en sont sortis intacts (du moins en apparence), je ne vois pas pourquoi je ne pourrais pas en faire autant. À ce que je sache, rien n'a jamais empêché un écrivain de s'inspirer, pour la rédaction d'un roman, de la vie de personnes aimées ou connues...

Lorsque je me suis couchée hier soir après avoir écrit ces dernières lignes, j'avais fermement résolu de me mettre au travail dès ce matin à la première heure. Le cahier à tranches rouges était toujours là qui me défiait, mais je me sentais prête à relever le défi. Toutefois j'ai mis du temps à m'endormir, d'abord à cause de l'excitation qui me gagnait, mais aussi, et contradictoirement, parce que je sentais que cette nuit était le dernier répit que je m'étais accordée.

La journée a passé et je n'ai fait qu'inventer des prétextes pour fuir ma table de travail et reculer l'échéance. Franco m'a d'ailleurs facilité la tâche (et j'ignore si je devrais l'en remercier ou l'en blâmer) en me demandant de le remplacer à la réception de l'hôtel pour tout l'après-midi.

Il y a maintenant de plus en plus de touristes qui, de partout, affluent vers Rome. Ils ont déjà commencé à envahir les rues, les musées, les bars, les restaurants et les hôtels et, assise sur un banc derrière le comptoir de la réception, je les vois défiler sur la Via Veneto avec leur appareil photographique sur l'épaule et leurs lunettes de soleil au bout du nez. À travers cette large porte à deux battants et aux vitres carrelées qui définit mon champ de vision, je ne les vois que l'espace de quelques instants, heureux et décontractés dans leurs complets couleur d'oeuf, leurs robes légères et décolletées, leurs chapeaux de paille et leurs jeans délavés qui n'en sont certainement pas à leur premier voyage, et je me dis qu'il n'y a pas si longtemps j'étais, moi aussi, l'une d'entre eux. Or maintenant tout est différent et je me sens collée à Rome comme un mollusque à une vieille roche humide et familière.

Un peu plus tôt aujourd'hui j'ai écrit à quelques parents et amis pour les informer de la mort de Manon et pour les prévenir de mon intention de prolonger, indéfiniment, mon séjour à Rome, mais je n'ai pas laissé d'adresse, pas plus que je n'ai fourni de motif pour expliquer la prolongation de mon séjour. Pourtant, j'aurais pu leur faire croire n'importe quoi. J'aurais pu leur dire par exemple que Rome m'avait séduite par son arrogance baroque et sa pureté classique, ou par la qualité de sa lumière et la douceur de ses nuits... J'aurais pu leur dire que Rome m'avait éblouie et que j'éprouvais un apaisement profond à me mêler à la foule, celle des rues et des grands cafés, celle des marchés et des grands magasins, ou encore celle qui s'agite à la tombée de la nuit sur les piazze et les squares les plus fréquentés... J'aurais pu expliquer les raisons de mon séjour à Rome de mille et une façons mais, à vrai dire, j'avais le sentiment que cela ne les concernait pas. D'ailleurs, j'aurais bien voulu voir la tête qu'ils auraient faite si je leur avais dit que Manon était morte, que j'habitais sa chambre d'hôtel, que je portais ses vêtements et que je n'avais plus qu'une seule idée en tête, récrire son journal... Non vraiment, je savais qu'ils n'y comprendraient rien, et cela ne concerne que moi et moi seule. Je préfère ne rien dire plutôt que de m'exposer à des interprétations de toutes sortes sur lesquelles je n'aurais aucun contrôle. Et puis, une fois mon travail terminé, ma préoccupation initiale n'y sera peut-être plus lisible, emportée qu'elle sera dans le mouvement même de mon écriture, dans ce détour obligé qui m'aura à la fois éloignée et rapprochée de Manon et de moi-même. Car dans le détour de ce miroir déformant, moi seule pourrai faire la différence entre fiction et réalité, et distinguer ce qui appartient en propre à l'auteur. Et qui sait si je ne leur dirai pas, à mon retour, que Rome m'a profondément inspirée et que j'y suis restée pour écrire ?

— « Alors tu es restée là-bas tout ce temps pour écrire ?

— Oui.

— Et qu'est-ce que c'est ? De la poésie, un roman... ?

— Un roman... ? Oui, disons que c'est un roman...

— Alors tu as fini par écrire, hein ? Mais qu'est-ce que ça raconte ? L'histoire d'une pauvre - héroïne - aux - désirs - coupables - qui - part - à - la - recherche - de - valeurs - authentiques - dans - un - monde - ignoble - et - dégradé, peut-être... ? hein ?

— Euh... Oui, oui... si vous voulez... »

cahiers à tranches rouges 1

> « Savoir qu'on n'écrit pas pour l'autre, savoir que ces choses que je vais écrire ne me feront jamais aimer de qui j'aime, savoir que l'écriture ne compense rien, ne sublime rien, qu'elle est précisément *là où tu n'es pas* — c'est le commencement de l'écriture. »
>
> R. Barthes

Paul ne tardera pas à mourir, du moins c'est ce que m'ont dit les médecins. Ils sont incapables de prévoir quand exactement, mais ils m'ont dit que c'était pour bientôt. En attendant, Paul est toujours dans le coma, et quand je dis *en attendant,* c'est précisément ce que je veux dire. Car depuis l'accident, je ne peux rien faire d'autre qu'attendre, attendre que tout soit fini.

Sa motocyclette s'est écrasée sur un pilier de béton alors qu'il roulait seul sur l'autoroute des Laurentides, un matin ensoleillé du début du mois de juin. Je n'ai rien vu de cet accident, mais son image s'est gravée dans mes pensées et je n'arrive plus à la chasser de mon esprit. Toujours, c'est une image en contre-plongée, une vue aérienne et presque au ralenti qui se présente à moi comme sur un grand écran et, de très haut, je vois d'abord sa moto rouler à toute vitesse comme un minuscule point rouge qui se déplacerait à peine tellement je suis loin. Mais au moment où la moto dévie de sa trajectoire pour aller se heurter contre un pilier de béton, un changement brusque se produit et les images se succèdent plus rapidement, en plans rapprochés. Je peux voir les pièces de métal voler en éclats tandis que le corps de Paul bondit dans les airs, et cet instant me semble aussi interminable que si son corps, défiant toutes les lois de gravité, ne devait plus jamais retomber. Mais cette chute, je l'attends malgré tout. Je sens alors mes muscles se contracter et mes nerfs se raidir comme si je me préparais à entendre le bruit d'une explosion. Mais l'explosion se fait attendre, et ce n'est que lorsque ma tension est enfin retombée que je vois le corps de Paul s'écraser mollement sur l'asphalte. Comme dans un film au ralenti qui ferait toujours marche avant, puis marche arrière et marche avant, les images reprennent alors depuis le début. La bobine semble réglée automatiquement pour projeter les mêmes images, toujours les mêmes images, mais le film est muet.

Deux semaines se sont écoulées déjà depuis cet accident. La nuit, je n'arrive que très difficilement à dormir et, lorsqu'enfin je me suis assoupie, il y a toujours un moment où je me réveille en sursaut, le coeur battant et les mains moites. Le film s'est déclenché à nouveau et, encore une fois, j'ai vu le corps de Paul retomber sur le sol, inanimé. Sa moto n'est plus qu'un amas inextricable de pièces métalliques, son crâne est fracassé, ses os brisés, mais il respire encore. Et c'est cela qui est le plus terrible, c'est qu'il respire encore. Depuis cet accident, les nuits me font peur et les jours ne me laissent pas beaucoup plus de répit. Je n'arrive à parler de tout cela à personne et, ayant fait l'acquisition d'un répondeur automatique, je ne me donne même plus la peine de répondre au téléphone. Je sais pourtant que j'ai tort de m'isoler ainsi mais, dans mon état actuel, je crois que c'est préférable. Il y a bien quelques amis qui sont venus me rendre visite au début, mais ils semblaient éprouver un tel malaise à me parler que je n'ai pas pu supporter leur présence. Eux aussi se sentent dépassés par les événements et je sais bien qu'ils aimeraient pouvoir me réconforter. Mais ils en sont incapables et ne peuvent m'offrir que leurs soupirs, leurs sourires gênés ou leurs timides haussements d'épaule, sans compter leurs absurdes « Tout va s'arranger » et « Rien n'est encore perdu » ... D'ailleurs ma vie ne regarde que moi, et il y a des choses dont je ne pourrais pas parler actuellement. Paul et moi avons su maintenir jusqu'à la fin (cette fin qui n'en est pas encore une puisque Paul est toujours vivant, dans le coma mais vivant) l'image d'un couple heureux et amoureux, et ce n'est pas maintenant que je vais commencer à détruire cette image. Et d'ailleurs, ça servirait à quoi ? Ça servirait à quoi de leur dire qu'au moment où l'accident s'est produit, ma relation avec Paul était sur le point d'éclater ? Il y a des choses que je dois taire, même avec mes amis les plus intimes, pour ne pas altérer inutilement le souvenir qu'ils ont de Paul. Non pas que je veuille le protéger, mais ce n'est pas à moi de dire ce qu'il a dissimulé à tout le monde, même à moi, et que je n'ai découvert que par hasard. D'ailleurs ce que j'aurais à leur dire n'a rien à voir avec l'accident, et le fait d'en parler ne me rendrait pas la situation plus supportable. Cela ne ferait au contraire qu'augmenter le malaise, celui des autres et le mien. Et quoi qu'il y ait eu entre Paul et moi durant les quelques mois qui ont précédé l'accident, cela ne m'empêche pas de souffrir maintenant à la pensée qu'il va mourir. En fait, je n'en suis que plus troublée, plus déconcertée, et mes souvenirs les plus tendres, qui se font déjà obsédants, perdent toute réalité lorsque je les vois au travers des événements des derniers mois.

Paul et moi avons vécu ensemble pendant cinq ans. C'était un homme à la fois doux et extravagant, doté d'une sensibilité artistique presque trop aiguë qui le rendait souvent fébrile et parfois vulnérable. Je le revois se lever le matin et se diriger lentement vers la salle de bain, le corps endormi et chancelant mais souple, aussi souple qu'un corps de danseur ou de femme, puis revenir, les hanches enveloppées dans une longue serviette de bain, la peau encore humide et reluisante, et s'étendre de tout son long sur moi, par-dessus les couvertures, en faisant bouger tout en rond son ventre sur le mien. Et je revois ses jambes, longues et musclées, se frayer un chemin entre les miennes, et alors j'ai peur, soudain, de me retrouver seule, de me réveiller seule chaque matin, de ne plus pouvoir me coller à la chaleur de son corps sous les draps, peur aussi à la pensée que quelqu'un d'autre puisse un jour prendre sa place sous mes couvertures. D'ailleurs, je ne pourrai jamais oublier la façon qu'il avait parfois de s'endormir la tête sur mes reins, le bras enroulé autour de l'une de mes cuisses. Souvent, la nuit, il se réveillait et me caressait doucement jusqu'à ce que je me réveille aussi. Alors je ne bougeais pas, je me laissais faire, et je me contentais seulement de tenir sa tête entre mes mains sous les couvertures...

Mais si ces pensées m'attendrissent encore, je sens toutefois qu'elles me laissent, sur le visage, un sourire parfois dédaigneux, parfois amer. Je sais bien que ce sourire en est un de défense (car je n'ai pas de mépris pour Paul), et je voudrais tout simplement pouvoir me convaincre que ces images de tendresse ne me touchent plus. D'ailleurs, je n'ai qu'à penser aux huit derniers mois de ma vie avec Paul pour que mes souvenirs perdent tout pouvoir attendrissant.

Bien que je n'y comprenais rien alors, il y a eu un point tournant dans nos rapports. À partir d'un certain moment Paul s'est détaché de moi et, tandis qu'il me faisait l'amour sans conviction, je sentais qu'il ne me désirait plus autant. Parfois, le soir, il se couchait bien longtemps après moi sous prétexte d'avoir un travail urgent à terminer, mais je savais qu'il s'affairait dans le seul but de ne pas se mettre au lit en même temps que moi. Il attendait que le sommeil me gagne avant de me rejoindre sous les draps. Certains soirs, je feignais de dormir pour voir combien de temps allait durer son manège. Le travail urgent qu'il avait à faire ne lui demandait jamais plus de temps que celui que je mettais moi-même à m'endormir... De plus, il rentrait souvent très tard et ne prenait jamais la peine de me prévenir. Alors j'ai compris qu'il me fuyait et que ses sentiments pour moi avaient changé.

Anxieuse et perplexe, j'ai passé de longues soirées à l'attendre et à bondir sur le téléphone dès que la sonnerie se faisait entendre. À quelques reprises Paul est même disparu de la maison pendant plusieurs jours et, à son retour, il était aussi agressif que méfiant. Prenant plaisir à me contrarier à propos de tout et de rien, il se refusait à toute forme d'explication, et son attitude ironique et méprisante m'est devenue insupportable. Je ne pouvais rien tirer de lui et, d'ailleurs, il savait me faire sentir qu'il ne me devait rien. Ma seule présence le dérangeait. Quoi que je dise, quoi que je fasse, je le dérangeais... Il me reprochait de travailler la nuit, de ne pas voir d'autres hommes que lui, d'avoir refermé ma vie sur lui et de l'empêcher de vivre sa vie comme bon lui semblait. Ce faisant, il me reprochait (du moins le croyais-je alors) tout ce qu'il se reprochait à lui-même et contre quoi il avait décidé de réagir. Or, il faisait tout pour me rendre la vie insupportable, et je le soupçonnais de vouloir que ce soit *moi* qui explose, *moi* qui prenne une décision que lui-même n'avait pas le courage de prendre. Je croyais que Paul voulait me quitter mais, malgré tout ce qu'il pouvait faire ou dire, je ne l'en désirais que davantage. J'aurais pu comprendre qu'il eût besoin d'aventures, besoin d'espace autant physique que psychologique, ou encore besoin de temps pour lui-même, mais il se retournait contre moi et cela, je ne pouvais pas l'accepter. Si seulement j'avais pu lui parler... Il voulait que je me sente coupable de ce qui nous arrivait et, s'il y parvenait parfois, cela ne durait jamais bien longtemps. J'apprenais petit à petit à me défendre, mais cela n'allait pas tout seul, car plus il me rejetait et plus je m'accrochais désespérément à lui. Comment aurait-il pu en être autrement ? J'avais mis toute ma confiance en cet homme pendant près de cinq ans et je ne pouvais pas m'empêcher de penser que ce n'était qu'un mauvais moment à passer, qu'une crise, une simple crise. D'ailleurs, et c'est peut-être cela qui me rendait confuse ou qui me permettait d'espérer, il y avait encore des moments où, la tension se relâchant, nous nous retrouvions tous les deux comme avant. Paul arrivait à la maison très tôt le soir et, sans manifester aucune forme d'agressivité à mon égard, il redevenait l'homme doux et un peu fou que j'aimais tant. Alors je lui faisais confiance à nouveau et, prête à oublier tout le reste, je me remettais à respirer. En ces rares occasions, Paul arrivait même à me faire croire qu'il me désirait encore, mais je sais maintenant que ce n'était que pur mensonge, que ce n'était qu'un jeu pour lui, un jeu où il se mettait lui-même à l'épreuve dans le seul but de vérifier où en étaient ses sentiments envers moi. Il se testait, ni plus ni moins. Mais de cela aussi je devais voir la fin, car son jeu avait des limites, *une* limite. En effet, tant qu'il pouvait réagir à moi sexuellement, j'avais des raisons de croire que cette situation n'allait pas durer et que tout rentrerait dans l'ordre un jour ou l'autre. Je me disais qu'après tout Paul était sincère, qu'il ne m'avait jamais déçue auparavant et que, s'il traversait une période difficile, je n'avais aucune raison de lui en vouloir. Désireuse de l'aider et de le supporter, je suis donc devenue cette femme compréhensive et silencieuse qui acceptait tout sans rien dire et qui était là quand il en avait besoin, toujours prête à subir les pires insultes et à tout excuser. Je crois même que j'en étais fière, comme si cela avait été la preuve que j'étais plus forte que lui.

Mais à partir du moment où Paul a commencé à éprouver des difficultés à me faire l'amour, j'ai compris que c'était sans espoir et qu'il nous serait impossible de faire marche arrière. Paul ne pouvait plus me faire croire qu'il me désirait encore (il y a des situations où on ne peut pas mentir), et moi j'avais l'impression de voir un peu plus clair dans son jeu. En fait, je commençais à comprendre la signification *réelle* de ces instants où il *prétendait* vouloir se rapprocher de moi.

Cela a commencé un soir où Paul s'est littéralement jeté sur moi après avoir bu plus de la moitié d'une bouteille de cognac à lui seul. S'agrippant avec rudesse à mes cuisses, à mon ventre et à mes seins, il a plaqué rageusement ses lèvres sur les miennes et, m'écrasant de tout son poids, il a appuyé de toutes ses forces son sexe sur le mien. Il ne se contrôlait plus, mais il n'y avait dans tout cela aucun désir et, sous son jean, son sexe était calme. Paul était furieux, et moins il réagissait, plus il s'en prenait à moi. J'avais beau lui crier de cesser, j'avais beau me débattre et le repousser, rien n'y faisait et il s'obstinait sur moi comme s'il avait voulu me traverser de part en part. Il m'était devenu étranger, et je ne le reconnaissais plus. Ses jambes forçaient les miennes à s'ouvrir, ses mains se resserraient autour de mes poignets, et je me sentais à la fois révoltée et dégoûtée. Puis il s'est levé brusquement et m'a regardée d'un air méprisant, le visage tendu et les lèvres serrées. Voyant que je ne réagissais pas, il m'a secouée violemment en me disant que tout était fini, que nous en étions rendus là et qu'il voulait que je le laisse tranquille une fois pour toutes... Quelques instants plus tard il m'a relâchée et s'est enfermé dans sa chambre.

C'est à partir de ce moment que j'ai compris que toutes les fois où il s'était radouci à mon égard en voulant me faire croire qu'il me désirait encore, Paul n'avait cherché en réalité qu'à se mesurer à moi ou, plutôt, qu'à déterminer la mesure de ses propres désirs. Jamais pourtant, avant ce jour-là, il n'avait fait preuve de violence envers moi. Il y a eu par la suite quelques autres soirées où j'aurais pu croire qu'il était revenu à de meilleurs sentiments mais, malgré l'application qu'il mettait à faire semblant de vouloir me séduire, je savais qu'il n'avait à chaque fois qu'une seule et même intention, se prouver à lui-même qu'il me désirait de moins en moins. Ce n'est d'ailleurs que lorsqu'il a été convaincu de ne plus me désirer du tout que tout a cessé et que Paul s'est mis à me fuir en évitant de façon presque maladive tout contact physique avec moi.

Quant à moi, je ne savais plus où j'en étais, mais je n'avais pas encore le courage de le quitter, même en sachant qu'il n'avait plus aucun égard envers moi et qu'il se souciait peu de savoir s'il me torturait ou non. J'avais beau lui trouver des excuses et me dire qu'il y avait peut-être une autre femme dans sa vie, mais même cela ne pouvait pas expliquer son comportement. Paul était susceptible, nerveux, irritable, et je sentais que quelque chose le troublait profondément, ou qu'il s'en prenait à moi pour ne pas avoir à s'en prendre à lui-même. J'avais parfois l'impression qu'il se reprochait quelque chose, mais jamais je n'aurais pu me douter de ce qui se passait en réalité.

La situation étant intenable, je me suis mise à chercher des moyens pour y échapper, du moins temporairement, et j'ai commencé à sortir très souvent de façon à ne pas être à la maison lorsque lui y était. Ainsi, plus d'une fois, je suis allée rendre visite à des amis qui habitaient à la campagne. Mais lorsque je revenais à l'appartement, je retrouvais toujours tout dans le même ordre exactement que quand j'étais partie. Rien n'avait bougé, pas même un cendrier, et j'étais convaincue que

Paul n'avait pas mis les pieds une seule fois à la maison durant tout le week-end. Si je lui demandais où il était allé, il me répondait qu'il n'avait pas l'intention de m'interroger sur mes allées et venues et qu'il s'attendait à ce que je fasse de même.

Je savais que je n'avais plus le choix et que je devais le quitter si je ne voulais pas me détruire moi-même, mais je retardais toujours l'échéance. Paul aussi d'ailleurs. La situation allait exploser d'un moment à l'autre (si ce n'était pas déjà fait) et j'étais toujours aussi incapable d'admettre que notre relation ait pu aboutir à un tel échec. Quant à Paul, il semblait s'accrocher à notre relation comme s'il avait voulu préserver l'image que les autres avaient de lui, car je faisais partie de cette image et il refusait d'assumer ouvertement les changements qui se produisaient dans sa vie. Je continue de croire qu'il aurait pu m'épargner davantage et qu'il n'avait pas à déverser sur moi autant d'agressivité. Je comprends qu'il lui était difficile de se confier mais, s'il l'avait fait, la situation aurait été beaucoup plus saine. Plus orageuse peut-être, mais sûrement beaucoup plus saine.

J'étais assise sur un banc de parc en face de l'hôpital. C'était un édifice tout blanc, un édifice à plusieurs étages arrondi en quart de cercle, et derrière chaque fenêtre duquel il y avait un lit, tout blanc aussi, avec quelqu'un dedans. Il était un peu plus de quatre heures et, encore très haut dans le ciel, le soleil venait frapper le mur de l'édifice pour le rendre encore plus blanc, presque éblouissant. L'une des fenêtres en particulier absorbait complètement les rayons du soleil comme un miroir sur lequel on se serait amusé, enfant, à faire rebondir la lumière.

J'étais assise de l'autre côté de la rue, en face de cet édifice, et j'étais là depuis longtemps, une heure peut-être, en fait depuis que les heures de visites étaient terminées. J'avais laissé tomber mon sac à main près de moi, sur le banc, et les mains posées à plat sur mes cuisses, je sentais une chaleur moite traverser l'épaisseur du tissu de mon pantalon. Je ne pouvais pas m'empêcher de regarder droit devant moi sans presque jamais cligner des yeux et je me sentais comme figée, paralysée, mais j'avais pleine conscience de ce qui m'arrivait. Ma tête reposait mollement sur mon cou comme si elle avait été prête à chavirer et j'avais le sentiment de vivre quelque chose de *dramatique,* sentiment que je m'efforçais de nourrir et d'entretenir. À la douleur aiguë que j'éprouvais se mêlait en effet une sorte de complaisance qui seule rendait cette douleur supportable parce qu'elle me permettait de me voir, de m'observer de l'extérieur.

Sans m'en rendre compte, je me suis mise à me raconter à moi-même ce qui m'arrivait : « Elle est assise sur un banc de parc en face de l'hôpital où l'homme avec lequel elle a vécu pendant près de cinq ans est sur le point de mourir. Elle porte un chemisier marine trop ample, un long collier rose, et un pantalon beige. Les jambes croisées sous le banc, elle a retiré l'une de ses sandales et tente maintenant de la rattraper avec la pointe de son pied droit. Elle regarde droit devant elle et ses yeux, toujours fixes, se sont arrêtés depuis longtemps à l'une des fenêtres de l'édifice qui lui fait face. Devant elle les autos passent, s'arrêtent au feu rouge, repartent. Il doit bien être cinq heures maintenant, car la circulation est déjà plus dense et que les gens se pressent sans aucune raison, se ruant à l'arrivée des autobus pour s'y entasser. Ce n'est déjà plus l'heure des vieilles dames seules, des flâneurs ou des promeneurs de chiens, mais elle, elle est toujours là, assise sur le même banc de parc avec le même chemisier bleu, le même collier rose, la même angoisse, et elle se sent retenue à ce banc comme si », etc., etc., etc.

Ce qui, vu d'un oeil étranger, aurait pu sembler banal, devenait tout à coup un autre épisode de ce drame que je vivais depuis l'accident de Paul. Le simple fait de me raconter à moi-même ma propre histoire avait pour effet de la *dramatiser* à mes yeux, mais aussi, de la *dé-réaliser.* Et la distance que je prenais ainsi vis-à-vis de moi-même, celle qui s'établissait entre moi-vivant et moi-racontant, me rendait en quelque sorte moins vulnérable à la douleur que j'éprouvais, car la douleur elle-même semblait devenir moins *réelle.* Je n'étais plus la victime d'un simple fait divers avec photos en première ou en dernière page (car l'accident de Paul avait fait la manchette de quelques quotidiens), mais bien la seule protagoniste d'un véritable cataclysme sentimental et d'une catastrophe à l'échelle individuelle. Mon drame à moi était unique, sans précédent, et j'en étais l'héroïne incontestée. Sur mon banc de parc, je continuais donc de me raconter comment je m'étais retrouvée cet après-midi là « devant le corps de Paul, devant cette masse inerte et blanche aux jambes suspendues à des poulies métalliques et dont le visage, enveloppé dans la rude épaisseur des pansements, laissait à peine entrevoir des lèvres pâles et minces sous le contour jauni de deux paupières gonflées et closes », etc.

Cette scène du banc de parc s'est répétée presque chaque jour depuis plus d'un mois, car après avoir quitté cet hôpital aux murs trop blancs et aux planchers trop luisants, je n'arrive plus à me décider à rentrer chez moi. Alors je reviens m'asseoir sur ce banc et j'attends, j'attends de pouvoir faire le vide ou que le processus de *dé-réalité* s'engage, car je ne peux pas continuer de vivre comme si de rien n'était tant que je reste accrochée en toute lucidité à l'image de Paul sur son lit d'hôpital.

Mais si j'éprouve tellement de difficulté à retomber les pieds sur terre *après* avoir vu Paul, les choses ne sont guère plus faciles *avant,* c'est-à-dire chaque fois qu'arrive le moment de partir de chez moi pour me rendre à l'hôpital. Il me prend alors une envie de vomir, mais cela ne change rien puisque je sais que j'irai de toutes façons. Quand j'étais jeune, j'avais aussi des nausées toutes les fois que je me sentais obligée de faire quelque chose contre mon gré, contre ma volonté, mais cela n'a jamais été une raison suffisante pour que je m'abstienne de faire ce que l'on attendait de moi. Avec Paul ce n'est pas tout à fait la même chose, car dès que j'ai réussi à quitter la maison, je n'ai plus qu'un seul désir: être là le plus tôt possible.

Les premiers jours, je ne pouvais voir Paul qu'à travers un panneau vitré. Il était dans un service de soins intensifs et personne, sauf le personnel de l'hôpital, n'était autorisé à l'approcher. Maintenant, je peux le voir, le toucher, poser mes mains sur son lit si je le veux, et je peux même l'entendre respirer, bien que le bruit de sa respiration soit assourdi par celui des appareils qui le maintiennent en vie artificiellement.

À le voir de si près, je ne peux pas m'empêcher de penser que Paul n'attend plus rien de personne, ni même de moi bien sûr, mais dans mon cas à moi l'accident n'y est pour rien. Cela avait déjà commencé bien avant.

Je sais que Paul est inconscient, mais ma présence est tout ce que je peux encore lui offrir et je tiens à venir quand même. Il m'est arrivé et il m'arrive encore parfois d'avoir envie de le laisser là, dans cette chambre encombrée de bouteilles, de tubes et d'appareils de toutes sortes, envie de partir et de ne plus jamais revenir comme si tout cela n'avait été qu'un mirage ou une blague, un malentendu ou une farce. À d'autres moments ce n'est pas l'envie de l'abandonner qui me prend, mais celle de mettre fin à sa vie une fois pour toutes. Je n'aurais qu'un geste, qu'un simple geste à faire. Qui donc, en me voyant entrer tous les jours dans cette chambre d'hôpital, pourrait se douter que j'attends avec tellement d'impatience la mort de Paul ? Assise dans un coin de sa chambre à deux pas de la fenêtre qui ouvre sur le parc, je me laisse aller à mes rêveries éveillées comme si elles pouvaient me servir d'antidotes, et je revois Paul s'allonger près de moi sur le divan du salon, prendre ma tête entre ses mains, défaire lentement les boutons de mon chemisier, et caresser doucement la pointe de mes seins.

« Ou bien il meurt, ou bien c'est la paralysie presque totale », ont-ils dit. Et à chaque fois que je considère cette alternative qui n'en est pas une, mes souvenirs se mettent à basculer dans ma tête comme des billes dans un panier et le vertige me prend. Alors j'essaie de concentrer mon attention sur ce qui m'entoure, sur le vernis brillant des parquets, la lourdeur des rideaux, la rondeur d'une bouteille, ou la blancheur des draps, mais les objets semblent n'avoir à m'offrir que leurs qualités abstraites et n'ont rien de cette présence rassurante que je voudrais leur trouver. D'ailleurs je ne suis, dans cet hôpital, qu'une intruse ou une étrangère. Il y a ici des centaines d'individus avec lesquels je n'ai rien à voir, des centaines d'individus dont le corps refuse de fonctionner normalement et qui, recroquevillés sur des draps toujours tendus et frais, attendent avec frayeur, impatience ou indifférence, qui un dernier diagnostic, qui un coup de bistouri ou une potion magique, qui encore la morgue ou une carte de sortie. Et je n'arrive pas à oublier que la peur s'est installée dans chaque lit, sur ces mêmes draps tendus et frais. Alors, pour ne pas trop se décourager, on se dit qu'on a surtout peur d'avoir peur pour rien. Le nez collé sur soi, on se regarde, on s'examine, parce que dans ces occasions-là le corps ne s'oublie plus. Il s'est mis à parler et on craint de ne pas entendre tout ce qu'il a à dire, alors on le guette, on le questionne, on cherche à le surprendre, et le moindre signe qu'il émet semble aussi précieux que les premiers mots d'un enfant... C'est la course aux symptômes. Mais quand le corps se met à parler trop fort ou à hurler, on demande à le faire taire parce que le bruit, ça dérange, et que les cris ça n'est pas supportable. Qu'il parle, mais en silence. Et on lui donne des calmants pour qu'il parle à voix basse parce que, dans les hôpitaux, il y a des gens malades et qu'on ne doit pas les déranger, surtout quand ils sont en train de mourir...

De temps à autre une infirmière apparaît dans l'encadrement de la porte, jette un coup d'oeil rapide à l'intérieur (Paul respire toujours) et repart. J'imagine alors la tête qu'elle ferait si elle s'apercevait que Paul ne respire plus et que l'appareil a été débranché, et je me demande surtout ce qu'ils feraient de moi, s'ils préviendraient la police ou s'ils essaieraient de me couvrir en étouffant l'affaire. Étrange tout de même que je puisse penser à tout cela sans rougir, car je crois pouvoir dire que j'aime encore Paul, même si je ne sais pas ce que peut vouloir dire *aimer* dans de telles circonstances. Je sais pourtant que j'aurais toutes les raisons du monde d'éprouver de la rancune, sinon de la haine, à son égard, mais bizarrement je n'éprouve rien de tout cela. Ce qui s'est passé entre nous n'est plus pour moi qu'un autre épisode du même drame à deux personnages où ni lui ni moi n'avons eu le beau rôle. Et quand j'y repense aujourd'hui, quand je repense surtout à cet instant où il m'a été donné de découvrir, par hasard, ce que Paul s'était efforcé de me dissimuler pendant plusieurs mois, j'en arrive à imaginer que tout cela est arrivé à quelqu'un d'autre et que Paul n'a fait que jouer un rôle qu'il n'avait pas choisi.

C'était un vendredi, en début de soirée, et j'avais décidé quelques heures plus tôt de passer le week-end en dehors de la ville chez des amis qui habitent dans une immense maison de ferme.

Au moment de mon départ, Paul n'était pas encore rentré, et je me suis contentée de lui laisser une note sur la table de la cuisine: je partais pour quelques jours et je prenais la voiture.

Déjà Paul semblait s'ingénier à multiplier les confrontations dès que nous nous retrouvions l'un en présence de l'autre. Ayant résolu de m'exposer le moins possible à quelque querelle que ce soit, je quittais donc la maison dès que j'en avais l'occasion et, à chaque fois, Paul semblait ravi de me voir partir. D'ailleurs il ne partageait plus la même chambre que moi depuis déjà quelques semaines, et il s'était installé dans une petite pièce à l'arrière de la maison où il dormait sur un divan qui, habituellement, servait de lit pour nos amis de passage à Montréal. Cette pièce était devenue *la sienne* et Paul m'avait défendu d'y mettre les pieds. Nos rapports étaient donc toujours aussi tendus et, peu après qu'il eût décidé de faire chambre à part, j'avais commencé à me chercher secrètement un nouvel appartement pour mettre fin, officiellement, à cette relation qui se détériorait chaque jour davantage. Je n'avais pas encore parlé de mes projets à Paul parce que je ne pouvais plus prévoir aucune de ses réactions et que j'avais peur qu'il ne saute sur l'occasion pour me faire une scène. Une fois l'appartement trouvé, il serait bien assez tôt pour lui faire part de mes projets, du moins était-ce ce que je croyais.

Après avoir fait des courses pendant quelques heures, j'ai donc finalement quitté la ville. Il devait être environ neuf heures. Je roulais sans hâte et j'étais heureuse d'être seule, heureuse de partir encore une fois.

J'ai toujours aimé conduire et, ce soir-là, j'aurais eu envie d'aller loin et de conduire longtemps, toute la nuit même, pour le seul plaisir d'être sur la route et de n'avoir plus aucune de mes préoccupations habituelles. Mais à quelque quarante milles de la ville, la voiture est tombée en panne sur l'autoroute des Cantons de l'est. J'étais pour ainsi dire en plein champ, la nuit était déjà tombée et je craignais de ne pas pouvoir trouver de mécanicien à une heure aussi tardive. Mais au bout de quelque temps une voiture s'est arrêtée et un homme d'une quarantaine d'années est venu à ma rescousse. Il connaissait bien la région et il était heureux, disait-il, de pouvoir aider une « jeune femme en détresse ». Il ne croyait pas si bien dire car, en détresse, je l'étais, mais pour de toutes autres raisons.

La voiture a été remorquée et, après une inspection rapide, le mécanicien m'a assurée que le trouble était mineur. Toutefois les réparations ne pouvaient pas être faites avant le lendemain matin parce qu'elles nécessitaient des pièces de rechange. J'ai laissé là la voiture et, à regret, j'ai pris un autobus en direction de Montréal avec l'intention de revenir le lendemain après-midi pour la récupérer et continuer ma route. Ce n'était certes pas un tel incident qui allait me forcer à passer le weekend avec Paul.

En arrivant à l'appartement cette nuit-là, je savais que Paul y était car, de la rue, je pouvais voir de la lumière aux fenêtres. Je savais aussi que j'allais être accueillie plutôt froidement, mais jamais je n'aurais pu prévoir ce qui m'attendait réellement. Lorsque je suis entrée, j'ai pris toutes mes précautions pour ne pas faire de bruit, car je me disais que si Paul était dans sa chambre tout au fond du couloir, j'avais peut-être des chances de me rendre à la mienne sans qu'il ne s'en rende compte. En arrivant sur la pointe des pieds devant la porte de ma chambre, j'ai vu que la veilleuse y était allumée et, dans cette demi-clarté, j'ai pu voir très distinctement deux corps allongés sur les draps, nus, les jambes emmêlées, la tête de l'un enfouie au creux de l'épaule de l'autre. Paul dormait dans les bras d'un homme qui dormait lui aussi, mais le visage de cet homme je ne pouvais pas le voir. Ils ne m'avaient pas entendue rentrer et ils dormaient toujours.

Je suis restée là pendant quelques instants, debout dans l'encadrement de la porte, et j'avais peine à croire ce que je voyais. J'étais figée et comme fascinée par la scène qui s'offrait à mes yeux. Le coeur battant et les jambes tremblantes, je me suis écartée de la porte pour m'appuyer sur le mur extérieur de la chambre. Le sol était sur le point de basculer sous mes pieds et je ne sentais plus rien. À vrai dire, j'ai peine à décrire ce que j'ai éprouvé en cet instant précis. Je me souviens seulement de cette pression que je sentais à la hauteur de ma poitrine et qui m'empêchait de respirer comme si mes seins avaient été sur le point d'éclater, et de cette douleur qui me déchirait le ventre et la tête comme une crevasse. Je ne comprenais plus rien, je ne voyais plus rien autour de moi et, soudainement, j'ai senti qu'il me fallait partir, partir au plus tôt avant que l'un ou l'autre ne se réveille et qu'il ne se rende compte de ma présence. Partir, je n'avais que cela en tête, mais je me sentais aussi impuissante à le faire que quand, dans certains rêves, on s'entête à vouloir courir et que nos jambes refusent d'avancer. Puis l'un d'eux a bougé et cela m'a fait sortir de ma torpeur. Les jambes chancelantes, je suis donc repartie en douce.

Je me suis retrouvée sur la rue en pleine nuit sans savoir où aller. J'étais étourdie, mais je me forçais à marcher parce que je ne savais pas quoi faire d'autre et que je ne pouvais quand même pas rester là sur le trottoir à attendre que le jour se lève. Il n'était surtout pas question pour moi de me réfugier chez des amis, d'abord parce qu'il était très tard, mais aussi parce que je ne me sentais pas le courage de leur fournir des explications. Ni les amis de Paul ni les miens n'étaient au courant de ce qui s'était passé entre nous au cours des derniers mois, et toute curiosité de leur part m'aurait semblé une agression.

J'étais encore sous le choc de la scène qu'il m'avait été donné de voir mais, à force de marcher, j'ai fini par me calmer. J'étais étonnée d'être si peu affectée par ce que je venais de découvrir (j'imaginais peut-être que j'aurais dû mourir sur le coup) et je ne comprenais pas pourquoi je n'éprouvais ni rancoeur, ni haine, ni dégoût, ni jalousie. En fait je me disais que j'étais déjà suffisamment détachée de Paul pour ne pas me sentir menacée par ce que je venais de voir, mais cela ne m'empêchait pas de me sentir complètement abandonnée car il y avait eu, dans cette scène que je revoyais alors d'une façon très précise, quelque chose de doux et de tendre que Paul m'avait refusé depuis longtemps et dont je m'étais sentie exclue. Mais pour le reste, je ne me sentais ni responsable ni même concernée par ce qui arrivait à Paul. J'étais trop déroutée, trop déconcertée pour cela. Bien sûr j'étais blessée (on le serait à moins), mais j'avais le sentiment que ma réaction eût été encore plus violente si j'avais surpris Paul en compagnie d'une autre femme, car je me disais qu'après tout il ne m'avait pas tout simplement remplacée par une autre, mais qu'il avait cherché, et trouvé, ce que ni moi ni aucune autre femme n'aurait jamais pu lui donner.

Quant aux raisons qui auraient pu expliquer comment Paul en était arrivé là, je n'en avais pas la moindre idée. La situation me paraissait invraisemblable, et j'étais littéralement dépassée par les événements comme si toute logique (et même la logique des rapports amoureux) avait été impuissante à expliquer ce que j'étais en train de vivre. J'avais vécu cinq années de ma vie avec un homme, et il m'avait laissée pour un autre homme. Cela dit, je ne voyais pas ce que je pouvais ajouter de plus.

D'ailleurs j'en suis encore exactement au même point aujourd'hui. Enfin presque, car j'ai quand même compris certaines choses depuis cette nuit-là. Ainsi, j'imagine que Paul a dû réprimer pendant longtemps cette attirance qu'il éprouvait pour d'autres hommes (j'ai du mal à croire que cette attirance se soit manifestée subitement), et je comprends qu'il ait pu en souffrir. De plus, et cela j'ai mis du temps à l'admettre, je conçois aussi que cette homosexualité latente ait pu me séduire à mon insu dès le début de notre relation. Mais cela, c'est une autre histoire.

Vers la fin de la nuit, peu avant que le soleil se lève, je me suis dirigée vers le terminus d'autobus pour y dormir pendant quelques heures. À mon réveil je me suis retrouvée soudainement au milieu d'une foule, mais cette foule avait quelque chose de rassurant. Il était encore très tôt et déjà, valises en main, les gens se précipitaient hors de la ville. Ce n'étaient pas des travailleurs mais une foule de vacanciers prêts à se ruer à la campagne pour les quelques heures qu'allait durer le weekend, et leurs visages étaient souriants, impatients ou détendus, mais en tout cas heureux.

Après m'être rafraîchie dans la salle de repos à la disposition des voyageurs, j'ai avalé rapidement un café et une brioche au comptoir de la gare et je suis montée dans le premier autobus qui partait en direction du village où je devais reprendre ma voiture en début d'après-midi. Les événements de la veille m'avaient laissée confuse (c'est le moins que je puisse dire), et je ne savais plus très bien où j'en étais, mais je crois me souvenir que je me sentais soulagée. J'avais fini par découvrir ce que Paul n'avait pas osé m'avouer lui-même, et je m'en sentais plus forte, mais je ne pouvais pas m'empêcher d'être amère parce que je savais que Paul m'avait menti et qu'il n'avait pas eu le courage de me faire face. J'étais amère aussi parce que je le soupçonnais de s'être servi de moi pour camoufler ses activités *parallèles*. Incapable d'assumer ouvertement la nouvelle orientation qu'avaient prise ses désirs, et bien qu'il ne supportât plus ma présence, il n'avait manifesté à aucun moment la volonté de me quitter. Les apparences étaient sauves tant que nous vivions ensemble, et personne n'aurait pu se douter, pas même moi, de la façon dont il vivait le soir. Paul était un être plutôt conservateur, et je pouvais concevoir qu'il ait eu peur que sa famille, ses amis et ses clients le taxent d'immoralité ou de *déviance*, mais cela ne justifiait certainement pas l'attitude qu'il avait adoptée envers moi.

Tout cela me semble très loin maintenant et ce que j'en dis ne rend sûrement pas compte de façon très fidèle de ce que j'ai éprouvé cette nuit-là. Bien des choses se sont passées depuis et ma perception des événements a changé, suffisamment peut-être pour que ma mémoire en soit affectée et que mes souvenirs en soient passablement altérés. L'effet de choc est disparu depuis longtemps, et je crois même pouvoir dire que je me suis habituée à l'idée de savoir que Paul était épris d'un autre homme au moment où l'accident s'est produit.

Toutes les fois que je me retrouve dans cette chambre d'hôpital je me dis d'ailleurs que ce corps dont la blancheur des pansements se confond avec celle des draps n'est ni le corps de l'homme que j'ai aimé, ni celui de l'homme que j'ai surpris cette nuit-là. Ma mémoire s'est *compartimentée* et je n'arrive plus à voir Paul comme une seule et unique personne. Le nom est toujours le même, mais le personnage change selon la période à laquelle mes souvenirs se réfèrent. Je dirais même que cette chambre blanche où Paul s'est retrouvé à l'abri de tout lien tant avec son passé qu'avec la réalité extérieure est à l'image parfaite de l'un de ces compartiments.

Et quand il me vient à l'idée de débrancher cet appareil qui le maintient en vie, il n'y a que le corps accidenté de Paul qui soit concerné, ce corps atrophié qui n'a rien à voir avec l'homme qui me désirait ni avec celui qui ne me désirait plus, car ceux-là ont déjà cessé de vivre depuis longtemps.

Paul était hospitalisé depuis cinq semaines déjà. En arrivant chez moi ce midi-là la fenêtre du salon était ouverte et, tout en montant l'escalier extérieur qui conduisait à mon appartement, je pouvais entendre le téléphone sonner. La voisine du deuxième palier était assise sur son balcon et, lorsque je suis passée près d'elle, elle m'a dit que le téléphone n'avait pas dérougi de tout l'avant-midi. Ayant monté les marches quatre à quatre, je me suis finalement précipitée sur la porte de l'appartement en cherchant rapidement mes clés dans mon sac. Puis j'ai ouvert la porte et, sans prendre la peine de la refermer derrière moi, je me suis lancée sur le récepteur. À peine l'avais-je décroché que j'ai entendu une voix d'homme, une voix calme, appuyée et légèrement embarrassée, me dire que j'allais devoir être courageuse. Paul était mort ce matin-là à sept heures trente précises.

Il y a un mois de cela.

Le jour précédant la mort de Paul, j'étais assise en face de l'hôpital sur ce même banc de parc où j'avais pris l'habitude de m'arrêter tous les jours après les heures de visites, lorsque j'ai vu quelqu'un dont le visage m'était familier s'apprêter à traverser la rue pour se diriger vers moi. Le feu étant passé au rouge, il s'est mis à courir devant les voitures et je l'ai finalement reconnu. C'était Michel. Nous ne nous étions pas vus depuis très longtemps mais je ne l'avais jamais oublié, car nous avions eu, lui et moi, une aventure un peu bizarre environ un an avant que je ne rencontre Paul.

C'était à l'époque où je vivais seule et je l'avais rencontré un soir que j'avais assisté à un cocktail offert pour souligner la parution d'un roman dont je connaissais l'auteur. Ce soir-là j'avais rencontré un journaliste, un homme à l'allure décontractée, souriant, volubile, et dont les longs cheveux noirs, très brillants, retombaient mollement sur ses épaules. Il avait une tête qui me plaisait et j'avais follement envie de le séduire. Nous avions parlé pendant quelques heures, c'est-à-dire jusqu'au moment où le groupe dont nous faisions partie avait décidé d'aller terminer la soirée chez cet ami dont nous célébrions la première publication. Le groupe s'était alors dispersé progressivement, et c'est à ce moment que Michel, qui m'était alors inconnu, s'était approché de moi pour me demander si j'avais une voiture et si j'accepterais de le prendre avec moi. J'avais perdu de vue mon ami journaliste et, comme j'étais seule dans ma voiture, j'avais accepté de partir avec lui. Nous roulions depuis quelques minutes à peine lorsque Michel avait mentionné, presque négligemment et d'une façon très dégagée, que cet homme auquel j'avais parlé quelques instants plus tôt était marié, qu'il avait une enfant de six ans et que sa femme n'était nulle autre que cette grande blonde à la robe jaune et noire qui était passée près de moi à plusieurs reprises alors que je parlais avec son mari.

Une fois arrivés chez nos amis, le journaliste en question s'était mis à boire et à me poursuivre de ses avances sans paraître se soucier de la présence de sa femme. Il me prenait par la taille, me caressait les cheveux, m'attirait vers lui d'un air un peu boudeur, car j'avais entrepris de lui résister depuis que je savais que sa femme était là, mais comme j'étais moi-même un peu soûle, je ne résistais qu'à demi. Sans conviction, j'essayais de le raisonner en lui disant que la situation était trop délicate et qu'il était préférable que l'on s'en tienne à une conversation plus amicale. Alors il avait commencé à me dire qu'il n'était pas heureux avec sa femme, qu'ils avaient depuis quelque temps déjà une relation plus fraternelle qu'amoureuse, que son mariage était plus ou moins un échec, qu'il avait envie de passer la nuit avec moi et que ce ne serait pas, de toute façon, sa première aventure extra-conjugale... J'aime que les choses soient claires bien sûr, mais je me sentais déjà moins impliquée et je me contentais de l'écouter en souriant comme si j'avais été sympathique à sa cause sans pour autant me sentir concernée. Il savait, et moi aussi, qu'il était en train de me faire le coup de la séduction (chapitre : maris malheureux) et, bien que nous éprouvions une réelle attirance l'un envers l'autre, nous commencions à savoir tous les deux quelle allait être l'issue de cette histoire. Quelques instants plus tard j'avais aperçu sa femme qui nous observait dans l'encadrement de la porte et, à son regard, j'avais compris que tout cela était loin d'être un jeu pour elle. Alors je m'étais ressaisie et j'avais résolu de partir ; cette situation était intenable et je n'avais envie de blesser personne.

Mais je n'avais pas envie de me retrouver seule non plus et, mon manteau sur le bras, j'étais allée prévenir Michel de mon départ en lui disant que, s'il le voulait, je pouvais toujours l'attendre dans ma voiture. Ma proposition n'avait pas été des plus claires, mais cela se comprenait puisque je n'avais pas l'habitude de faire les premiers pas. En fait c'était la première fois que je prenais l'initiative d'inviter un homme à passer la nuit avec moi et, craignant un refus, j'avais préféré me réfugier (si peu...) dans l'ambiguïté. Michel avait assisté à la scène du journaliste, je ne lui avais presque pas adressé la parole de toute la soirée, et j'étais convaincue qu'il n'avait aucune raison d'accepter. Assis au piano, Michel avait cessé de jouer et avait eu l'air quelque peu étonné, mais sans plus. J'étais moi-même surprise de ce que je venais à peine de lui proposer, mais Michel avait souri et m'avait dit de partir, qu'il viendrait me rejoindre quelques instants plus tard.

Nous avions donc passé la nuit ensemble et cette nuit-là, qui était la première, ne devait pas être la dernière. Michel me plaisait parce qu'il était doux, sensible, attentif, sensuel et surtout, parce qu'il n'attendait de moi rien de plus que ce que j'attendais de lui. Lorsqu'il m'avait avoué qu'il n'avait que vingt ans, j'avais cru qu'il voulait se moquer de moi. Mais Michel m'étonnait aussi à d'autres égards, car il était très différent des autres hommes que j'avais connus avant lui. Ma relation avec lui était à la fois sexuelle et presque désexualisée comme si, de lui à moi, les différences de sexes avaient pu s'estomper ou se fondre dans une sensualité qui nous était commune. En fait, tout se passait entre nous comme dans un jeu de miroirs inversés. Lorsque nous faisions l'amour, j'avais l'impression que son corps n'était pas tellement différent du mien et que je pouvais ressentir, moi aussi, le plaisir exact qu'il éprouvait. Quant à Michel, il semblait toujours savoir ce qui, d'un instant à l'autre, allait pouvoir m'exciter davantage, et je le croyais capable de deviner mes fantaisies les plus intimes de même que mes fantasmes féminins les plus obscurs. Jamais il ne paraissait soucieux de faire la preuve de sa virilité, pas plus qu'il n'exigeait de moi que je fasse étalage de ma féminité. En d'autres mots, ce n'étaient pas deux sexes, mais deux corps qui se rencontraient. Michel n'était jamais pressé de toucher à mon sexe car la moindre partie de mon corps semblait l'exciter tout autant, et il arrivait d'ailleurs à me faire sentir que mes épaules, mon cou, mes jambes, ma peau avaient pour lui quelque chose d'extrêmement sensuel. Mon corps n'était qu'une image inversée du sien, et en faisant l'amour avec lui, je n'avais pas l'impression de me perdre ou de m'abandonner, mais plutôt celle de me retrouver et de me reprendre.

Le lendemain de cette première nuit, Michel ne m'avait pas quittée, et nous avions passé quelques jours ensemble. Puis il avait dû reprendre ses cours à l'université et moi j'avais dû me remettre à travailler, mais nous nous étions vus à plusieurs reprises durant les mois qui avaient suivi.

Certes l'âge de Michel n'avait rien à voir avec la façon dont il se comportait avec moi. Les stéréotypes sexuels masculins ne semblaient pas l'avoir affecté de la même façon que les autres. Et, me référant malgré moi à ces stéréotypes, je me disais qu'il réagissait davantage comme une femme (non inhibée, bien sûr) que comme un homme (inhibé ou non). Je sais que ces comparaisons sont toujours injustes, mais à l'époque je n'arrivais pas à comprendre le comportement de Michel autrement qu'en ces termes. Or ce qui m'étonne le plus maintenant c'est qu'il n'y ait jamais eu entre lui et moi aucune tension du type de celle qui s'établit généralement dans la plupart des rapports de séduction. D'ailleurs la façon dont je l'avais abordé dès le début n'avait rien à voir avec les jeux de séduction auxquels on se prête souvent, et qu'on le veuille ou non, dans de telles situations. Je n'avais rien calculé, rien prévu, et je n'avais eu recours à aucune mise en scène.

D'une fois à l'autre je m'étais attachée à Michel et, si je n'en étais pas tombée amoureuse, je crois pouvoir dire que je l'aimais. Nous nous voyions à intervalles irréguliers, et lorsqu'il m'appelait le soir pour me demander s'il pouvait venir dormir à la maison, je ne refusais jamais. Il savait que je voyais d'autres hommes que lui et je savais qu'il voyait d'autres femmes que moi, mais cela n'avait aucune importance. Nos rapports étaient intermittents et ni lui ni moi ne semblions vouloir y changer quoi que ce soit. Nous étions satisfaits ainsi, même que nous éprouvions un certain plaisir à vivre ce genre de relation où rien n'était jamais prévu, ni prévisible.

Comme si l'intensité de nos rapports physiques avait pu justifier en elle-même chacune de nos rencontres, nous ne parlions jamais beaucoup et, au bout de quelques mois, je ne savais encore que très peu de choses le concernant. J'avais quand même appris quelque chose à son sujet, quelque chose de particulier qui, me semblait-il, n'était pas sans rapport avec la qualité *toute spéciale* de sa relation avec moi.

Un soir que nous parlions de deux amis que nous avions en commun et chez lesquels, d'ailleurs, nous nous étions rencontrés, j'avais demandé à Michel si cela ne l'embarrassait pas parfois de se retrouver en présence d'homosexuels, et sa réponse ne m'avait étonnée qu'à demi. Antoine et Charles habitaient ensemble depuis quelques années déjà et je les avais connus peu de temps après que Charles n'ait emménagé chez Antoine. Je m'étais attachée à eux sans que leurs rapports amoureux ne me gênent d'aucune façon, et je m'étais même demandée à plusieurs reprises si je n'étais pas attirée par l'un ou par l'autre.

Ils étaient exubérants, sensibles, généreux à l'extrême, et, s'ils étaient exhibitionnistes, ce n'était que parce qu'ils avaient le sens du spectacle, ou plutôt, le sens des rituels et de la représentation. Défiants sans être provocateurs (peut-on être taxé de *déviance* sans faire preuve de défiance...), ils menaient une vie à la fois rangée (c'était le couple le plus stable que je connaissais alors) et sans histoire. Toutefois je savais que lorsqu'il avait bu, Antoine avait tendance à aborder les gens d'une façon plutôt cajoleuse et qu'il ne faisait plus de différence, alors, entre hommes et femmes. Ceux qui le connaissaient ne le prenaient pas au sérieux ou, s'ils acceptaient de jouer le jeu, cela n'allait jamais beaucoup plus loin. Après tout, Antoine était fidèle et... Charles avait l'oeil ouvert.

Or, ce soir-là, Michel et moi les avions rencontrés dans un bar et, comme Antoine connaissait Michel, il s'était mis à lui parler en le tenant par la taille et en lui faisant les yeux doux. Charles avait poussé un soupir en levant les yeux au ciel, « Ça y est, Antoine *rides* again » et, Michel avait offert un verre à Antoine, la scène avait pris fin. Cet incident, prévisible pour quelqu'un qui connaissait Antoine avait été sans importance, mais j'étais quand même curieuse de savoir ce que Michel pensait de tout cela.

Alors, très simplement, Michel m'avait avoué que cela ne l'avait pas dérangé le moins du monde, qu'il estimait beaucoup Antoine et Charles et qu'il pouvait peut-être même les comprendre mieux que moi puisqu'il avait, à l'âge de dix-sept ans, habité avec un homme plus vieux que lui et duquel il avait été, sinon très amoureux, du moins très épris. Puis il avait ajouté en souriant que cela n'avait duré qu'un temps et que, à part cet homme dont il s'était détaché au fur et à mesure que la fascination s'était dissipée, il n'y avait jamais eu d'autres hommes dans sa vie. Seules les femmes, avait-il dit en me serrant contre lui comme s'il avait été le héros d'un film expressionniste, avaient maintenant le pouvoir de le faire *bander*. Puis, sur un ton un peu plus sérieux, il avait ajouté que cet homme lui avait appris beaucoup sur lui-même et peut-être aussi sur ce que pouvaient être ses relations avec les femmes. J'avais essayé de le faire parler davantage à ce sujet, car j'étais curieuse d'en savoir plus long, mais Michel m'avait dit que je savais tout ce qu'il était intéressant de savoir et je n'avais pas insisté.

Quelques semaines plus tard il était parti pour l'Amérique du Sud et, à son retour, j'avais déjà rencontré Paul. À partir de ce moment-là nos rapports avaient été très différents, et pour cause. J'étais amoureuse de Paul et, bien sûr, je n'étais pas aussi disponible. Michel me semblait toujours aussi désirable qu'auparavant, et il le savait, mais il se tenait à l'écart et je lui en étais reconnaissante. Je savais toutefois qu'il n'avait pas que moi, mais, tout le temps qu'a duré ma relation avec Paul, j'ai gardé un souvenir très doux de mon aventure avec lui. C'était, comme je me plaisais souvent à le penser, « un homme qui aimait les femmes », mais avec les avatars de la séduction en moins.

Et c'était cet homme que je voyais maintenant traverser la rue en courant et se diriger vers ce banc de parc où j'étais assise. Il portait une blouse blanche très ample dont le col était ouvert et qui retombait mollement, à la taille, sur un pantalon de toile beige. La peau déjà brunie par le soleil même si l'été ne faisait déjà que commencer, il était dans une forme splendide. Il avait vieilli et moi aussi, mais en ce qui le concernait cela n'y paraissait pas trop.

Arrivé près de moi, il m'a tendu la main pour que je me lève et il m'a serré entre ses bras. Il semblait heureux, comme toujours, mais il s'est très vite rendu compte que pour moi les choses ne tournaient pas rond. J'avais beau essayer de sourire, mais sa seule présence me portait à m'attendrir sur mon sort et me rendait plus vulnérable. Sentant le poids de sa main sur ma nuque, j'avais tout à coup envie de pleurer, mais de pleurer avec témoin. Je ne voulais rien expliquer, seulement profiter de sa présence et de sa douceur, et lui faire savoir que j'étais malheureuse pour qu'il prenne soin de moi, pour qu'il me cajole, qu'il me berce, qu'il me serre contre lui comme une enfant de douze ans.

Michel ne savait pas trop comment réagir, mais déjà je le sentais compatissant. Cela faisait plus d'un mois que l'accident de Paul s'était produit et que j'étais confrontée tous les jours à ce corps immobile et insensible, ni vivant ni mort, plus d'un mois que j'étais poursuivie par ces images obsédantes où je voyais, à répétition, le corps de Paul bondir dans les airs et retomber, inanimé, sur le pavé d'asphalte, plus d'un mois que je ressassais dans ma mémoire les derniers événements de ma vie, les crises de Paul, ses insultes, ses sautes d'humeur, ses moments d'agressivité ou de froide indifférence. Pendant tout ce temps-là je m'étais isolée, repliée sur moi-même, et j'avais refusé l'aide de mes amis les plus proches pour ne pas m'exposer inutilement à leurs questions, exactement comme si j'avais été victime d'un accès de paranoïa. Et maintenant Michel était là et je savais qu'il ne me demanderait rien, que je n'aurais rien à lui expliquer et qu'il saurait adopter avec moi l'attitude qu'il fallait. Il aurait, j'en étais convaincue, suffisamment d'intuition et de sensibilité pour savoir jusqu'où aller sans provoquer un recul de ma part et sans froisser ma susceptibilité. Il ne poserait que des questions discrètes et il n'essaierait pas de me forcer à parler. De cela, j'en étais sûre. Alors, quand il m'a demandé s'il pouvait rester un peu avec moi, je lui ai fait signe que oui. Il a enroulé son bras autour de moi et, répondant à ce geste, j'ai posé ma tête sur son épaule, rien de plus, mais j'étais quand même étonnée de sentir contre moi le corps de quelqu'un d'autre, aussi étonnée peut-être que lorsqu'on embrasse quelqu'un pour la première fois.

Quand Michel a senti que je m'étais enfin calmée, il m'a proposé d'aller prendre un verre avec lui et nous sommes partis. Il devait être un peu plus de cinq heures car le soleil était déjà moins haut dans le ciel, mais la nuit s'annonçait plutôt douce. Pendant que nous marchions en direction d'un bar, Michel m'a demandé si Paul et moi étions toujours ensemble. J'ai répondu que non, et il n'a pas insisté.

À la sortie du bar j'ai été prise de panique à la pensée que Michel puisse avoir d'autres projets pour le reste de la soirée, car je ne voulais pas me retrouver seule. Ma tristesse des premiers moments s'était dissipée, ou presque, mais elle m'avait laissée dans un état de douce apathie et je n'avais envie de rien, sauf peut-être de passer quelques heures de plus avec lui. Sa présence me réconfortait, me rassurait et me donnait pour la première fois depuis longtemps l'impression d'être en contact avec quelque chose de chaud et de vivant. Pas une seule fois, ce soir-là, je n'ai considéré le fait que Paul et Michel aient vécu une expérience semblable, mais Michel avait vécu son rapport à l'homosexualité d'une façon tellement différente de Paul qu'il ne me serait jamais venu à l'esprit d'établir entre eux la moindre comparaison. Pour Michel cela n'avait été qu'une expérience passagère, alors que pour Paul tout semblait devoir s'arrêter là. À l'époque, Michel avait peut-être éprouvé des problèmes d'identité, mais il ne m'en avait jamais parlé et j'avais plusieurs raisons de croire que les choix qu'il avait faits s'étaient imposés d'eux-mêmes, sans être pour lui la cause d'aucune tension majeure. Quant à Paul, il s'était retrouvé avec une identité vacillante et trouble, avec une image dédoublée de lui-même où il s'était vu tour à tour normal et déviant et, incapable de choisir, il s'était buté à des aspirations contradictoires qui n'avaient réussi qu'à le projeter hors de lui-même. Ne sachant plus ce qu'il voulait ni ce qu'il était, il avait traîné sa conscience malheureuse jusqu'à son lit d'hôpital et elle s'était endormie avec lui.

À peine avions-nous fait quelques pas dans la rue, que Michel m'a demandé si je n'accepterais pas de passer le reste de la soirée avec lui. Il n'avait rien de prévu ce soir-là, à mon grand soulagement, et il ne semblait pas pressé de me quitter lui non plus. Il avait faim et moi pas tellement, mais j'ai quand même accepté son invitation à prendre un repas chez lui. Au moment où nous nous étions connus, il n'avait pas d'appartement et c'était toujours moi qui me chargeais des repas, et Michel disait qu'il me devait bien une ou deux invitations. J'aurais accepté n'importe quoi, du moment que je savais qu'il était là, et nous avons pris un taxi en direction de chez lui.

Jusqu'au moment de ma rencontre avec Michel, j'avais vécu dans un état d'alerte générale frôlant la panique mais, à son contact, la tension s'était relâchée et j'arrivais presque à me sentir heureuse.

Pendant que Michel préparait le repas, j'ai fait le tour de son appartement, contente d'être enfin ailleurs que chez moi et rassurée à la vue de tous ces objets nouveaux qui n'avaient pour moi aucune histoire. Je me sentais en quelque sorte en terrain neutre. Sur les murs il y avait plusieurs photos de voyage, mais la plupart des pièces de l'appartement étaient presque vides, le mobilier se réduisant à quelques tapis et coussins très colorés, un lit, une étagère, une table et quelques chaises. Il y avait cependant, à l'arrière de ce long appartement dont les pièces étaient distribuées de chaque côté d'un étroit corridor, un atelier où régnait le désordre le plus complet, un fouillis indescriptible de livres, papiers, cartons à dessins, revues, journaux, pinceaux, toiles... etc. Dans une autre pièce, la plus grande et probablement aussi la plus ensoleillée, il y avait un piano, juste un piano d'ailleurs, et rien sur les murs, rien sur le plancher, aucun autre meuble, pas même de rideaux aux fenêtres. Michel avait fait tourner un très vieux disque de Bob Dylan et, tandis qu'il s'affairait à la cuisine, je pouvais l'entendre fredonner. J'avais l'impression d'être enfin sortie d'une longue période d'hivernage et de revenir progressivement à la réalité. Je ne savais pas si je devais m'en réjouir ou m'en attrister, car je ne pouvais oublier que tout cela n'était pour moi qu'un intermède.

Ce soir-là Michel ne m'a posé aucune question concernant mon histoire avec Paul, mais j'étais convaincue qu'il *savait*. Il n'était au courant de rien, les faits eux-mêmes lui échappaient, mais cela ne faisait aucune différence car je n'étais pas dans mon état normal et que cela il pouvait le voir. Depuis qu'il s'était assis près de moi sur ce banc de parc, je m'étais accrochée à lui d'une façon qui ne me ressemblait pas, et cela, il avait pu le sentir. Or Paul y était pour quelque chose et c'était cela que Michel savait.

Puis était venu le moment de partir. Je n'en avais pas envie, pas plus que je n'avais envie de rester, et j'aurais voulu que la nuit s'arrête, ou que ce soit déjà le lendemain. Je ne voulais pas passer la nuit avec Michel, mais je ne pouvais pas me résoudre à le quitter non plus, car si cela ne devait être qu'un intervalle, je voulais le faire durer le plus longtemps possible. La nuit étant déjà très avancée et voyant que je ne parlais pas de partir, Michel m'a proposé de rester dormir chez lui. Il savait que quelque chose n'allait pas ; si j'avais envie de rester, je n'avais qu'à prendre son lit. Il avait du travail pour une bonne partie de la nuit. Plus tard, il dormirait sur les coussins du salon. Il était inquiet de me voir partir seule. Si je restais, il serait heureux de m'offrir le café le lendemain. Voyant que j'hésitais, Michel n'a pas insisté, mais j'ai fini par accepter. Alors il m'a prêté une longue tunique qu'il avait rapportée de l'un de ses voyages et, quelques instants plus tard, je me suis retrouvée sous les couvertures. Michel était déjà dans son atelier et je n'entendais plus rien, sauf, parfois, le bruit d'un papier que l'on froisse ou d'une chaise que l'on déplace.

Éprouvant les mêmes sentiments que ceux que l'on éprouve, enfant, quand on dort pour la première fois dans une maison inconnue, j'ai mis du temps à m'endormir. Mes yeux se sont habitués progressivement à l'obscurité et mon attention s'est fixée tour à tour sur chacun des objets qui m'entouraient, une chemise suspendue à une poignée de porte, un pantalon replié sur le dossier d'une chaise, une fissure au plafond, le contour d'une lampe, autant de formes et d'objets qui surgissaient dans le noir et qui avaient pour moi un aspect étranger. Michel travaillait toujours et je l'imaginais, dans son atelier, la tête penchée et le dos courbé sur sa table de travail, juste au-dessous d'une lampe qui dessinait autour de lui un cercle de lumière.

Cette image m'a rassurée, et je me suis finalement endormie. Je ne sais pas combien de temps a duré mon sommeil, mais je sais que peu de temps s'est écoulé avant que je ne me réveille en sursaut, prise de panique. Comme toutes les nuits, le même film s'était mis à tourner au ralenti et le corps de Paul s'était élancé dans les airs pour venir se briser, encore une fois, sur le pavé d'asphalte. En m'entendant crier, car je crois bien avoir crié, Michel est accouru vers moi et il m'a prise dans ses bras. Sans savoir si je dormais encore ou si j'étais éveillée, je sentais mes membres trembler et je m'entendais pleurer comme dans un rêve. Michel était sûrement là depuis un bon moment déjà, mais je le voyais sans le voir comme si mon rêve ne m'avait pas encore quittée ou, plutôt, comme si j'avais encore été sous l'effet de panique provoqué par les images pour moi obsédantes de ce film à répétition.

Ayant finalement repris contact avec la réalité, je me suis rendue compte que j'étais dans une chambre inconnue et que Michel était là, ses bras enroulés autour de moi, et qu'il me berçait doucement. En sentant la chaleur de sa poitrine contre ma joue, je me suis mise à pleurer et je lui ai dit que le même cauchemar me poursuivait de nuit en nuit depuis plusieurs semaines. Il s'est allongé contre moi et il s'est mis à me parler doucement. Je n'écoutais pas ce qu'il disait, mais toute mon attention était concentrée sur la douceur de sa voix et j'ai fini par me calmer. J'étais dans un état de demi-sommeil mais, tandis qu'il parlait, je pouvais sentir sa main qui caressait mon front, mes joues, mes épaules. Sa tendresse était tout ce dont j'avais besoin à ce moment-là et je me suis rapprochée, rassurée par la tiédeur de ce corps qui vivait, qui respirait, qui était là, cent fois plus réel que tout ce qu'il m'avait été donné de toucher et de sentir depuis trop longtemps déjà.

Dès que je me suis rapprochée de lui, Michel s'est tu. Il me tenait toujours contre lui et, petit à petit, je me suis laissée gagner par le sommeil. À demi-consciente, je sentais la pression de son corps sur le mien, la caresse de ses mains sur mes épaules, sur mes reins, sur mes hanches, mais j'étais incapable de réagir et, surtout, de le repousser. Ses mains avaient glissé sur mon ventre, ses jambes se pressaient sur les miennes et, pour une fois, j'avais l'impression que l'obscurité avait quelque chose de sécurisant, de palpable, de tangible. Michel m'a fait l'amour doucement, lentement, et je me suis endormie.

Ce matin-là je me suis réveillée seule. Sur la table de chevet, il y avait une note que Michel m'avait laissée. Il était allé à la pâtisserie du coin pour acheter des croissants et du lait; il n'allait pas tarder à revenir. Je pouvais prendre un bain si j'en avais envie ou, sinon, je n'avais qu'à l'attendre et il allait me servir le café au lit. Il m'embrassait. Michel.

En partant, quelques heures plus tard, j'essayais de ne pas penser à cette chambre d'hôpital où, toutes les fois que je m'y retrouvais, le reste de ma vie me semblait tellement absurde. Mais la nuit que j'avais passée avec Michel m'avait réconciliée avec le reste du monde et c'était maintenant l'image de Paul dans son lit d'hôpital qui se trouvait frappée d'irréalité. Toutefois j'étais tentée de me sentir coupable de l'avoir trompé. J'avais beau me dire qu'il avait déjà cessé de m'aimer avant que l'accident ne se produise et que je ne lui devais rien, j'avais quand même l'impression d'avoir trahi les sentiments que j'avais toujours éprouvés à son égard, exactement comme une veuve qui aurait *trahi,* pour la première fois, le souvenir d'un mari défunt. Or je ne savais pas encore, à ce moment-là, que cette comparaison n'en était pas une.

Le soleil était chaud et un brouillard d'humidité flottait au-dessus de la ville pour en amortir les couleurs et les bruits. J'ai donc décidé de marcher jusque chez moi pour retarder, autant que possible, le moment où j'allais me retrouver seule dans mon appartement, entourée de tous ces objets qui avaient appartenu à Paul. La ville était calme et, sous la chaleur, tout semblait fonctionner au ralenti. Je pensais à cette période de ma vie où, amoureuse de Paul, je pouvais me sentir rassurée à la seule vue de ces objets qui lui appartenaient et qui, m'étant familiers, m'offraient toujours leur apparence lisse et pleine. Lorsque Paul s'absentait pour quelques jours, ces objets évoquaient toujours pour moi le caractère lisse et plein de cette relation qui était devenue aussi rassurante et tangible qu'une brosse au coin d'une table, qu'une cravate suspendue à un clou ou qu'une bouteille d'eau de Cologne sur une étagère. Mais tout avait bien changé depuis.

Tout en marchant, je n'avais qu'une seule idée en tête : téléphoner à Michel dès que j'arriverais à la maison pour pouvoir garder, même chez moi, même dans cet appartement où la présence de Paul était toujours aussi lisible et presque palpable, le sentiment que Michel ne m'avait pas encore quittée et qu'il était toujours là. Depuis la rue et tout en montant l'escalier extérieur qui conduisait à l'appartement, je pouvais entendre le téléphone sonner, car la fenêtre du salon était toute grande ouverte. Le répondeur automatique n'était pas branché et la sonnerie n'arrêtait pas. Croyant que c'était Michel, je me suis mise à monter les escaliers quatre à quatre et j'ai entendu la voisine du second palier qui était assise sur son balcon me dire que le téléphone n'avait pas dérougi de tout l'avant-midi. Ce ne pouvait donc pas être Michel... En décrochant le récepteur, j'ai entendu une voix qui m'était inconnue et qui m'annonçait que Paul était mort ce matin-là à sept heures trente précises. Ils avaient essayé de me rejoindre sans relâche depuis ce moment-là.

Michel m'avait fait l'amour comme il m'aurait offert un calmant, mais l'effet avait été de courte durée. En un instant, même le plus mince souvenir du bien-être que j'avais éprouvé la veille s'était évanoui. Paul était mort et, pendant ce temps-là, je dormais avec Michel. Sans m'en rendre compte, j'ai laissé tomber le récepteur à mes pieds. On m'attendait à l'hôpital pour remplir quelques formalités et je sentais que le courage allait me manquer. Alors j'ai téléphoné à Michel, mais au moment où il a répondu, j'ai raccroché. Puis le téléphone s'est mis à sonner de nouveau, mais je n'ai pas répondu de peur que ce ne soit la mère de Paul, ou alors son frère, sa soeur, ou je ne savais qui encore.

La sonnerie s'est tue pendant quelques instants, puis elle a repris de plus belle. J'étais affolée, je ne savais plus que faire, et je n'avais pas même le courage de débrancher l'appareil.

Alors j'ai attrapé mon sac et je suis partie. Arrivée au coin de la rue je suis montée dans un taxi et, quelques instants plus tard, je me suis retrouvée devant cet édifice blanc aux murs arrondis en quart de cercle. C'était la dernière fois que j'y mettais les pieds.

En face de l'hôpital, assise sur un banc de parc toujours le même, je regardais avec des yeux de chien égaré les gens défiler devant moi. J'avais le même chemisier bleu, le même collier rose que le jour précédent, et le soleil brillait toujours autant. Apparemment rien n'avait changé, et cela m'effrayait, m'indignait presque.

On m'avait laissé voir le corps de Paul pendant quelques instants seulement, mais cela m'avait complètement bouleversée. Je m'étais mise à pleurer et à hurler lorsque quelqu'un m'a prise par le bras pour m'éloigner de Paul. Je crois aussi que l'on m'a fait avaler des tranquillisants car, à ce qu'ils ont dit, j'étais dans un état de choc.

Gavée de sédatifs, je me suis donc retrouvée sur ce banc. J'étais aussi loin de mon corps que s'il avait été coupé de mes émotions réelles, et j'en voulais aux infirmiers de m'avoir ainsi privée de mes réactions normales. Bien sûr que j'étais dans un état de choc, mais ils auraient quand même pu me laisser traverser ma crise... Ces gens-là ne supportent pas les pleurs ni les cris et, face à de telles réactions, ils n'ont qu'un seul réflexe : anesthésier, neutraliser, faire taire. Les chocs émotifs, ils ne les acceptent pas, c'est simple : il leur faut l'apparence de la sérénité et de l'ordre à tout prix.

Tandis que les passants continuaient de circuler autour de moi, je n'osais pas penser à ce qu'ils allaient faire du corps de Paul. Je n'y connaissais rien, mais j'imaginais qu'ils allaient le *préparer,* le défaire de ses pansements, le laver peut-être et le vêtir pour le rendre *présentable,* car les parents de Paul avaient insisté pour que son corps soit exposé pendant quelques jours au salon funéraire. Je m'y étais d'abord opposée mais, amortie par les médicaments, j'avais fini par céder sous le poids de leur autorité. On allait donc astiquer, polir, manipuler, transporter le corps de Paul, et cette seule pensée me donnait envie de vomir. J'espérais seulement qu'ils auraient la décence de l'exposer à couvercle fermé...

Un enfant d'une dizaine d'années est passé devant moi et il s'est arrêté pile. Interdit devant le spectacle d'une adulte qui pleurait à deux pas seulement d'un trottoir grouillant de monde, il m'a regardée droit dans les yeux, sans gêne et sans pudeur, puis il est reparti. Mais il n'a pas pu s'empêcher, tout en marchant, de se retourner vers moi une dernière fois et, voyant que je le regardais aussi, il s'est mis à courir.

C'est à ce moment que j'ai été prise de panique à la pensée de ce qui m'attendait durant les jours à venir. Le salon funéraire, le service à l'église, l'enterrement et tout le vernis de la mort institutionnalisée. Je savais que je pouvais compter sur les parents de Paul pour s'occuper de tout (notice nécrologique dans le journal y compris...), mais je craignais qu'à cause d'eux la mort de Paul ne devienne un spectacle trop luxueux, avec couronnes de fleurs et défilé de limousines. Car si les gens ont perdu le sens du deuil, ils n'ont certainement pas perdu celui du spectacle. Mais cela même que j'avais toujours dénoncé depuis que — comme ils le disaient sur un ton faussement paternaliste — « ma conscience sociale s'était éveillée », me paraissait maintenant bien secondaire, car je savais que le vernis allait craquer au moment de la mise en terre et que toutes ces couronnes de fleurs, ces rosaires récités à genoux au pied du cercueil, ces tapis rouges, ces voilettes noires, ces voitures astiquées roulant lentement derrière le corbillard allaient paraître bien dérisoires lorsque le cercueil, retenu par des poulies, allait descendre au creux de la fosse. Il y aurait un moment de vérité qu'aucune cérémonie ni qu'aucun rituel ne parviendraient à maquiller, car les poignées de terre sur le cercueil c'est pour de vrai, et pour de bon.

Et plus j'y pensais, plus j'avais envie de vomir. Le coeur me montait à la gorge et me laissait, sur la langue, un goût rance. J'avais beau me souvenir de la chaleur du corps de Paul, de la tiédeur de ses lèvres, de la vigueur rythmée de ses jambes autour de moi et de la douce moiteur de sa peau contre la mienne, ces images ne tenaient pas le coup et s'effaçaient toujours, comme dans un jeu de surimpressions, derrière d'autres images plus troublantes encore. Je voyais la terre tomber lourdement au fond de la fosse, puis je voyais le cercueil que j'imaginais rembourré de coussinets de satin blanc et, sur les coussinets de satin, il y avait le corps de Paul, raidi et froid. Ces images étaient bien au-delà de ce que je pouvais supporter et, laissant tomber ma tête entre mes jambes, je me suis mise à vomir.

Tremblante et le front couvert de sueur, je me suis finalement redressée sur le banc en laissant retomber ma tête vers l'arrière. J'étais seule, j'étais nulle part, et je ne pouvais voir entre les cimes des arbres que le ciel tourner au-dessus de ma tête.

Je voulais partir mais je n'avais pas le courage de demander que l'on m'aide à trouver un taxi, et c'est à ce moment que j'ai aperçu Michel de l'autre côté de la rue. Il attendait que le feu rouge passe au vert et il ne me quittait pas des yeux. Comme la veille, il s'est mis à courir vers moi en se faufilant entre les voitures, mais cette fois-ci il avait l'air inquiet. J'étais convaincue qu'il avait assisté à toute cette scène, mais je me sentais trop faible et trop démunie pour avoir honte, ou pour songer, ne fût-ce qu'un instant, à le repousser. Michel s'est retrouvé près de moi, les bras ballants, puis il m'a prise par la taille en me disant de venir avec lui, que je ne pouvais pas rester là.

Nous éloignant de la rue, nous avons marché vers le centre du parc et, tandis qu'il me tenait solidement contre lui, Michel m'a avoué qu'il ne s'était pas trouvé là par hasard. Il avait voulu me revoir et, poussé par il ne savait quelle intuition, il était revenu machinalement au même endroit où nous nous étions rencontrés la veille en espérant m'y rencontrer de nouveau. Il n'avait pas prévu m'y trouver dans un tel état, mais il était heureux d'être arrivé à temps.

Sa joue appuyée sur ma tête, Michel caressait mes cheveux. Il m'avait emmenée vers un autre banc du parc et, assis en face d'un grand bassin ovale au milieu duquel s'élevait une fontaine, nous regardions en silence les jets d'eau lumineux qui montaient dans les airs pour ensuite retomber mollement dans le bassin. À suivre les mouvements de l'eau, je me sentais déjà plus calme, et je me suis mise à lui raconter, en quelques mots seulement et d'une façon quelque peu décousue, l'accident de Paul, sa chute dans le coma, mes nombreuses visites à l'hôpital et, enfin, le dénouement final de toute cette histoire. Michel regardait les jets d'eau s'élever vers la cime des arbres puis retomber à la surface de l'eau dans un bruit de papier que l'on froisse, et je sentais sa poitrine se gonfler contre moi, se soulever et s'affaisser au rythme de sa respiration.

Il m'avait écoutée attentivement, sans m'interrompre, puis il m'a posé une question, une seule. Il voulait savoir si j'étais encore très amoureuse de Paul au moment où l'accident s'était produit. Sans attendre, j'ai fait signe que non d'un léger mouvement de tête puis, comme pour rattrapper cette réponse qui m'avait échappé, j'ai haussé les épaules en disant que je n'étais plus sûre de rien, et surtout pas de mes sentiments envers Paul. En fait je me sentais acculée au pied du mur, car je ne voulais pas mentir à Michel et que je ne voulais pas non plus me faire prendre à lui raconter tous les détails de ma vie avec Paul. Or je craignais d'en avoir déjà trop dit et d'avoir provoqué inutilement la curiosité de Michel, car il n'était pas question que je lui explique quoi que ce soit, et surtout pas les raisons qui avaient poussé Paul à se détacher de moi. Pourtant je savais que Michel aurait pu comprendre et qu'il était peut-être même la seule personne à laquelle je pouvais me confier sans risquer de détruire l'image de Paul et, surtout, sans me heurter à un mur de préjugés. Mais je n'avais tout simplement pas le courage d'en dire plus long et je lui ai demandé de ne plus me questionner. Alors nous sommes restés là à attendre que les émotions passent et à suivre des yeux les mouvements arrondis de la fontaine. Michel m'avait toujours considérée comme une femme volontaire et forte, mais il me voyait maintenant aussi démunie et vulnérable qu'une enfant qui se réveille en pleine nuit et cela, je le sentais, me rendait encore plus désirable à ses yeux. Le soleil avait glissé lentement derrière les arbres, et la tendresse mêlée de désir que Michel semblait éprouver pour moi me réconfortait, mais en même temps elle m'indisposait et me gênait presque. J'ai demandé à Michel de me raccompagner chez moi et nous avons quitté le parc en laissant s'éteindre progressivement derrière nous le bruit froissé des jets d'eau.

Depuis ce jour-là, c'est-à-dire depuis plus de deux mois, je n'ai pas revu Michel une seule fois. Je m'en sentirais incapable, et d'ailleurs je n'en ai pas envie. Son coefficient de tendresse et de sensualité serait trop élevé pour moi maintenant, et je crois que j'aurais surtout peur de ne plus savoir comment y réagir.

Il m'a téléphoné à plusieurs reprises, bien sûr, et s'il a paru étonné que je n'accepte aucune de ses invitations, il n'a cependant pas insisté pour me voir. Je sais qu'il m'a été d'une aide précieuse le jour de la mort de Paul et je lui en suis toujours très reconnaissante, mais cela ne m'empêche pas d'être sur la défensive. Michel croit quant à lui que je refuse de le voir parce que je le tiens responsable de ce qui s'est passé entre nous la veille de la mort de Paul, et j'ai beau essayer de l'en dissuader, rien n'y fait. D'ailleurs il est d'autant plus persuadé d'avoir raison que je n'ai aucune autre explication à lui fournir.

Car comment pourrais-je lui dire que ce que je fuis en lui n'est peut-être rien d'autre que cette sensualité débordante qui donne à lire, dans ses moindres gestes et ses moindres paroles, la présence d'un désir latent à peine exprimé mais fortement suggéré et qui n'attend que mon consentement pour se manifester ouvertement ? Je sais que Michel est incapable d'établir quelque relation que ce soit sans faire intervenir cette sensualité prégnante qu'il n'a jamais eu aucune raison de réprimer avec moi, mais je sais aussi que dans mon état actuel cette sensualité n'aurait pas sa place. Depuis la mort de Paul, toute manifestation de désir, et même la plus insignifiante ou la plus inoffensive (un automobiliste qui me suit, un camionneur qui siffle sur mon passage, un homme qui m'offre à boire dans un bar...), me rebute et me glace tout autant que si l'on se moquait de moi ou que si l'on m'agressait. J'ai envie qu'on me laisse tranquille, et c'est tout. Michel a tort lorsqu'il s'imagine que je lui en veux pour la nuit que nous avons passée ensemble, car je n'ai rien à lui reprocher (surtout pas de s'être occupé de moi), et j'espère seulement qu'il finira par comprendre que je préfère garder mes distances plutôt que de me retrouver dans une situation où j'aurais à le repousser. En fait, je commence à peine à me remettre de l'état de dépression dans lequel je me suis trouvée après les funérailles de Paul et, mon équilibre étant toujours fragile, je ne veux rien faire qui soit susceptible de le renverser.

Les funérailles de Paul se sont déroulées telles que prévues. Paul était fils unique, et ses parents se sont probablement couverts de dettes pour lui offrir une cérémonie de luxe digne d'un fils de famille riche. Le jour de l'enterrement, le soleil était impitoyable et la chaleur écrasante et, lorsque la mère de Paul a subitement perdu connaissance devant la tombe de son fils, il était impossible de savoir si elle avait suffoqué de peine ou de chaleur.

Les amis de Paul et les miens sont venus assister à la cérémonie de mise en terre, mais ils n'étaient pas très à l'aise avec moi car, depuis l'accident de Paul, j'avais supprimé tout contact avec eux. Je me suis efforcée de leur adresser la parole pour les remercier d'être venus et, au ton que j'ai adopté, ils ont compris qu'il était préférable de ne pas pousser la conversation plus avant. Personne ne se doutait de ce qui s'était passé entre Paul et moi durant les derniers mois qui avaient précédé l'accident, et c'était bien ainsi. Mais il a fallu que je sois distante pour éviter que l'on me questionne.

Aussi présent à l'enterrement, il y avait cet ami de Paul qui se comportait d'une façon étrange. Du début jusqu'à la fin de la cérémonie, il n'a pas cessé de me regarder, de m'observer et, lorsqu'à plusieurs reprises nos regards se sont croisés, il s'est contenté de sourire sans détourner les yeux comme s'il avait voulu que je sache qu'il m'observait. Cet ami de Paul, c'était Gérard Lemire, un type que Paul admirait inconditionnellement mais avec lequel j'avais toujours eu, quant à moi, des rapports plutôt tendus. J'avais beau m'efforcer de l'ignorer, ses sourires m'agaçaient. Son comportement avait quelque chose de provocateur et, comme j'étais à la fois tendue et exténuée, son attitude ne pouvait pas ne pas m'exaspérer.

Il y avait, de plus, trois individus qui m'étaient inconnus et qui se tenaient légèrement à l'écart des autres, à l'ombre d'un chêne énorme aux branches moussues. Je ne les connaissais pas et personne d'autre ne semblait les connaître davantage. Il y avait deux hommes dans la trentaine, un grand noir frisé aux épaules étroites et au dos aussi recourbé que s'il avait passé sa vie accroché à une contre-basse, et un autre, de taille moyenne, qui ne semblait pas apprécier outre mesure l'atmosphère des cérémonies mortuaires et qui aurait sûrement préféré se retrouver au milieu d'un cocktail littéraire avec une coupe de champagne à la main. Élégants et réservés, ils étaient accompagnés d'un homme plus jeune, blond, dans la vingtaine peut-être, et dont la beauté presque arrogante contredisait la timidité des gestes et du regard. Les trois n'ont fait qu'une brève apparition au cimetière, puis ils sont repartis, sans avoir adressé la parole à personne, après que le plus jeune ait déposé un bouquet de fleurs blanches sur la tombe de Paul. En les apercevant j'ai eu la conviction que c'était l'un d'eux que j'avais entrevu avec Paul le soir où, par hasard, j'étais arrivée chez moi sans prévenir, mais cette pensée n'a suscité en moi aucune rancoeur, aucun sursaut d'agressivité. De l'amertume peut-être, mais de la rancoeur, certainement pas. Leur présence m'avait profondément ébranlée, déroutée même, surtout parce qu'ils avaient connu une part de la vie de Paul dont j'avais été exclue, et ni eux ni moi n'avions assisté à l'enterrement de la même personne. Étant venus, ils avaient fait de moi une intruse en me rappelant qu'ils avaient autant, sinon plus de raisons de pleurer Paul que moi.

Mais tout cela est du passé maintenant. Et si je n'ai pas revu Michel depuis la mort de Paul, il n'y a pas que lui que j'ai tenu à l'écart. Pendant plus de deux mois, je me suis isolée volontairement et je me suis enfermée dans cet appartement d'une façon un peu maladive, comme dans une serre où je m'entêtais à cultiver mes souvenirs. On dira peut-être que j'ai eu tort d'agir ainsi et que ce ne pouvait être que malsain (d'autant plus que, depuis l'enterrement, je n'ai pas eu le courage ni l'énergie nécessaires pour disposer des effets personnels de Paul), mais je n'avais aucun contrôle sur moi-même et n'avais le goût d'aucun changement. Les chaussures de Paul, sa crème à raser, sa robe de chambre accrochée derrière la porte de la salle de bain, tout est encore là, rien n'a bougé, comme si ces objets faisaient partie de l'appartement au même titre que les murs, les portes et les fenêtres. Et puis il y a cette pièce au fond du corridor où je n'ai plus jamais remis les pieds, mais cela ne fait pas tellement de différence puisque je sais qu'elle est toujours là et que le souvenir de Paul ne peut pas y être enfermé. Seule ma chambre ne contient plus aucune trace de ma vie avec Paul, et lorsque je m'y réveille, le matin, j'éprouve parfois une sensation bizarre. À peine sortie de mon sommeil, j'ai l'impression d'avoir été victime d'un accident de voiture et de me retrouver sur le pavé, ahurie et les membres endoloris. Le conducteur a pris la fuite et moi, étonnée d'être toujours là, je relève la tête en me demandant ce qui a bien pu se passer.

Je sais pourtant qu'il me faudra quitter cet appartement un jour ou l'autre, mais il faudrait aussi que je parte sans laisser de traces, sans laisser d'adresse, car j'ai besoin de changer d'identité et la mémoire des autres me gêne autant, sinon plus, que la mienne. Je commence à peine à m'habituer à l'idée d'être seule, et c'est d'ailleurs là une des premières raisons pour lesquelles j'ai besoin de fuir tous ceux que j'ai connus du temps où j'étais *la femme de Paul.* Pendant cinq ans, je me suis fabriquée une image qui me collait à la peau comme une robe élastique et caoutchoutée. J'étais la *femme de Paul,* et cela me convenait parfaitement, me plaisait même. Mais maintenant que je m'efforce de me défaire de cette image, je ne pourrais pas supporter que les autres la recréent pour moi ou qu'ils me la fassent endosser comme une camisole de force sous prétexte que je suis toujours celle qu'ils ont connue. Cela n'est déjà pas si simple pour moi, et je crains, à revoir les amis de Paul et les miens, qu'ils ne fassent ressurgir continuellement entre eux et moi cette image de l'*épouse autrefois heureuse et maintenant éplorée...*

Mes craintes ne s'arrêtent pas là. Comme si toute cette histoire n'avait pas déjà été assez pénible, il a fallu que Lemire s'en mêle et qu'il me donne une autre raison de vouloir fuir.

Une semaine environ après la mort de Paul, c'est-à-dire quelques jours seulement après l'enterrement, il est venu sonner à ma porte sans prévenir, un soir que je n'attendais personne. Il était un peu moins de dix heures et j'ai hésité à aller ouvrir.

Lemire n'avait pas pris la peine de me téléphoner avant de se présenter chez moi, probablement d'ailleurs parce qu'il avait craint d'essuyer un refus de ma part et qu'il avait préféré ne pas courir ce risque. On avait dû lui dire que je ne voulais plus voir personne et, comme un vendeur itinérant, il avait choisi la méthode directe de sollicitation à domicile. En apercevant son visage à travers la vitre carrelée de la porte d'entrée, j'ai été tentée de ne pas lui répondre malgré tout (car si j'avais pris la liberté de ne plus répondre au téléphone, je pouvais très bien prendre celle de ne pas répondre à la porte — une intrusion est toujours une intrusion), mais en me rappelant le comportement qu'il avait eu le jour de l'enterrement, j'ai eu envie d'entendre ce qu'il aurait à me dire pour se justifier et, prise de curiosité, je l'ai invité à prendre place au salon. Ses sourires mi-complices, mi-accusateurs, auxquels je n'avais accordé aucune importance devant la tombe de Paul, commençaient maintenant à m'intriguer et, croyant qu'il en savait peut-être autant que moi sur les circonstances de l'accident, j'étais curieuse de connaître les motifs de sa visite.

Lemire m'a toujours inspiré de la méfiance, et mon attitude ce soir-là était froide, mais polie. J'étais sur la défensive et, connaissant Lemire, je savais que j'avais des raisons de l'être. À peine s'était-il installé dans un fauteuil que j'ai regretté de l'avoir laissé s'introduire chez moi. Assis droit devant moi, il me regardait avec un air affecté de dégoût et de mépris et, du haut de son arrogance, il semblait prendre ses aises dans le seul but de me faire comprendre qu'il tenait la situation en main. J'ignorais ce qu'il attendait de moi et j'essayais de me convaincre que tout cela n'était que pure mise en scène mais, sans savoir pourquoi, je me sentais menacée.

Avant même que j'aie pu dire un seul mot, Lemire m'a suggéré de lui offrir à boire. J'étais l'hôte, mais il contrôlait déjà la situation beaucoup mieux que moi. J'étais persuadée qu'il était venu me parler de Paul (Lemire était bien la dernière personne avec qui j'aurais consenti à en parler), mais je lui avais ouvert ma porte et j'allais devoir entendre ce qu'il avait à me dire.

Je dernière personne avec qui j'aurais consenti à en parler, mais je lui avais ouvert ma porte et j'allais devoir entendre ce qu'il avait à me dire.

Je n'avais aucune confiance en lui, et d'ailleurs il me le rendait bien, mais il était trop tard maintenant pour reculer. Lemire était là et, tandis que je lui préparais à boire, il n'a pas bougé de son fauteuil. Il s'y était installé confortablement, ayant même allongé ses jambes sur la table à café qui lui faisait face, et il avait allumé une cigarette. Tant que je ne me suis pas assise de nouveau en face de lui, il n'a rien dit. Puis il s'est mis à me parler de Paul, et j'ai découvert qu'il en savait effectivement aussi long que moi.

Il a commencé par me faire part, d'une façon qu'il voulait détachée, de ses impressions relatives à l'enterrement. Il y avait là, a-t-il dit, plusieurs personnes qu'il n'avait pas vues depuis fort longtemps et qu'il avait été heureux de revoir. Il aurait préféré, bien sûr, les revoir dans des circonstances moins tragiques, mais on ne pouvait pas toujours choisir, n'est-ce pas ? J'avais dû remarquer aussi la présence de quelques individus qui, bien qu'ils n'eussent fait qu'une brève apparition devant la tombe de Paul, avaient semblé très affectés par sa mort. Or il pouvait m'assurer que Paul leur était particulièrement attaché et qu'il aurait été heureux de les savoir là. Mais cela je le savais probablement déjà, et il valait mieux en arriver au *fait*. N'était-ce pas étrange que Paul ait été victime d'un accident de circulation dans lequel aucune autre voiture n'avait été impliquée ? Paul était pourtant un très bon conducteur et il avait d'ailleurs été prouvé que ses facultés n'avaient été atténuées, au moment de l'accident, ni par l'alcool, ni par aucune drogue ou médicament... Une distraction, une perte de contrôle, une faiblesse momentanée, une défectuosité du moteur ? Ces explications-là étaient bonnes pour la police, ou encore pour la famille, mais elles ne pouvaient pas, n'est-ce pas, nous satisfaire, *nous*... Le ton de sa voix s'était fait de plus en plus insidieux et, tandis qu'il me demandait de lui donner raison, je ne pouvais pas m'empêcher d'éprouver de la répulsion pour lui. Lemire me dégoûtait, et ce qu'il disait me révoltait. Je m'étais attendue à tout, mais certainement pas à de telles insinuations. Lorsqu'il avait fait allusion aux trois types de l'enterrement, j'avais cru que c'était de cela qu'il était venu me parler, car j'étais convaincue que Lemire me détestait suffisamment pour se charger de me dire ce que je ne savais pas, ou plutôt, ce qu'il croyait que j'ignorais. Or, plus il avait parlé et plus j'avais compris que je m'étais trompée. Lemire *savait* que je *savais*, et il était venu dans le seul but de me faire croire que Paul s'était suicidé.

Et je nous revoyais, Paul et moi, la veille de l'accident. J'étais assise au piano tandis que, debout dans l'encadrement de la porte, Paul me disait quelque chose que je n'entendais pas. Je voyais ses lèvres bouger, je savais qu'il me parlait, mais je n'y portais pas attention. Je n'entendais que la musique, rien que la musique...

Alors, profitant de ma surprise et de mon silence, Lemire s'est mis à parler très rapidement comme s'il avait eu peur que je l'interrompe, peur de ne pas avoir le temps de se rendre au bout de ce qu'il avait à me dire. On ne pouvait pas être dupe au point de penser que l'accident de Paul était sans rapport avec les événements qui l'avaient précédé, et je savais très bien de quoi il parlait. Il y avait là plus qu'un hasard, plus qu'une simple coïncidence, et je ne devais pas jouer à l'oie blanche avec lui en prétendant que je n'y avais pas déjà pensé. Paul lui avait tout raconté, *en détails*, et il était au courant de tout, même de la scène qu'il y avait eu entre nous environ deux semaines avant l'accident...

Je n'arrivais pas à croire que Paul lui eût tout raconté, et j'étais non seulement ahurie, mais outrée. Car il était vrai qu'il y avait eu une scène entre Paul et moi, une scène plutôt violente d'ailleurs, et qu'elle avait eu lieu peu de temps avant l'accident, c'est-à-dire au moment où Paul avait découvert que j'avais l'intention de le quitter... Si Lemire était au courant de cela, il pouvait bien être au courant de tout.

Ce jour-là j'avais trouvé un appartement qui me plaisait et, comme le propriétaire était absent, j'avais demandé qu'il me rappelle le lendemain avant-midi. Paul ne sachant pas encore que j'avais l'intention de partir (je ne prévoyais l'informer de mes projets qu'à la toute dernière minute de façon à ne pas aggraver la situation), je préférais qu'il ne soit pas à la maison au moment où j'allais devoir discuter de la location. Or, ce soir-là, le propriétaire avait tenté de me joindre malgré tout, et, comme je n'y étais pas, c'était Paul qui lui avait parlé. Plus tard, lorsque j'étais rentrée à la maison, Paul était déjà furieux et m'attendait de pied ferme.

J'avais d'abord tenté de lui expliquer les raisons pour lesquelles je ne l'avais pas informé de mes projets puis, voyant qu'il n'était pas disposé à entendre mes explications, j'avais tenté de le persuader qu'il était préférable, autant pour lui que pour moi, que nous nous séparions. Mais Paul ne l'entendait pas de cette façon. J'avais agi d'une façon malhonnête, disait-il, j'avais tout préparé à son insu et, bien sûr, cela ne me dérangeait pas de savoir qu'il allait se retrouver dans une situation embarrassante. J'avais vécu à ses crochets pendant cinq ans, et maintenant j'essayais de me défiler en douce... Mais cela n'allait pas se passer de cette façon. J'aurais tout de même pu le prévenir, disait-il, pour qu'il puisse s'organiser de son côté, mais il n'était pas surpris que j'aie tout manigancé à son insu. Cela me ressemblait bien. Je serais partie sans rien dire, il voyait ça d'ici, et un bon soir en revenant du bureau il aurait trouvé la maison vide. Paul s'était mis à hurler en tournant en rond autour de moi, et j'avais l'impression que ce qui le blessait le plus c'était de constater que j'étais sur le point de lui échapper et qu'il n'avait plus aucun contrôle sur moi. Aujourd'hui, je me dis qu'il avait peut-être aussi tout simplement peur de me perdre et de se retrouver seul.

Mais Paul n'en avait pas fini avec moi. Il m'avait parlé des réactions de la famille, il m'avait dit que je n'arriverais jamais à survivre en ne donnant que des leçons de piano, que j'avais besoin de lui et que je ne mettrais pas de temps à m'en rendre compte, que je ne devrais pas m'attendre à ce qu'il me reprenne sous son aile une fois que j'aurais mis les pieds hors de la maison... etc. Et puis, si je voulais partir, la porte était là. Il en avait assez de me supporter, assez de me voir jouer à la femme de maison, assez de m'entendre pianoter jusqu'aux petites heures du matin, assez de vivre avec une artiste frustrée et de se prendre pour un mécène... Paul était devenu hystérique et, m'écrasant les poignets entre ses mains crispées, il s'était mis à me secouer d'une façon enragée. Comme s'il avait oublié jusqu'à l'objet initial de la scène qu'il me faisait, il disait tout ce qui lui passait par la tête en se nourrissant de ses propres répliques, et ne faisait qu'entretenir sa propre irritation. À mon tour j'aurais voulu pouvoir le secouer pour qu'il se calme mais, perdant moi aussi contenance et ne pouvant plus supporter ses insultes, j'avais commencé à lui dire ce que je savais à son sujet. Je lui avais tout raconté, d'abord en criant plus fort que lui pour qu'il m'entende, ensuite d'une voix presque blanche que je n'arrivais plus à faire taire. Je lui avais tout dit, en commençant par la panne de voiture qui m'avait forcée à revenir à Montréal en pleine nuit un certain vendredi soir. J'étais au courant de tout, je savais pourquoi il ne voulait plus de moi, pourquoi il était devenu si agressif à mon égard, et jamais je ne lui aurais parlé de tout cela s'il ne m'avait pas poussée à bout. Mais maintenant qu'il savait que je savais, il n'avait plus aucune raison de vouloir me retenir...

Paul s'était laissé tomber dans un fauteuil et, la tête sur ses genoux, il s'était mis à pleurer en tenant son visage entre ses mains.

Il était désemparé, et moi aussi, car je n'avais pas prévu une telle réaction de sa part. Je m'étais attendue à ce qu'il réagisse violemment, à ce qu'il se durcisse ou se défende, mais le contraire s'était produit. Il s'était écroulé et, pour la première fois depuis longtemps, j'avais senti qu'il ne me détestait pas. Tant qu'il avait cru que je n'étais au courant de rien, il avait pu adopter une attitude rébarbative, provocatrice et défiante, m'obligeant ainsi à me tenir sur la défensive, mais maintenant, forte de ce que je savais, j'avais tout simplement inversé les rôles pour me rendre compte que Paul n'avait, quant à lui, aucune défense. Il était resté sans réplique, il n'avait pas essayé de me tenir tête, et j'avais compris jusqu'à quel point il était bouleversé par ce qui lui arrivait. Il n'était certes pas plus heureux que moi, et peut-être même était-il plus secoué que quiconque dans toute cette affaire.

J'avais la gorge serrée et je me sentais tremblante, mais j'avais l'impression que ce n'était rien comparativement à ce que Paul pouvait ressentir. Alors, sortant de ma torpeur, je m'étais approchée de lui et j'avais posé ma main sur son épaule. Voyant qu'il ne me repoussait pas, je l'avais pris entre mes bras et je l'avais serré contre moi en le berçant doucement. Paul avait appuyé sa tête sur moi, en s'accrochant à mes hanches comme s'il avait eu peur que je l'abandonne, ou comme s'il avait voulu me dire de ne pas bouger et de rester là. Mais il n'avait rien à craindre car je n'avais plus aucune envie de partir.

Puis, se cramponnant toujours à moi, Paul m'avait avoué d'une voix cassée et fragile qu'il n'arrivait pas à croire que j'aie été au courant de tout et que je n'aie rien dit. J'aurais pu en faire toute une histoire, crier au scandale, voir un avocat, amorcer les procédures de divorce, rendre la chose publique et chercher à lui nuire en me servant de ce que je savais, mais je n'avais rien fait de tout cela et j'avais tout accepté sans rien dire. Paul avait continué de pleurer pendant un bon moment.

Il savait maintenant qu'il n'avait plus aucune raison de me défier ou de me repousser car, il s'en était rendu compte, son arrogance avait tourné et ne pourrait jamais que tourner à vide.

Le lendemain j'avais résolu de ne pas louer cet appartement que j'avais trouvé et d'attendre encore quelque temps avant de quitter Paul. Je n'avais pas renoncé à mes projets, mais j'avais décidé de les reporter à plus tard, quand la situation se serait calmée et que Paul se sentirait plus en confiance. Je ne m'attendais certes pas à ce qu'il me revienne, car ce qui s'était passé ne pouvait être réversible ni pour lui, ni pour moi. J'avais tout simplement l'impression que Paul avait besoin de moi et que je pouvais peut-être l'aider. J'imaginais que nos rapports allaient être plus francs, la situation plus claire, et qu'il était préférable pour nous deux que je parte sans claquer la porte derrière moi.

Je n'avais raison qu'à demi puisque, durant les jours qui avaient suivi, Paul avait adopté une attitude qui, si elle n'était pas agressive, ne favorisait certainement pas les contacts entre nous. Il essayait de s'intéresser de nouveau à ce que je faisais, mais je sentais que ma présence continuait de le déranger. Il sortait presque tous les soirs et, lorsqu'il revenait à la maison, il avait l'air plus agité et plus anxieux que jamais. Un air de culpabilité accroché au visage, il me donnait l'impression de se fuir lui-même et de ne pouvoir être heureux avec personne, pas même avec cet homme que, tout vraisemblablement, il continuait de voir. Il cherchait toujours à me dissimuler ses émotions, mais son agressivité avait fait place à une gentillesse retenue et froide, presque trop bien contrôlée. Si seulement il avait accepté de se confier à moi... Mais il s'était enfermé dans un mutisme entêté que je n'arrivais pas à briser et contre lequel je me heurtais continuellement. Je sentais qu'il piétinait sur place en voulant me faire croire qu'il s'en sortait très bien tout seul, mais il me semblait parfois tellement désemparé que je ne comprenais pas pourquoi il ne voulait accepter l'aide de personne. Quant à cet homme dont il s'était épris et dont il refusait toujours de me parler, j'avais le sentiment que Paul le fuyait autant qu'il me fuyait moi, ou plutôt, que sa relation avec lui ne le satisfaisait pas plus que la nôtre. Des deux côtés à la fois, il se voyait offrir une image de lui-même dans laquelle il ne se reconnaissait pas et, comme il n'y avait pas de troisième choix possible, il avait dû se résoudre à faire la navette de l'une à l'autre, assumant deux rôles à la fois (ce qui revenait à n'en assumer aucun), et n'arrivant à se fixer nulle part. Il ne pouvait pas me laisser, pas plus qu'il ne pouvait laisser cette homme, mais je sentais qu'il ne savait plus qui il était ni ce qu'il désirait. Il semblait avoir besoin de croire que je l'aimais encore, comme si cela avait été essentiel au maintien de l'équilibre fragile qu'il s'efforçait d'entretenir, et, sans savoir si j'avais tort ou raison d'agir ainsi, j'avais résolu de ne pas l'en dissuader. Certes, mes sentiments pour lui avaient changé et je m'étais éloignée de lui progressivement, mais j'aurais été prête à tout, même à lui mentir, pour qu'il sente que je le désirais encore. Paul m'inquiétait : ses comportements étaient de plus en plus irrationnels et sa vie semblait se détériorer chaque jour davantage. Ses troubles émotifs avaient fini par perturber sa vie professionnelle et, faute d'énergie et de motivation, il avait réduit considérablement ses heures de bureau. Il ne se présentait pas toujours aux rendez-vous qu'il avait fixés à ses clients, ne retournait pas leurs appels téléphoniques, ne s'occupait plus de son courrier et, craignant qu'il ne perde ainsi ses meilleurs clients et que sa vie ne se désagrège encore plus, je lui avais proposé, quelques jours avant l'accident, de fermer le bureau pour un certain temps et de prendre des vacances officielles, le temps de se ressaisir et d'y voir un peu plus clair. Ses clients allaient peut-être ainsi cesser de s'énerver et de s'impatienter et, cette pression-là en moins, il allait pouvoir consacrer toutes ses énergies à comprendre ce qui lui arrivait. J'avais aussi tenté de lui suggérer de voir un psychiatre (un psychologue, un psychanalyste, n'importe quel *psy* mais en tout cas quelqu'un qui n'était pas impliqué dans son histoire et qui aurait pu l'aider) et je lui avais présenté la chose avec toutes les précautions dont j'étais capable. Mais à la seule idée de voir un psychiatre, Paul s'était mis en colère.

Il allait s'en sortir, avait-il dit, et je n'arriverais certainement pas à lui faire croire qu'il était *fou.* Car c'était ce mot-là qui lui faisait peur, bien plus que l'idée de se retrouver dans un cabinet de consultation. Paul n'était pas un intellectuel mais un homme d'affaires, et ses idées sur la folie étaient celles de tout le monde, conventionnelles, étroites et dépassées. Et quand je dis tout le monde, je ne parle pas de ces gens, californiens, newyorkais, parisiens ou autres, qui s'imaginent que leur standing ne pourrait pas se passer d'une visite hebdomadaire chez le psy. Non, je n'arriverais certainement pas à lui faire croire qu'il en était rendu là. Si je voulais me débarrasser de lui (il se voyait déjà en institution), j'allais devoir m'y prendre d'une autre façon. Alors j'avais essayé de m'expliquer, mais Paul n'était déjà plus disposé à entendre ce que j'avais à lui dire. Je me l'étais mis à dos, j'avais perdu sa confiance et, me tournant les talons, il était parti en claquant la porte derrière lui. J'avais hésité longuement avant de lui parler de tout cela, car j'avais craint que Paul ne comprenne pas et qu'il se retourne contre moi, et c'était exactement ce qui s'était passé.

Puis, quelques jours plus tard, il y avait eu l'accident. C'était un samedi matin et Paul m'avait prévenue, la veille, de son intention d'aller passer le week-end en dehors de la ville, dans une petite auberge des Laurentides dont un de ses amis lui avait parlé. Il allait partir seul, et ne revenir que le dimanche soir. Avant que je ne me réveille ce matin-là, Paul était déjà parti. Il avait laissé une note sur la table de la salle à dîner où il me disait d'abord qu'il avait pris sa moto pour ne pas me priver de la voiture pendant tout le week-end, et ensuite de ne pas m'en faire, que tout allait très bien. Il avait l'impression de savoir enfin ce qu'il voulait, il en était déjà un peu plus heureux, et il s'excusait pour tout ce que j'avais eu à endurer à cause de lui. Paul. À lire cette note, j'en avais conclu que Paul était déjà dans de meilleures dispositions, et j'avais espéré qu'il reviendrait de son séjour à la campagne moins tendu et moins fatigué. Je lui avais proposé de prendre des vacances et il avait décidé de partir pour quelques jours, alors je me disais que l'idée du psychiatre allait peut-être faire son chemin elle aussi.

La température était superbe (c'était une des premières belles journées de l'été) et, vers dix heures, le soleil était déjà dans toutes les pièces de la maison. J'avais lu le journal du matin et je me préparais à sortir pour aller faire des courses, lorsque le téléphone avait sonné. Paul avait été transporté d'urgence à l'hôpital, il était dans un service de soins intensifs, et on me demandait de me présenter au bureau des admissions dans les plus brefs délais.

Et maintenant Lemire était là, et il essayait de me faire croire que Paul s'était suicidé. Rien de plus facile en moto, avait-il dit, et il avait même ajouté que si j'avais vraiment tenu à Paul, je ne l'aurais jamais laissé partir seul ce matin-là.

Surveillant du coin de l'oeil la moindre de mes réactions, Lemire avait l'air satisfait. Il s'était mis à agiter son verre de scotch en le faisant tourner entre ses doigts, et je n'entendais plus que le bruit des glaçons qui s'y entrechoquaient.

Ce qu'il m'avait dit, il me l'avait littéralement lancé à la figure comme pour me défier et pour me provoquer, et la mise en scène avait été parfaite, le ton de sa voix bien contrôlé, les mots bien pesés. Il avait été assez adroit pour ne formuler clairement aucune accusation, mais il était évident qu'il me tenait responsable de tout. Se tenant presque en équilibre sur le bout de son fauteuil, le corps projeté vers l'avant et le visage tendu, Lemire avait tenté de m'intimider et, à l'écouter parler, j'avais eu l'impression de voir chacune de ses phrases sortir d'entre ses lèvres crispées comme autant d'accusations bien frappées et bien ciselées. Tout, tout en lui, ses gestes, sa voix, son regard, tout m'accusait.

Lemire s'est tu et, se calant dans son fauteuil, il a porté lentement une cigarette à sa bouche. Avec un sourire mêlé de satisfaction et de mépris, il a regardé la fumée se disperser au-dessus de lui et, tandis que je le regardais, je ne pouvais pas m'empêcher de penser qu'il était fou. Lemire était *fou*. Je ne savais pas jusqu'à quel point il était convaincu de la vérité de ce qu'il avançait, mais je savais qu'il me dégoûtait et que je ne pouvais pas en supporter davantage. Comme un joueur de poker qui aurait annoncé une mise très forte, Lemire me regardait avec une sorte d'assurance affectée et de plaisir mesquin. Me dressant alors sur ma chaise, je lui ai lancé mon verre à la figure. Pendant quelques instants nous sommes restés là sans bouger, face à face, comme deux bêtes prêtes à bondir et qui se seraient d'abord mesurées l'une à l'autre. Il me détestait, je n'avais aucun doute là-dessus, mais je le détestais aussi et il le savait. Le visage humide et reluisant d'alcool, Lemire paraissait soucieux de ne pas perdre contenance et, alors que j'étais prête à la pire réaction de sa part, il n'a tout simplement pas réagi. Du moins pas immédiatement. Une fois l'effet de surprise passé, il s'est essuyé le visage du revers de la main, se contenant d'ajouter qu'il n'en attendait pas moins de moi. Il s'est remis à sourire. Il avait toujours cru que j'étais d'un tempérament agressif et violent, et je venais, encore une fois, de lui prouver qu'il avait raison...

Assise sur le bord de ma chaise, je me raidissais contre lui et, surtout, contre ses insinuations. Je ne voulais pas leur donner prise mais je n'arrivais pas à les écarter aussi aisément que je l'aurais voulu. Quant au verre de scotch que je lui avais lancé à la figure, il était parti sans même que j'aie eu le temps d'y penser, mais je ne le regrettais pas. Je lui aurais sauté à la gorge si j'avais pu. Maintenant je voulais qu'il parte et, sentant que j'étais sur le point de fondre en larmes, je me suis levée d'un seul bloc, me suis dirigée vers la porte d'entrée, et lui ai crié de partir sur un ton qui ne permettait aucune réplique (ni aucun doute d'ailleurs quant à l'état de tension extrême dans lequel je me trouvais).

Détendu, pour ne pas dire décontracté, Lemire s'est levé et s'est approché de la porte mais, avant d'en franchir le pas, il s'est arrêté net. Se retournant vers moi, il m'a dit que nous aurions sûrement l'occasion de reparler de tout cela et qu'il serait curieux, d'ailleurs, de savoir comment les amis de Paul réagiraient s'il leur faisait part de ce qu'il savait. Alors je lui ai répété de partir, je lui ai dit qu'il me dégoûtait et, bien longtemps après qu'il soit parti, ces mots ont continué de résonner dans ma tête.

J'avais refusé de me défendre et, malgré le verre d'alcool que je lui avais lancé à la figure, Lemire était parti la tête haute, avec le même sourire indélébile et le même regard prétentieux et suffisant. Il avait cherché à provoquer une scène et j'étais convaincue qu'il aurait pris plaisir à me donner la réplique, mais je ne lui avais donné aucune chance de se mesurer à moi. Toutefois, ce qu'il avait dit ne m'avait pas laissée indifférente et, s'il avait pu constater à loisir l'effet que ses paroles avaient produit sur moi, je ne lui avais pas donné la satisfaction de me voir me défendre. Aucune protestation, aucune dénégation, aucune justification. Ses accusations étaient tombées à vide, du moins voulais-je le croire.

Après son départ, lorsque je me suis retrouvée seule face à ce fauteuil vide dans lequel Lemire avait pris ses aises quelques instants auparavant, ses insinuations ont commencé à m'atteindre et à prendre toute leur signification. Le venin faisait effet. Peu importait qui l'avait proposée ni dans quelles circonstances, l'hypothèse du suicide de Paul était là devant moi et je n'arrivais plus à l'effacer. Ce n'est que bien plus tard que je me suis interrogée sur les motifs qui avaient pu pousser Lemire à entreprendre une telle démarche contre moi. Car c'était bien *contre moi* que Lemire avait agi, et cela je l'avais senti dès le début. En soupçonnant Paul de s'être suicidé, c'était moi que Lemire accusait de l'y avoir poussé.

Mais ce soir-là j'étais bien loin de toutes ces considérations concernant Lemire et, après son départ, je n'ai plus eu aucune pensée pour lui. Ce qu'il m'avait dit m'avait outragée, mais je dois avouer que je n'en avais pas été absolument étonnée car, durant les premiers jours qui avaient suivi l'accident de Paul, l'idée d'un suicide m'avait effleuré l'esprit. À peine avais-je conçu cette hypothèse qu'elle m'avait secouée terriblement. J'avais eu vite fait, par la suite, de la rejeter comme étant saugrenue et sans fondement. Rien, aucune preuve, aucun indice ne pouvait en effet justifier de tels soupçons, et ils s'étaient dissipés d'eux-mêmes. Au moment où l'accident s'était produit Paul était bien sûr dans un état émotif extrêmement chancelant, mais cela n'était pas et ne pouvait pas être une raison suffisante. D'ailleurs, lorsqu'il m'avait fait part de son intention d'aller passer un week-end à la campagne, Paul m'avait paru beaucoup plus équilibré et plus confiant que durant les jours précédents. Même la note qu'il m'avait laissée m'avait en quelque sorte encouragée, et pas un instant je n'aurais pu soupçonner qu'il ait eu l'intention de se tuer.

Toutefois, si l'idée du suicide de Paul m'était apparue dénuée de sens, c'était peut-être surtout parce que j'avais peine à croire que quelqu'un puisse en arriver là sans chercher à semer derrière lui des indices ou des signes. Car, me disais-je, un suicide qui n'est ni reconnu, ni identifiable comme tel n'est un suicide pour personne d'autre que pour celui qui le commet, ce qui revient à dire que ce n'est un suicide pour *personne*... Cet argument n'avait bien sûr rien à voir avec Paul lui-même (on aurait parlé ici de son état psychologique, de ses tendances dépressives et suicidaires, etc.), mais plutôt avec la conviction que j'avais que personne ne pouvait faire un geste aussi définitif en le maquillant parfaitement et en le privant ainsi de tout son sens. On ne pouvait pas se renier à un tel point, ni se soucier si peu du reste du monde, à moins d'être complètement seul ou de se sentir complètement abandonné. Or Paul n'était pas seul, et jamais je ne l'avais abandonné...

Non, « Paul n'était pas seul ». Et cela voulait dire que Paul *m'*avait, *moi,* et que s'il s'était suicidé en ne laissant aucun signe derrière lui, c'était d'abord moi qu'il avait renié et non pas lui. Le *reste du monde* dont il aurait alors fait si peu de cas, ç'aurait été *moi,* d'abord et avant tout. C'était peut-être cela que j'avais été incapable d'accepter et qui m'avait fait rejeter l'hypothèse du suicide de Paul dès le début, cela que la visite de Lemire m'avait permis de comprendre et que je n'avais fait que pressentir durant les quelques jours qui avaient suivi l'accident de Paul.

Lemire m'avait donc profondément ébranlée et je ne savais plus où j'en étais. Sous le poids de ses accusations implicites, j'en arrivais presque à reconnaître que j'avais eu tous les torts dans cette affaire et, remettant en cause les raisons pour lesquelles j'avais écarté aussi rapidement l'hypothèse d'un suicide, j'étais prête à admettre que je n'avais peut-être cherché, dans tout cela, qu'à me défendre moi.

Je n'étais plus sûre de rien, les certitudes que je m'étais fabriquées s'étaient mises à vaciller, et j'étais désespérée à la seule pensée que mes questions relatives à la mort de Paul puissent rester à jamais sans réponse. Ce qui me troublait surtout c'était que Lemire ait pu paraître tellement sûr de lui, et je redoutais qu'il ait pu savoir certaines choses que j'ignorais. Il était venu me relancer jusque chez moi avec tellement d'assurance et d'arrogance que j'en arrivais à me demander si Paul ne s'était pas confié à lui avant de mourir, et le simple fait de penser que Lemire eût pu en savoir plus long que moi m'exaspérait. Mais il était hors de question que je le rencontre à nouveau, pas même pour en avoir le coeur net.

Et puis je commençais à voir sous un autre éclairage la note que Paul m'avait laissée ce matin-là et dans laquelle il s'était excusé « de tout ce que j'avais eu à endurer à cause de lui »... En fait, Lemire avait peut-être raison...

Quoi qu'il en fût, la visite qu'il m'a rendue ce soir-là a sûrement produit sur moi les effets qu'il espérait. Pendant plusieurs jours, je n'ai fait que tourner et retourner dans ma tête toutes les hypothèses et interprétations possibles concernant la mort de Paul, et je me suis efforcée de retracer avec minutie, de façon presque maniaque, chaque détail, chaque geste, chaque parole qui avait précédé l'accident et qui aurait pu constituer une preuve ou un démenti de ce que Lemire avait avancé. Mais malgré tous mes efforts, je ne suis parvenue à me raccrocher à aucune évidence.

Pendant tout ce temps-là, Lemire n'a pas redonné signe de vie. Étrangement toutefois, plus le temps passait et plus mes préoccupations déviaient de leur objet premier. Mes soupçons s'étant déplacés, c'était Lemire qui avait commencé à m'intéresser, car j'étais de plus en plus curieuse de connaître les motifs pour lesquels il était venu m'importuner. Émotivement épuisée par toutes mes spéculations relatives à la mort de Paul, j'en étais arrivée à me dire qu'elles ne me mèneraient nulle part et, consciente de m'être engagée dans une impasse, j'avais résolu de faire demi-tour, plutôt que de piétiner sur place en me heurtant toujours aux mêmes incertitudes. Oui, Lemire avait peut-être raison, et après ? Qu'est-ce que cela pouvait bien changer ? Il était trop tard maintenant pour revenir en arrière et, que Paul se soit suicidé ou non, que j'en aie la preuve ou non, j'allais toujours conserver les mêmes doutes concernant la part de responsabilité qui me revenait dans tout cela. À moins bien sûr que quelqu'un ne me fournisse un jour la preuve incontestable qu'il s'agissait bien là d'un accident... Lemire en savait peut-être effectivement plus long que moi, mais même s'il avait été en mesure de me prouver que Paul s'était suicidé, il n'aurait jamais pu faire mon procès ni prétendre avec certitude que c'était *moi* qui avais poussé Paul à se tuer, ou encore *moi* qui n'avais pas réussi à l'en empêcher. Lemire n'avait rien d'un justicier ni d'un idéaliste en quête de la vérité, et je savais bien qu'il avait cherché, non pas à rétablir les faits pour que la vérité « éclate au grand jour », mais plutôt à me faire porter tout le poids de la mort de Paul. Et si c'était cela qu'il avait voulu, je n'allais sûrement pas lui donner satisfaction.

Étrange tout de même que ce soit mon agressivité envers Lemire qui m'ait permis de m'en sortir et de me libérer des doutes qu'il avait fait naître en moi. Tant que j'avais cédé à mes propres soupçons, j'avais pu penser que j'avais tous les torts et m'adresser tous les reproches possibles et imaginables. Mais dès que quelqu'un d'autre s'était permis de me montrer du doigt en m'accusant d'avoir commis une faute, cette faute m'était devenue étrangère et, cessant de m'accuser moi-même, j'avais pu commencer à me défendre. De coupable j'étais devenue victime, et j'avais pu dès lors m'insurger contre celui qui m'avait assailli. Sans le savoir, Lemire m'avait libérée d'un poids énorme en m'obligeant à me me protéger contre ses accusations.

Quant aux motifs qui ont pu le pousser à agir comme il l'a fait, ils me paraissent toujours aussi obscurs. Dès l'instant où je me suis raidie contre ses insinuations, j'ai cessé de m'interroger sur les circonstances qui avaient entouré la mort de Paul pour commencer à m'interroger sur son compte à lui. Quels avaient été ses intérêts dans tout cela ? Pourquoi avait-il voulu me faire savoir qu'il me tenait responsable de la mort de Paul ? J'avais beau chercher, je ne trouvais aucune réponse à ces questions. Pourtant, ce genre de manoeuvre lui ressemblait et n'avait fait que confirmer l'opinion que j'avais de lui.

J'ai toujours cru en effet que Lemire était un être oblique et retors, un homme malhonnête et prétentieux qui cherchait continuellement à se rassurer sur son propre compte et qui, soucieux de dominer n'importe quelle situation, n'aurait jamais hésité à marcher sur la tête de quelqu'un pour se rehausser. Ses relations n'étaient que des jeux de pouvoir, et les tensions qu'il créait autour de lui devenaient automatiquement des rivalités dès qu'il sentait qu'on ne l'admirait pas. En fait, Lemire était exactement le genre de personne qui ne se sentait à l'aise que lorsqu'il se savait adulé, admiré, désiré.

Paul et moi avions adopté avec lui deux attitudes contraires. Paul admirait Lemire, et moi je m'en méfiais, pour ne pas dire que je le méprisais. Et je me suis méfiée de lui dès notre première rencontre, qui a eu lieu il y a environ un an. Pour être dans ses bonnes grâces, il aurait fallu que je me laisse séduire par lui, mais je lui ai résisté et il m'en a toujours voulu.

À la suite de cette première rencontre, j'avais résolu de le fuir pour ne pas m'exposer inutilement à son arrogance, et nos rapports avaient été plutôt rares, pour ne pas dire accidentels. La rivalité qui s'était établie entre nous me semblait futile et, pour ne pas interférer dans l'amitié que Paul semblait lui porter, j'avais tout simplement décidé de me tenir à l'écart. Paul vouait à Lemire une confiance aveugle et, pour cette raison même, n'avait jamais compris la raison de mes réticences envers lui. Quant à moi j'avais préféré ne rien expliquer à Paul, d'abord pour ne pas le blesser, mais aussi parce que j'avais peur qu'il ne se range du côté de Lemire. D'ailleurs, mon entêtement à ne rien dire n'était peut-être pas sans rapport non plus avec une certaine pudeur que j'éprouvais et qui m'empêchait de parler librement de certaines choses avec Paul.

J'ai rencontré Lemire lors d'une fête offerte par des amis, et il avait réussi à me séduire dès le début. Il avait d'abord été charmant avec moi, trop peut-être, mais je n'avais encore aucune raison de me méfier de lui et, sans m'en rendre compte, je m'étais laissée prendre à son jeu.

De prime abord, Lemire m'avait semblé enjôleur. Il avait des cheveux très noirs et bouclés qui lui laissaient le front complètement dégagé, des hanches étroites, de longues jambes minces que je devinais fermes sous son pantalon tendu, des épaules larges mais délicates et arrondies, des mains nerveuses qu'il agitait continuellement lorsqu'il parlait, et une peau brune qui lui donnait un air presque méditerranéen. Dès que Paul m'avait présentée à lui, il m'avait entourée d'attentions et j'en avais été flattée. Vu de l'extérieur, on aurait pu croire qu'il me faisait du charme et, ne pouvant pas m'empêcher d'en éprouver un certain plaisir, je l'avais laissé raconter toutes sortes d'histoires invraisemblables où il faisait étalage de ses expériences les plus intimes avec un tel sens de l'humour que même les pires indiscrétions devenaient acceptables. Il faisait le paon et je le savais, mais je le trouvais drôle et, après tout, ce jeu de séduction me semblait tout à fait puéril, anodin et sans conséquence. Lemire ne semblait pas se prendre au sérieux lui non plus et, Paul me l'ayant présenté comme étant un de ses meilleurs amis, son attitude m'en paraissait d'autant plus inoffensive. Je me disais que Lemire devait connaître aussi bien que moi les limites de ce jeu et qu'il ne pouvait avoir aucune arrière-pensée ni aucune raison d'abuser Paul. Pourtant, à quelques reprises, il était allé un peu trop loin et cela m'avait choquée.

La soirée ne faisait que commencer et la situation n'allait pas tarder à se détériorer. Plus d'une fois ce soir-là j'avais croisé Lemire dans le corridor reliant le salon à la salle à dîner et, à chaque fois, il s'était amusé à me bloquer le passage en me poussant le long du mur et en se pressant contre moi. Son comportement avait commencé à m'agacer, mais je m'étais d'abord efforcée de le repousser poliment en lui faisant comprendre qu'il dépassait la mesure et que tout cela n'était pour moi que pur enfantillage. Tout en m'efforçant d'adopter une attitude moqueuse et presque complice, je lui avais signifié que j'étais prête à jouer le jeu, mais qu'il fallait en respecter les règles et que ma complicité ne pouvait pas aller plus loin.

Vers la fin de la soirée je dansais avec Paul lorsque Lemire, posant sa main sur son épaule, lui avait demandé de lui céder la place. Paul était retourné s'asseoir et, tandis que je dansais avec Lemire, celui-ci avait commencé à me presser contre lui, glissant une jambe entre les miennes et caressant, sans presque bouger la main, le bas de mon dos. J'avais senti son sexe gonfler et durcir sur mon ventre et, cherchant Paul du regard, je m'étais efforcée de repousser Lemire sans attirer l'attention de personne. Paul était là, tout près, mais il avait engagé la conversation avec quelqu'un et n'avait visiblement rien remarqué. Ayant finalement réussi à me défaire de Lemire, je m'étais refugiée dans la salle à dîner où j'étais convaincue qu'il n'aurait pas l'audace de me suivre. Je ne voulais surtout pas faire d'histoire et, craignant d'avoir encouragé Lemire dès le début sans savoir jusqu'où il pouvait aller, j'avais préféré ne rien dire à Paul.

Tandis que tout le monde s'était réuni à la cuisine où on avait commencé à déboucher des bouteilles de champagne, je m'étais retirée dans le salon en attendant que Paul se décide à partir. Il était déjà très tard et, pour moi, la soirée était bien finie. Mais Lemire était plus entêté que je ne le croyais et il n'avait pas tardé à venir me rejoindre. J'étais prête à avoir une explication réglée avec lui mais, voyant qu'il avait d'autres intentions que les miennes, je lui avais demandé de me laisser seule. J'en avais assez, et le ton de ma voix ne lui avait certainement pas permis d'en douter. Alors il s'était assis près de moi et, me regardant d'un air hautain, il m'avait dit qu'il voulait passer la nuit avec moi. Il avait même ajouté que lui et Paul en avaient déjà parlé et qu'ils étaient tous deux d'accord. J'étais furieuse. J'étais convaincue qu'il me mentait au sujet de Paul, et je n'avais qu'une idée en tête, me sortir de cette situation absurde. Alors je m'étais levée en lui disant qu'il ne m'aurait certainement pas de cette façon et qu'il pouvait bien aller baiser ailleurs. Cette scène n'avait duré que quelques secondes, mais mon idée sur Lemire était déjà faite.

Lemire ne m'avait plus adressé la parole de toute la soirée (ou de ce qu'il en restait) et il avait feint de m'ignorer complètement. Paul commençait à être vraiment soûl, et au moment où j'avais enfin réussi à le convaincre de partir, Lemire avait déjà quitté les lieux en compagnie d'une autre femme.

Plus tard, et à d'autres occasions, Lemire avait pris plaisir à me défier en me jouant le même scénario et, sachant qu'il n'obtiendrait jamais rien de moi, il s'était obstiné à me poursuivre malgré tout de ses avances. Je savais qu'il n'agissait de la sorte que pour m'humilier et se moquer de moi mais, si je connaissais ses intentions, son attitude ne m'en exaspérait pas moins.

Quant à Paul, il semblait toujours n'être au courant de rien et, depuis ce soir-là, il n'avait pas cessé de me parler de Lemire dans les termes les plus élogieux. Il avait une telle admiration et une telle confiance en Lemire que je craignais d'ailleurs que cela ne joue contre moi si Paul en arrivait à découvrir la vérité, car Lemire était capable de lui raconter n'importe quoi à mon sujet et je me sentais d'autant plus vulnérable que je savais Paul crédule.

Je m'étais donc contentée d'éviter Lemire dans la mesure du possible, car je préférais l'ignorer plutôt que d'engager un rapport de force avec lui. Je le soupçonnais d'être prêt à tout pour dresser Paul contre moi et, sachant qu'il n'avait aucun scrupule, j'avais peur de ne pas être à la hauteur. Mais ce qui était encore plus invraisemblable, c'était que Lemire ait pu établir un rapport de rivalité non pas entre Paul et lui (comme cela se passe normalement lorsqu'un homme cherche à séduire la femme d'un autre), mais entre *lui* et *moi*. En voulant me faire croire qu'il me désirait, ce n'était pas Paul que Lemire semblait vouloir défier, mais moi, et il se comportait comme si Paul avait été le seul et unique enjeu de ce défi... Et Lemire me donnait l'impression de n'être prêt à renoncer ni à cet enjeu, ni à ce défi. Ainsi, il nous avait invités à plusieurs reprises à aller passer quelques jours à la montagne dans un chalet qu'il avait loué pour la saison d'hiver et, comme j'avais toujours refusé d'y aller sous différents prétextes, Paul s'y était rendu seul. Lemire prétendait qu'il nous invitait dans le seul but de passer quelques nuits sous le même toit que moi (du moins était-ce ce qu'il *me* disait), mais je le soupçonnais quant à moi de vouloir me priver de la présence de Paul. Si c'était là ce qu'il voulait, il y réussissait sans effort.

Je n'ai jamais su si Paul avait vraiment consenti à ce que je couche avec Lemire mais, à bien y penser, cela n'était peut-être pas absolument impossible. Paul était plutôt conservateur, et il n'était pas du genre à « prêter » sa femme, mais Lemire était un beau parleur et, sous prétexte d'être subversif (car la subversion fait toujours très chic dans certains milieux), il avait bien pu trouver les arguments pour le convaincre.

Je le revois encore, assis dans un grand fauteuil de velours rouge, un soir que nous étions dans un bar avec des amis et qu'il était venu se joindre à nous à l'improviste. Gesticulant largement, souriant du coin des lèvres et s'arrachant l'attention aussi bien que l'approbation de tout le monde autour de lui, il parlait ce soir-là de la « libération des désirs ». Globalement, j'étais d'accord avec ce qu'il avançait, mais je le soupçonnais de ne défendre que les thèses qui pouvaient éventuellement lui servir. Ainsi il fallait, selon lui, « abolir les notions d'appartenance et de propriété sexuelles parce qu'elles transformaient les individus en objets et qu'elles engendraient des relations de soumission et d'asservissement. Il fallait aussi subvertir, de l'intérieur, la notion de couple, car cette notion, bien qu'irremplaçable, ne pouvait exister en dehors d'un système de propriété, etc., etc., etc. » Je résume et je condense, mais c'était un beau discours à vrai dire, rempli de vérités qui se contemplaient elles-mêmes et que personne n'aurait eu le courage de contredire, mais qui faisait une part très mince (pour ne pas dire, pas de part du tout) à ce que moi j'appelais « le sentiment amoureux ». D'ailleurs, ce que Lemire appelait la «subversion généralisée», et qu'il nous présentait d'abord comme un éloge du désir, n'était rien d'autre à mon avis que l'une de ses trouvailles, une trouvaille qu'il avait dû s'empresser de mettre au service de ses intérêts personnels. Ce qu'il prêchait n'était pas, à mes yeux, un renversement fondamental des valeurs reliées au couple, mais plutôt une sorte de désordre amoureux où la répartition des rôles demeurait inchangée et où les plus rusés et les plus audacieux allaient trouver leur profit. En fait, Lemire était un dragueur intelligent et cultivé, un phallocrate de la plus bele espèce (c'est-à-dire qu'il était de ceux qui se défendaient d'en être), et il était d'autant plus dangereux qu'il savait maquiller ses intérêts et les présenter sous le couvert de théories à la mode. Il fallait le voir dénoncer avec emphase les « capitalistes du sexe » pour comprendre que tout cela n'était pour lui qu'un jeu oratoire, qu'un exercice de style ou une façon de se mettre en valeur. Si d'autres s'y laissaient prendre, moi j'étais sur mes gardes, et je le soupçonnais même d'être *amoureusement impuissant*. Lemire était peut-être un beau parleur, mais il n'avait rien d'un amoureux ni d'un passionné et, à l'entendre parler, j'avais l'impression de revivre mes vingt ans, c'est-à-dire cette période de ma vie où je croyais encore dans le pouvoir des *mots*. Mais Lemire était loin d'être un adolescent imbu d'idéalisme, ce qui aurait peut-être pu tout excuser. À mes yeux il était un être essentiellement apolitique, individualiste et profiteur, un égocentrique au pouvoir enjôleur qui, conscient du magnétisme qu'il exerçait sur les gens, n'hésitait pas à s'en servir pour les manipuler et les subjuguer. Voilà pour Lemire. Il lui fallait toujours avoir raison et, si quelqu'un lui faisait la preuve du contraire, il se servait de son humour pour reprendre le dessus et couvrir l'autre de ridicule. Or Paul avait bien pu se laisser prendre au jeu de ses arguments...

Mais j'ai beau creuser ma mémoire, toute cette histoire ne m'éclaire toujours pas quant aux motifs qui ont pu pousser Lemire à venir me relancer chez moi après la mort de Paul.

Je sais que Lemire n'a aucun scrupule et qu'il se flatte même de ne pas en avoir, mais j'ai peine à imaginer qu'il n'ait agi de la sorte que dans le seul but d'avoir le dernier mot avec moi et de savourer ainsi une victoire personnelle. Peut-être n'a-t-il agi que par dépit, pour me punir de l'avoir repoussé et de n'avoir jamais répondu à ses avances ? Cela me paraît pourtant tellement absurde et disproportionné... Et je ne sais pas pourquoi, mais je n'arrive pas à me convaincre que ses motifs aient pu être ceux-là. J'ai l'impression que tout cela cache autre chose, quelque chose qui m'échappe pour l'instant mais que je finirai bien par découvrir...

Un peu plus de sept semaines se sont écoulées depuis la visite de Lemire, et je sens maintenant que ses accusations me touchent moins, bien qu'elles aient été pendant tout ce temps-là l'unique objet de mes pensées.

Mais si j'ai enfin réussi à prendre mes distances par rapport à ses insinuations, je crains aujourd'hui qu'il n'ait mis ses menaces à exécution et qu'il n'ait déjà commencé à répandre la rumeur concernant le suicide de Paul. Or cette seule crainte, qu'elle soit justifiée ou non, me donne tout simplement envie de disparaître, ou de fuir dans une ville étrangère où je serais parfaitement anonyme. Ne pouvant plus supporter qu'on me considère encore comme la *femme de Paul,* je suis incapable de concevoir qu'on puisse se permettre de me juger en plus. Rien ne me prouve encore que Lemire ait fait part de ses soupçons à qui que ce soit, mais la menace est toujours là et je n'arrive pas à l'oublier. De plus, je me dis que Lemire n'est peut-être pas le seul à avoir envisagé l'hypothèse d'un suicide, et cette seule pensée me fait peur. J'en suis arrivée à me méfier de tout le monde, le facteur y compris...

Lemire pourra toujours se flatter ou se réjouir de m'avoir isolée du reste du monde en s'imaginant que ses menaces ont porté fruit, je sais bien quant à moi que j'en serais arrivée là de toute façon. Dès le jour de l'enterrement, les amis de Paul et les miens m'avaient agacée avec leurs précautions, leurs hésitations et leurs détours. Incapables de réprimer la gêne et la pudeur qu'ils éprouvaient en ma présence, ils avaient systématiquement évité de mentionner le nom de Paul et n'avaient parlé ni de l'accident, ni des circonstances de sa mort. Cette prudence à n'évoquer aucun souvenir devant moi avait faussé nos rapports en les plaçant bien à côté de la réalité, et je ne peux pas m'empêcher de croire qu'il en sera toujours ainsi et que la mort de Paul sera toujours là pour favoriser tous les détours.

Si j'ai envie de partir et de me retrouver ailleurs, je ne sais toujours pas ce qui m'attend. Je voudrais qu'il se passe quelque chose dans ma vie, mais je ne sais pas *quoi,* comme si le seul fait d'attendre me suffisait pour l'instant ou, plutôt, comme si *vouloir* était devenu un verbe intransitif.

Depuis le jour de l'enterrement, je me suis enfermée dans cet appartement comme je me serais enfermée dans mon ressentiment et, du fond de mon repaire, je me laisse aller à un pathétique discret. Je ne sais pas comment les journées arrivent à passer, mais je sais que je n'y suis pour rien, car je n'arrive à tuer le temps qu'en écrivant mon journal. Depuis la mort de Paul j'ai peur de tout, peur de me réveiller le matin en ayant la sensation d'avoir été agressée pendant mon sommeil, peur de me réveiller en ayant l'impression que la foudre vient de me frapper et qu'elle m'a laissée pantelante, haletante, et comme suspendue dans le vide, peur aussi de dormir et que la nuit accouche avant-terme, que ce soit de moi qu'elle accouche et qu'elle me laisse aussi démunie et dépaysée qu'un nouveau-né qui viendrait à peine d'être expulsé.

rome, le 8 août

En deux mois, Rome a changé de visage. La lumière y est toujours aussi diffuse et irradiante et on y trouve toujours les mêmes décors somptueux aux charmes mêlés d'extravagance et de délicatesse, mais un climat d'exaspération et de peur s'y est installé.

Dans les cafés et les piazze, les conversations sont de plus en plus animées, et il n'est pas rare que des attroupements s'amassent devant des plates-formes improvisées sur lesquelles des orateurs (improvisés eux aussi) s'emploient à dénoncer l'incompétence du gouvernement ou les avatars du régime politique italien. Les murs de la ville sont tapissés d'affiches et de graffitis et les affrontements entre les groupuscules d'extrême-droite et d'extrême-gauche donnent lieu à des scènes de violence qui font maintenant partie du quotidien et qui peuvent éclater à tout moment. La tension monte de jour en jour et, tandis que les forces policières sont en état d'alerte (lire: ont la gachette facile), les touristes ont commencé à déserter progressivement la ville. Il n'est pas question que je quitte Rome, mais je sens que le climat de tension et d'exaspération qui y règne finira par me gagner moi aussi, s'ajoutant ainsi à l'impatience fébrile et à la tension presque maladive que j'éprouve à écrire. Toutefois, lorsque je suis assise à ma table de travail, j'ai l'impression que rien ne compte plus en dehors de ce que j'écris, exactement comme si toute la réalité pouvait tenir uniquement dans ces phrases que j'aligne les unes à la suite des autres, ou alors comme si ces phrases avaient en elles-mêmes le pouvoir de créer un nouvel ordre du réel en plongeant le reste du monde dans une demi-obscurité.

Enfermée dans ma chambre ou assise derrière le comptoir de la réception de l'hôtel, il me semble parfois que les rumeurs de violence ne me parviennent qu'assourdies, comme si elles avaient traversé pour m'atteindre un écran matelassé. Depuis deux mois que je suis à Rome, en fait depuis l'accident de Manon, je n'ai qu'un seul désir, qu'une seule envie et une seule passion, et ce désir exclut tous les autres. Il me faut terminer ce récit que j'ai commencé, et je n'aurai de répit que lorsque je serai parvenue à en refermer la boucle. Je dois dire toutefois que j'éprouve beaucoup moins de difficultés à écrire que je ne l'aurais cru, et c'est d'ailleurs la première fois aujourd'hui que je ressens le besoin de revenir à cet autre cahier.

Je viens à peine de terminer la lecture de tout ce que j'ai écrit depuis le début dans le cahier à tranches rouges et j'ai l'impression que dans ce récit, qui ressemble maintenant davantage à un roman qu'à un journal, la voix de Manon se confond étrangement à la mienne. C'est comme si Manon n'avait eu qu'à amorcer la conversation pour que je puisse en deviner d'avance toutes les répliques, et je dois dire que j'éprouve à écrire le même sentiment de complicité que si elle était là, devant moi, et que j'étais en mesure de prévoir chacune de ses réparties avant même qu'elle n'ouvre la bouche. En fait, je me suis laissée prendre au jeu de la simulation à un tel point que je suis maintenant convaincue d'écrire ce que Manon aurait elle-même écrit si elle avait eu la possibilité (ou le courage) de rassembler ses notes sous forme de récit.

D'ailleurs ce récit à la première personne où celle qui dit *je* est à la fois narrateur et personnage, assure en lui-même, et comme par magie, cette condensation qui a fait de Manon et de moi une seule et même personne. Mais ce *je* n'est en réalité ni Manon ni moi. Il nous conjugue et nous exclut toutes les deux, car il n'est qu'une pure invention dans laquelle je suis parvenue à me complaire.

Dès l'instant où j'ai fait de Manon un personnage, j'ai eu le sentiment de m'être rapprochée de cette femme que j'aimais et qui occupait une place privilégiée dans le champ de mes projections imaginaires, mais en même temps j'ai senti que je m'étais éloignée de la véritable Manon en la sacrifiant non seulement à une image, mais à une image transposée. J'essaie de refaire ce portrait d'elle-même qu'elle a esquissé à la hâte dans les cahiers numérotés, et ce portrait je ne peux que l'enfermer dans ce récit qui n'a rien d'autre à proposer que l'image d'une image. Toutefois, lorsque j'écris, j'en arrive à oublier que ce que je raconte n'entretient avec le réel que des rapports ténus et lointains, exactement comme si l'image de Manon pouvait épuiser toute sa réalité.

Quant aux cahiers numérotés dont je m'inspire maintenant pour la rédaction de mon récit, je me prends parfois à les consulter comme je consulterais des documents dont la seule fonction serait de me fournir, après-coup mais après-coup seulement, la preuve que ce que j'avance est authentique. En fait tout se passe comme si mon récit avait pris les devants et que, doté d'une force et d'une énergie qui lui seraient propres, il avait maintenant le pouvoir d'anticiper ou même d'inventer ce qu'affirmaient pourtant déjà les cahiers de Manon.

Or ces cahiers n'épuisent pas, au niveau de leur contenue explicite, toute la vérité à son sujet, car ils n'offrent jamais qu'une vision trouée, morcelée et fragmentaire des événements qu'elle a vécus. Et ce qu'ils ne disent pas je dois l'inventer, ou plutôt le découvrir, car ce que j'écris n'a rien à voir avec l'*invention romanesque*. En d'autres mots, mon récit n'est pas une pure construction imaginaire, mais le résultat d'une lecture attentive qui cherche à dévoiler ce que Manon a voulu taire.

Ainsi, lors de mes toutes premières lectures, j'ai remarqué que Manon avait tendance à décrire les hommes qui lui plaisaient en recourant le plus souvent à des qualificatifs qui avaient, à n'en pas douter, des connotations féminines, et cela m'a intriguée. Manon elle-même ne semblait pas s'en être rendue compte, et il faut dire que cette récurrence d'attributs féminins n'était pas évidente à première vue, mais j'étais persuadée qu'elle était lourde de signification et que c'était à moi qu'il revenait d'en souligner l'importance.

C'est ainsi que, dans mon récit, Manon en arrive à se demander si l'homosexualité latente de Paul ne l'avait pas séduite à son insu dès le début de leur relation... Évidemment je n'ai fait que lui prêter mes propres réflexions à ce sujet en lui faisant dire des choses qu'elle n'avait jamais dites et peut-être même jamais soupçonnées, mais je suis convaincue qu'elle serait arrivée aux mêmes conclusions que moi si elle n'avait pas tant cherché à s'auto-censurer. On me dira que tout cela n'est que pure interprétation, et j'en conviendrai aisément, mais j'ai cependant la conviction que ce que j'invente ne peut être que conforme à la vérité. Ce que je propose n'est évidemment que ma propre lecture des cahiers de Manon, et cette lecture est loin d'être passive, mais je suis persuadée qu'elle n'en trahit pas pour autant ce que Manon a écrit de sa main. Ma lecture est d'abord et avant tout une lecture *respectueuse,* et je ne cherche qu'à refaire pas à pas le même trajet que Manon en revivant ses émotions, ses peurs et ses désirs et en essayant de retracer dans le creux de son texte ce qui pour elle était inavouable. Les sensations que Manon a éprouvées, il m'arrive de les éprouver à mon tour et comme par un effet de retentissement, et ce sont elles qui me dictent ce que je dois écrire. Je ne peux donc pas me tromper...

Et je n'ai aucune difficulté à imaginer, en les mettant en scène, non seulement les désirs et les peurs secrètes de Manon, mais aussi les faits eux-mêmes, les événements, la façon dont elle a pu les vivre ou dont ils ont pu se présenter à elle... etc. C'est précisément au niveau de la mise en scène, mais à ce niveau seulement, qu'intervient pour moi *l'invention romanesque,* car il y a de nombreux détails que Manon, parlant d'elle-même, n'a jamais eus à mentionner et que je me prends à inventer tout simplement parce que je cède au mouvement de mon écriture, et peut-être aussi à un certain souci de *réalisme.* Il me faut faire vrai à tout prix, même au prix d'inventer ce que j'ignore. Il en est ainsi par exemple de tous les lieux où les événements se sont produits, de l'identité et de l'apparence physique des personnages, de leurs réactions, de celles de Manon, et de tout ce qui relève de près ou de loin de la pure mise en scène (« Le soleil avait glissé lentement derrière les arbres... », « Michel était là, ses bras enroulés autour de moi, et il me berçait doucement... », etc.).

Curieusement toutefois, j'ai souvent le sentiment que les épisodes que je décris n'ont pas pu se dérouler autrement ni dans d'autres circonstances que celles que j'imagine et que ma perception des personnages n'est pas loin d'être authentique. Manon n'avait écrit que très peu de choses au sujet de Lemire par exemple, mais j'ai cependant la conviction d'avoir cerné très exactement ce qu'il représentait pour elle. Ce que je savais d'abord de lui, c'était qu'il avait accusé Manon, peu de temps après les funérailles, d'avoir été moralement responsable de la mort de Paul. L'idée du suicide, c'était lui qui l'avait injectée dans les pensées de Manon, et pour des motifs qu'elle ignorait alors. Or il y a quelques autres passages dans les cahiers numérotés où il est question de Lemire et, les relisant, je crois avoir finalement découvert quelles étaient ses intentions réelles. Car, Manon avait raison, Lemire n'avait pas agi que par dépit... Pour le reste, pour ce qui est de la taille de Lemire, de la couleur de ses cheveux et de tout ce que j'ai pu imaginer à son sujet, je dois reconnaître que j'ai tout inventé et que cela n'a qu'une importance très secondaire. Il me fallait composer un personnage et je l'ai fait.

Évidemment, à force d'inventer ainsi pour les besoins de la mise en scène, je cours le risque de m'éloigner de plus en plus de ce que Manon a vécu en réalité. Mais la réalité ne m'intéresse de toute façon que bien indirectement, car mon récit ne vise pas à raconter les faits tels qu'ils se sont déroulés, mais plutôt à dédoubler le point de vue de Manon sur ces mêmes faits. En fait, ce qui m'intéresse, c'est d'abord ce que Manon en a dit, et ensuite ce qu'elle aurait pu en dire. Peu importe, donc, que mon récit prenne de plus en plus des allures de fiction et qu'il devienne même invérifiable au niveau des détails que j'invente, puisque la réalité dont je parle n'existe pas ailleurs que dans les cahiers numérotés et que je n'ai aucun moyen de vérifier, ici à Rome, si ce qu'ils racontent est vrai ou non. D'ailleurs les enquêtes ne m'intéressent pas, et la vérité non plus si elle ne doit être que la qualité de ce qui est vérifiable.

Il y a bien sûr une autre vérité, inhérente celle-là aux cahiers noirs, et qui s'y dessine en creux et en surface pour en constituer la charpente et le voile, et c'est celle-là que je cherche, car je sais qu'une fois mise à jour, elle sera aussi la mienne.

Il se peut que je sois victime de mes propres fantasmes, il se peut que je sois une idéaliste forcenée en quête d'un sens caché et que tout ce travail ne soit que pure folie et pure mystification (après tout, je suis un critique littéraire), mais ce n'est plus à moi d'en juger. De toute façon, ce n'est pas de littérature qu'il s'agit ici, mais uniquement de Manon et de moi...

Je me souviens d'avoir lu, il y a quelques années de cela, un roman dans lequel le narrateur, s'étant réfugié dans une petite ville de province pour mener à terme un ouvrage d'histoire qu'il avait commencé, se retrouvait un soir dans un bar en compagnie d'une femme grande, belle et séduisante, mais dont la présence n'arrivait pas à effacer le profond sentiment d'ennui qui s'était emparé de lui depuis qu'il était arrivé dans cette ville. Or, au moment où cette femme le quittait pour aller aux lavabos, il se mettait à se raconter à lui-même ce qu'il était en train de vivre, et ce récit avait pour effet de transformer en aventure un événement somme toute banal en opérant sur la réalité une métamorphose qui tenait presque de la magie. Il se voyait dans un bar de province en compagnie d'une grande femme à moitié soûle qui, au moment où elle revenait des lavabos, enroulait ses bras autour de lui et, tandis qu'il ne se passait rien dans sa vie, il avait le sentiment de vivre quelque chose d'exceptionnel, ou d'être promis à un destin merveilleux et exaltant. « À peine débarqué à X, je m'étais retrouvé dans un bar où... ». Cette seule phrase contenait en elle-même la promesse d'un dénouement qu'elle anticipait déjà et qui lui donnait, à rebours, toute la force et le mystère d'un présage ou d'une annonciation. « La fin précède toujours le début », disait-il, « et tout récit se raconte toujours à l'envers »...

Il y a longtemps que j'ai lu ce roman (c'était *La nausée,* je crois), et le passage dont je parle ici est d'ailleurs le seul souvenir que j'en aie gardé. Peut-être parce qu'il évoquait pour moi les années de mon enfance où, m'enfermant dans la salle de bain, je me racontais à moi-même des histoires banales qui devenaient fabuleuses du seul fait de me les raconter et dont j'étais à coup sûr l'héroïne... ? Quoi qu'il en soit, et que ma mémoire soit fidèle ou non, ce passage m'est revenu à l'esprit lorsque, me relisant, je me suis demandée si je n'aurais pas dû commencer mon récit par la fin.

Car j'aurais pu raconter l'histoire de Manon à l'envers, en situant d'abord l'action à Rome et en faisant adopter à la narratrice un point de vue rétrospectif. Cela aurait été tout à fait vraisemblable et légitime, bien que difficile à raconter puisque la narratrice serait morte avant de pouvoir se dire et qu'il aurait alors fallu, pour éviter cette absurdité, supprimer la fin réelle de son histoire... Mais n'ayant moi-même qu'une connaissance rétrospective des événements, j'aurais craint que le point de vue de Manon ne se confonde avec le mien et que mon récit n'y perde sa qualité de démarche aveugle, hésitante et approximative. Ma perception des événements supposant que l'on connaisse déjà la fin de l'histoire, elle n'aurait pu que trahir celle des cahiers noirs où le sens de chaque épisode est comme suspendu dans l'ignorance de ce qui va suivre. Manon a rédigé ses cahiers au fil des jours et des semaines, et chaque inscription n'y est que le compte-rendu ponctuel de ce qu'elle vivait, ressentait, soupçonnait ou désirait. Jamais elle n'a pu prévoir où tout cela la mènerait, et encore moins comment tout cela finirait.

J'ai donc choisi de respecter le cheminement de son écriture en m'efforçant de ne pas anticiper sur ce qui doit suivre, mais j'ai beau essayer de l'oublier, la fin est toujours là qui me guette. Étrangement toutefois, si cette fin donne à chaque événement que je raconte une apparence de fatalité, elle n'a pas encore pris, pour moi, tout son sens, et je compte bien sur le déroulement de mon récit pour m'éclairer là-dessus. Évidemment, au point où j'en suis, je commence déjà à y voir un peu plus clair, et la mort de Manon me semble beaucoup moins absurde que le jour où je me suis retrouvée, bagages en mains, au milieu de l'attroupement qui s'était formé en face de l'hôtel de la Via Veneto. Ce que je veux dire ici, c'est que j'ignore encore le sens que prendra cette mort à la fin de mon récit.

Pour ce qui est du reste, il ne faudrait surtout pas oublier qu'au moment où ils sont entrés en ma possession, les cahiers numérotés ressemblaient davantage à un ramassis de notes qu'à un journal, et qu'il m'a fallu y mettre un peu d'ordre. S'il m'arrive donc le plus souvent d'intervertir ou de modifier, en ne respectant pas leur chronologie réelle, l'ordre dans lequel les événements se sont produits, ce n'est que dans le but d'assurer le bon fonctionnement de mon récit car, je dois bien l'avouer, il m'était impossible de suivre à la lettre le cheminement des cahiers noirs sans courir le risque de donner à mon texte toutes les allures d'un discours névrotique.

Bizarre, tout de même, que le personnage de Manon me soit à ce point familier. Les propos que je lui prête constamment ne me semblent d'ailleurs étrangers qu'en ce qu'ils relatent des expériences que je n'ai pas vécues. Mais à d'autres niveaux, nos discours se croisent comme s'ils se renforçaient l'un l'autre en défendant les mêmes principes et les mêmes convictions. Ce que disaient déjà les cahiers noirs, les valeurs qu'ils mettaient de l'avant, les jugements qu'ils formulaient parfois à demi-mot, tout cela que je m'efforce de reproduire dans mon récit et que je me surprends à endosser moi-même comme si j'en étais l'auteur, me permet de mesurer la courte distance que j'aurais eue à franchir pour me rapprocher de Manon. Or, si les cahiers noirs m'offraient une image de Manon dont je me sentais exclue tout en m'y reconnaissant, je dois dire qu'il en est de même pour ce récit que je suis en train d'écrire. C'est comme si quelque chose de moi s'y perdait... tout en s'y retrouvant.

À force de m'isoler dans cette chambre d'hôtel comme j'ai eu tendance à le faire depuis la mort de Manon, je me suis confinée à cette image de moi-même que je me plais à entretenir en écrivant et qui est de plus en plus intriquée à cette image de Manon que je me suis fabriquée. Si au moins j'avais établi quelques relations à Rome, cela me permettrait peut-être, à l'occasion, de me libérer de cet échafaudage imaginaire qui me prive parfois de tout sentiment d'identité réelle. Or, comme je passe la majeure partie de mon temps à écrire, il ne me reste que bien peu de temps pour faire de nouvelles connaissances et, d'ailleurs, les gens qu'il m'a été donné de rencontrer jusqu'à présent ne m'intéressent pas. Travaillant à la réception de l'hôtel, il m'est arrivé, par exemple, que certains clients m'invitent à prendre un verre avec eux, mais ces gens-là sont généralement des types qui voyagent seuls, le plus souvent par affaires, et qui sont à la recherche, ou bien d'un guide de luxe, ou bien d'une aventure romantique et clandestine, et c'est évidemment plus que ce que j'ai à leur offrir. D'ailleurs, que je me fasse accoster sur la rue, dans un bar, ou dans un restaurant, c'est toujours le même scénario qui se répète, invariablement, scénario dans lequel on me fait jouer, bien malgré moi, le rôle de la-jeune-étrangère-vivant-seule-dans-un-pays-lointain. Or cela ne serait quand même pas si mal si ce rôle n'était lui-même identifié, le plus souvent, à celui de la-jeune-femme-aux-moeurs-légères-en-quête-d'aventures...

Quant aux femmes italiennes, elles semblent entretenir, à Rome du moins, des préjugés très défavorables à l'égard des étrangers, surtout à l'égard des étrangères qui voyagent seules, et ces préjugés oscillent généralement entre le mépris et l'envie. Leur éducation leur a appris qu'une femme ne pouvait pas avoir les mêmes libertés qu'un homme sous peine d'être taxée d'immoralité, mais certaines d'entre elles commencent à comprendre qu'il y a là quelque chose d'injuste. Quoi qu'il en soit, ni l'envie ni le mépris ne les rapprochent de moi et, dans tout cela, il ne me reste que Franco.

Mais même lui semble avoir pris de nouvelles résolutions à mon égard et, depuis quelques jours déjà, il s'est fait plus entreprenant, allant jusqu'à frapper à la porte de ma chambre lorsqu'il sait pourtant que je m'y suis retirée pour la nuit. Sa timidité a fait place à une audace dont je ne l'aurais jamais cru capable (profitant du fait qu'il a en double les clés de toutes les chambres, il s'est même introduit chez moi un matin, alors que je dormais) et j'en suis arrivée à me méfier de lui. Comme ces grands timides qui subissent un véritable renversement de personnalité dès qu'ils s'abandonnent à leurs désirs secrets, Franco semble avoir repoussé les limites que lui imposait sa propre gêne. D'homme délicat et réservé qu'il était, il est devenu un homme rusé et déterminé qui se comporte avec moi comme si j'étais sa seule obsession. Toutefois, loin d'être arrogant, Franco agit plutôt comme s'il ne voulait ni m'effrayer, ni me faire fuir, mais je le sens toujours qui est là, à rôder autour de moi.

Or, je n'ai pas l'intention de quitter cet hôtel avant d'avoir terminé la rédaction de mon récit, et ce n'est certes pas l'attitude de Franco qui m'y poussera. Je ne le crois pas capable de me faire violence, mais je suis prête à courir ce risque. Je sais pourtant que si j'avais une aventure, une seule aventure avec un étranger, Franco en concluerait qu'il a, lui aussi, tous les droits de me séduire. Mais comme je vis à la manière d'une ermite et qu'il m'a vue, à quelques reprises, refuser les invitations des clients de l'hôtel, je suis convaincue qu'il gardera ses distances au moins pour quelque temps encore. Pour l'instant, la situation n'est quand même pas intolérable, et je regrette seulement que les événements aient pris une telle tournure. J'aurais du mal à expliquer ce qui s'est passé, car au début Franco me plaisait bien, mais il semble qu'il ait redoublé d'ardeur dès l'instant où j'ai commencé à agir plus froidement avec lui. Quant à savoir pourquoi je suis devenue réticente à son égard, je n'ai pas encore réussi à me l'expliquer. Je sais seulement que je suis incapable d'éprouver quelque désir que ce soit depuis que j'ai commencé à écrire. C'est comme si, étrangement, tous mes désirs ne pouvaient avoir de sens qu'en fonction de ce que j'écris, ou plutôt, comme si j'étais en plein coeur d'une aventure amoureuse et que mes désirs y étaient tout entiers mobilisés.

Les cahiers noirs numérotés sont toujours là, au coin de la table, mais ils sont maintenant pour moi tout aussi familiers que les autres objets qui m'entourent. Je me suis habituée à cette chambre, à la couleur des murs, à la disposition des meubles et même à la qualité de l'éclairage qui, de jour ou de nuit, me donne l'impression d'être enfermée dans un écrin.

Je viens à peine de relire les dernières phrases que j'ai inscrites dans le cahier noir à tranches rouges et je n'ai que l'envie de m'y remettre. Je craignais pourtant qu'après cette brève interruption de deux jours il ne me soit difficile de reprendre le fil de mon récit, mais je m'aperçois au contraire que je suis impatiente de le pousser plus avant, et qu'il me presse d'en découvrir la suite.

cahiers à tranches rouges 2

Avant de rencontrer Andrée et d'emménager chez elle, j'ai passé encore quelques mois dans un état de léthargie que les lourdes chaleurs de fin d'été n'ont fait qu'empirer. Les mois d'août et de septembre se sont écoulés presqu'imperceptiblement et, tandis que le temps passait, j'avais l'impression qu'il emportait avec lui, dans son mouvement même, mes derniers sursauts d'énergie, mes dernières volontés de changement. Assise à mon piano, je me laissais aller à une sorte de torpeur qui n'était pas sans rappeler celle des dimanches après-midi pluvieux qui se succédaient inlassablement.

Toutefois, depuis que j'habite avec Andrée et que ma vie a pris une nouvelle tournure, depuis que le hasard est venu à ma rescousse et que j'ai recommencé à vivre comme une personne « normale », depuis que j'ai échappé à la langueur torride de ces après-midi chauds et humides où l'air, parfaitement immobile et lourd, semblait devoir ralentir chacun de mes gestes et chacun des mouvements de ma pensée, je revois cette période récente de ma vie comme une période de demi-sommeil où, m'abandonnant à mes rêveries, je réussissais presque, parfois, à croire que j'étais heureuse.

Insensible à mon environnement physique, je ne voyais alors dans l'appartement que j'avais partagé avec Paul que ce que je voulais bien y voir, et je feignais d'ignorer tout ce qui était susceptible de rappeler Paul à mon souvenir. Toujours je me disais qu'il me fallait partir, qu'il me fallait chercher un nouvel appartement, mais toujours je me sentais paralysée par la même force d'inertie, la même indifférence. Je pressentais que seul le hasard, seule une force extérieure allaient pouvoir mettre fin à cet état de nonchalance qui s'était emparé de moi quelques semaines après la visite de Lemire. Toutes mes résolutions, toutes mes énergies tournaient à vide et, ne sachant plus quoi faire de ma vie, j'attendais que la vie fasse quelque chose de moi.

Cet état de torpeur avait l'avantage de me rendre insensible à la douleur, comme si ma mémoire elle-même en avait été neutralisée. J'étais trop indolente pour souffrir, trop amorphe pour me souvenir et, de fait, je me demande encore où j'ai bien pu trouver le courage de reprendre mes leçons de piano. Seule la musique avait alors le pouvoir de me réconcilier avec moi-même, et je m'y retrouvais comme dans un univers parallèle où les émotions que je ressentais avaient la pureté d'une abstraction, la forme floue d'une image que l'on reconnaît à peine, ou la durée momentanée d'une intuition qui nous échappe. Et je sais maintenant que c'est la musique seule qui, par son pouvoir d'évocation abstrait, m'a permis de rester en contact avec cette part de moi-même que je voulais fuir à tout prix car, sans elle, sans les détours qu'elle imposait à ma sensibilité et à mes émotions, j'aurais vraisemblablement réussi à saper tous mes réflexes émotifs dans le seul but de ne pas souffrir ou de me protéger contre la douleur. Je ne voulais plus être vulnérable ni sensible à rien de troublant et je m'étais repliée sur moi-même, mais la musique parvenait encore heureusement à m'émouvoir, à me troubler sans me détruire, et à nourrir en moi cette part de vulnérabilité dont j'avais besoin pour ne pas devenir folle.

Chaque jour je recevais donc les visites régulières et programmées de mes élèves et, assise sous la fenêtre du salon près du grand piano noir, j'écoutais les mouvements répétitifs et hésitants de la musique que leurs doigts tremblants faisaient vibrer autour de moi. La plupart de mes élèves étaient jeunes, mais ils n'étaient déjà plus des enfants. Ils avaient tous entre douze et dix-sept ans et, malgré l'hospitalisation et la mort de

Paul qui m'avaient obligée à suspendre tous mes cours pendant quelque temps, ils semblaient s'être attachés à moi autant que je m'étais attachée à eux. Sachant jusqu'à quel point j'avais été secouée par la mort de mon mari, ils en étaient à la fois gênés et compatissants mais, comme ils n'avaient pas encore perdu le sens du tragique, cela les rapprochait de moi encore davantage. Ils ne me posaient, bien sûr, jamais de questions sur ma vie privée, et nos rapports étaient toujours très formels, mais cela ne faisait probablement qu'ajouter au mystère qui m'entourait, et je les sentais souvent fascinés, sinon tout simplement curieux à mon sujet. Il est vrai aussi que mon comportement devait parfois leur sembler quelque peu bizarre, car il m'arrivait d'avoir de ces réactions imprévisibles, et pour eux surprenantes, comme de me mettre à les accompagner en fredonnant tout bas, avec des larmes aux yeux, la mélodie qu'ils jouaient devant moi, ou comme de les tenir nerveusement par la main lorsque je leur faisais des commentaires sur leur interprétation d'une pièce de Mozart ou de Beethoven. Mais si mon comportement les désorientait, la passion commune que nous avions pour la musique nous rapprochait toujours et, dans la chaude intimité d'un après-midi ensoleillé ou d'un matin pluvieux, j'ai eu, plus d'une fois, le sentiment qu'ils m'admiraient en secret. J'avais fini par avoir besoin d'eux autant que de ma musique et, quand je les entendais monter l'escalier qui conduisait à mon appartement, j'éprouvais toujours un réel soulagement. Leurs visites régulières ponctuaient le cours de mes journées et me libéraient momentanément de ma solitude tout en me rassurant sur la vigueur de mes émotions. Sans eux, sans la musique, j'en serais peut-être arrivée à me convaincre que je n'étais plus capable d'aucun sentiment.

Et puis, bien sûr, il y avait Daniel.

Quelques semaines seulement après que j'aie repris mes leçons de piano, il s'est présenté chez moi sans s'annoncer pour me demander si je n'accepterais pas de le prendre avec moi.

Tous mes anciens élèves étaient revenus dès que je leur avais fait part de mon intention de reprendre les cours et, mon horaire étant déjà suffisamment chargé, je n'avais alors aucune envie d'en accepter de nouveaux. Mais Daniel, qui n'avait certainement pas plus de seize ans, m'a séduite instantanément et je me suis sentie incapable de lui refuser quoi que ce soit. Sans faire aucune pression et sans même se douter qu'il me faisait faillir à mes résolutions, il a donc obtenu de moi que je le reçoive deux fois par semaine, et cela, sans même que je ne lui oppose la plus petite résistance.

Daniel n'était pas un débutant et, dès notre première rencontre, il m'était apparu d'une douceur et d'une sensibilité extrêmes. Ses longues mains étaient d'une souplesse incroyable et, lorsqu'il jouait, ses doigts couraient sur le clavier comme si cela avait été pour lui la chose la plus naturelle au monde. Daniel n'était pas, d'ailleurs, comme les autres adolescents de son âge. Il était plus réservé, plus calme, et son regard gris avait quelque chose de flou et de passionné, de soumis et d'irrévérencieux. Lorsqu'il arrivait chez moi, son cartable de musique sous le bras, les cheveux en broussaille, et sa chemise d'un blanc impeccable qui flottait sur ses épaules, sa beauté n'était pas sans me rappeler celle du jeune adolescent que j'avais vu, à plusieurs reprises, dans le film *Mort à Venise*. La ressemblance entre les deux garçons était à ce point frappante que, faute de revoir le film, j'avais entrepris de relire l'ouvrage de Thomas Mann dont Visconti s'était inspiré, et ce, uniquement dans l'espoir d'y retrouver cet éloge de la beauté, de l'art et de la passion qui m'avait tellement touchée et bouleversée lors de la première lecture que j'en avais faite.

Lorsque Daniel était assis devant le piano noir, sa présence me gênait, m'intimidait presque, mais sentant que cette gêne était réciproque, je me plaisais à croire qu'elle était le signe d'une attirance profonde et secrète que nous éprouvions l'un pour l'autre. J'avais de nouveau seize ans, et le moindre frôlement de mains aurait pu me faire chavirer. Ainsi, sans le savoir, Daniel avait le pouvoir de me réconcilier avec une certaine portion de la réalité mais, contradictoirement, cette portion de réalité dans laquelle il évoluait avec tant d'aisance et de grâce me paraissait toujours aussi inaccessible et intangible qu'une ombre, ou qu'un rayon de lumière dans une flaque d'huile.

Tout comme la musique, la beauté de Daniel avait pour moi la pureté d'une abstraction et elle déclenchait en moi les mêmes charges émotives. Sa présence me troublait et m'apaisait et, très souvent, sans que ni lui ni moi ne nous en rendions compte, l'heure de la leçon se prolongeait jusqu'en fin d'après-midi. Puis, accablée d'une fatigue soudaine comme après un effort soutenu et prolongé, je retombais les pieds sur terre et, me levant d'un seul coup, je lui donnais le signal du départ. Il plongeait alors ses mains dans ses poches et, tout en se dirigeant vers la porte, il en sortait quelques billets soigneusement pliés qu'il me tendait toujours avec l'air de penser à autre chose. Quant à moi, j'éprouvais un certain malaise à prendre cet argent, mais je savais bien que je n'avais pas le choix et que c'était (à l'inverse de ce qui se passe normalement) le prix à payer pour jouir de sa présence.

Je savais pourtant que les sentiments que j'éprouvais à son égard étaient non seulement excessifs, mais aussi déplacés. Daniel était encore un enfant et, s'il me rendait confuse, il ne savait certainement pas jusqu'à quel point. Craignant alors de laisser transparaître les sentiments qu'il éveillait en moi, j'avais adopté avec lui une attitude froide et distante qui, je le sentais bien, ne pouvait que le blesser. Mais si ma froideur le déroutait, les émotions qu'il suscitait en moi me déroutaient tout autant car, depuis la mort de Paul, je m'étais exercée à ne rien éprouver et j'avais cru y être parvenue. J'avais voulu désamorcer tous mes réflexes émotifs et cesser de « sentir » comme on cesse de parler, mais Daniel avait eu raison de mes défenses et, tout comme la musique d'ailleurs, il m'avait empêchée de perdre complètement l'équilibre.

Je m'étais accrochée à lui comme à une bouée de sauvetage, et je ne saurais décrire mon désarroi lorsque, à la mi-septembre, il m'a annoncé son départ pour l'Angleterre. Ce jour-là il m'a parlé longuement de lui-même, de sa mère et des raisons qu'il avait de partir, comme si son départ imminent l'avait enfin autorisé à se confier, et que, sachant qu'il ne me verrait plus, il n'avait plus eu aucune raison de se retenir.

Son père et sa mère s'étaient séparés peu de temps après sa naissance et il n'avait jamais vu de son père que de vieilles photos prises le jour des noces. Il avait donc habité seul avec sa mère jusqu'au jour où celle-ci l'avait confié à une amie pour suivre à Londres un homme qu'elle aimait. À l'entendre parler je sentais qu'il était amoureux fou de sa mère et qu'il ne lui avait jamais pardonné de l'avoir laissé seul avec une étrangère sur laquelle il avait choisi, d'ailleurs, de déverser toute sa rancune. Pour la première fois, l'enfant doux et paisible que je connaissais m'était apparu comme un jeune homme amoureux, tourmenté, et peut-être même jaloux. À la façon dont il parlait de l'amant de sa mère, je savais qu'il en avait déjà fait inconsciemment un rival, mais ce qui me surprenait encore davantage c'était le rôle qu'il semblait avoir voulu me faire jouer dans tout cela. En fait Daniel ne m'avait peut-être pas troublée aussi innocemment que je l'avais cru car, pendant tout le temps qu'avaient duré ses leçons, il avait probablement fait de moi sa partenaire imaginaire. Sa mère l'ayant abandonné pour vivre avec un autre homme, il avait eu besoin de reporter sur quelqu'un d'autre ses désirs les plus intimes, et ces désirs-là n'étaient certainement plus ceux d'un enfant. Mais tout cela qui me concernait et que je lisais entre les lignes au fur et à mesure qu'il me parlait, Daniel semblait n'en avoir jamais eu qu'une conscience très floue et très lointaine.

Avant de partir, il m'a offert une broche de verre qui, comme un miroir biseauté sur deux côtés seulement, donnait la fausse impression d'être un cube vu en perspective. C'était un bijou peu coûteux, mais le geste ne manquait pas d'être touchant. Daniel a même poussé l'audace jusqu'à l'agrafer lui-même à mon chemisier puis, rougissant de gêne, il est parti.

Depuis ce jour-là je n'ai plus entendu parler de lui sauf, il y a quelques jours de cela, lorsque j'ai reçu une carte postale de Paris dans laquelle il m'offrait ses amitiés.

Je sais aujourd'hui que j'ai aimé Daniel autant que les circonstances me le permettaient alors, et que cette sorte d'amour éthéré et discret, inavouable et impossible, était la seule sorte d'amour dont j'étais encore capable. Il y a bien une sorte d'ironie dans le fait d'avouer que je n'étais *capable* que d'amours *impossibles,* mais cela ne veut pas dire pour autant que j'étais incapable d'aimer. Les sentiments étaient là, je les reconnaissais, mais je ne les tolérais que dans la mesure où je savais que je n'y cèderais pas. D'ailleurs, si Daniel a été pour moi une source d'émotions et de désirs, ces émotions et ces désirs n'ont appelé aucune satisfaction. Ils se sont nourris d'eux-mêmes, et je sais que la moindre parole, le moindre geste équivoques auraient pu les faire s'évanouir d'un seul coup. Mes désirs avaient trouvé une soupape imaginaire et, comme ils ne risquaient pas d'être satisfaits, ils pouvaient se maintenir à l'état pur. Toutefois, après le départ de Daniel pour l'Angleterre, j'ai senti que cet échafaudage imaginaire allait s'écrouler car, en partant, Daniel avait emporté avec lui jusqu'à l'image de mes propres désirs.

Le mois de septembre tirait déjà à sa fin et, passant de longues heures assise à mon piano, j'avais l'impression de redécouvrir tout un univers dont Paul m'avait en quelque sorte détournée pendant près de cinq ans. Bien sûr, Paul avait toujours pris plaisir à m'entendre jouer, mais très souvent, le soir, il choisissait précisément le moment où je m'assoyais à mon piano pour venir me caresser et me séduire, comme si le temps que je consacrais à la musique avait été du temps que je lui aurais volé. Je passais mes journées à donner des leçons, à faire les courses, le ménage, la cuisine et je n'avais plus que mes soirées pour apprendre de nouvelles partitions et pratiquer celles que je connaissais déjà, mais lorsque Paul se penchait sur mon piano en me faisant des airs de mari jaloux, j'étais presque heureuse de constater qu'il me voulait pour lui tout seul et qu'il n'acceptait de me partager avec rien, ni personne.

Plus d'une fois, d'ailleurs, Paul m'avait découragée d'entreprendre une carrière musicale car il avait peur que de tournée en tournée, de concert en concert, notre relation ne se désagrège. Donnant ainsi raison à mes propres peurs et hésitations, il avait réussi à me donner bonne conscience. Je menais somme toute une vie facile et n'avais peut-être pas vraiment envie de me lancer tête baissée dans ce qui me semblait être une course au prestige. Et si Paul m'avait détournée d'une telle carrière, il n'avait certainement pas tous les torts puisqu'il n'avait fait que me fournir les prétextes dont j'avais besoin pour m'en détourner moi-même.

Or, après le départ de Daniel, je me suis retrouvée seule avec mon piano et, tout en continuant à donner des leçons, je me suis mise à composer. La plupart du temps je commençais à travailler vers la fin de l'après-midi, et je ne levais les yeux de mon clavier que lorsque, tiraillée par la faim, je me sentais prise d'étourdissements. Je me revois encore, le dos courbé, le front et les mains moites, engourdie par la chaleur humide qui s'était engouffrée dans la maison tout au long de la journée, fumant cigarette sur cigarette et m'accrochant à mon piano du bout des doigts comme si je m'étais accrochée à quelqu'un... Jamais je ne me suis sentie plus près de ma musique que durant ces derniers jours de septembre et, si l'accident de Paul m'en avait éloignée presque complètement, j'y étais revenue avec encore plus d'ardeur. Quand je ne composais pas, je m'attaquais à des pièces de plus en plus difficiles et je m'y acharnais comme si le reste de ma vie avait pu en dépendre. En dehors de la musique il ne me restait plus rien, et j'avais beau me lancer des défis, je n'arrivais pas à oublier que ma vie n'avait pas plus de consistance et de direction qu'une plume d'oreiller suspendue dans les airs et soutenue par un souffle venu de nulle part. Je n'attendais plus rien, je ne désirais plus rien, et je ne faisais que marcher sur place en pivotant sur moi-même. Pour combler le vide de mes journées je m'étais donc imposée une discipline très stricte et, assise à mon piano, je m'efforçais de croire que je n'étais pas encore allée au bout de moi-même. Sous prétexte de vouloir me dépasser, je travaillais des soirées et des nuits entières, mais j'avais toujours le sentiment que ce que je faisais était absolument gratuit et ne servait à rien. Quant à mes leçons de piano, je m'en étais désintéressée progressivement depuis le départ de Daniel et, d'ailleurs, les revenus que j'en retirais avaient perdu pour moi toute signification réelle depuis que j'avais pris connaissance du testament de Paul et rencontré les agents de la compagnie d'assurances. Je savais que je n'avais plus besoin de travailler pour vivre, du moins pendant plusieurs années à venir, et, tout effort de survie m'étant devenu superflu, je me voyais ainsi privée du but le plus primaire de toute existence. Et cela, je dois bien l'avouer, n'était pas pour m'aider.

Je ne sais pas ce que je serais devenue, ni combien de temps une telle situation aurait pu durer, si je n'avais pas rencontré Andrée.

J'étais allée acheter des feuillets de musique dans un petit magasin de l'ouest de la ville et j'attendais de me faire servir lorsque j'ai vu entrer Michel. Je ne savais pas qu'il s'approvisionnait chez le même fournisseur que moi et, une fois l'effet de surprise passé, ma première réaction a été de me cacher rapidement derrière un autre client en attendant de pouvoir me glisser vers la sortie sans qu'il m'aperçoive. Mais après avoir constaté qu'il n'était pas seul, je me suis sentie moins menacée et, feignant d'ignorer sa présence, j'ai attendu qu'il me voie et qu'il vienne me saluer.

Je n'avais pas revu Michel une seule fois depuis le jour de la mort de Paul et, si j'ai d'abord eu envie de le fuir, c'était probablement pour les mêmes raisons que celles qui m'avaient fait refuser chacune de ses invitations depuis ce jour-là. En l'apercevant dans cette petite boutique, j'ai eu exactement la même réaction qu'un enfant qui, rendant visite à de vieilles tantes, appréhende qu'on le cajole et qu'on l'embrasse et se raidit de dégoût au moindre contact. Car c'était bien de cela que j'avais peur, peur qu'il m'assaille, qu'il me prenne entre ses bras, qu'il m'embrasse avec ses lèvres chaudes et généreuses, mais peur aussi, peut-être, qu'il me reproche d'avoir voulu le tenir à l'écart depuis la mort de Paul. Or dès l'instant où je me suis rendue compte qu'il était en compagnie d'une autre femme, mes peurs se sont envolées et la présence de Michel m'a semblé moins inquiétante. J'étais convaincue que, n'étant pas seul, il ne se permettrait avec moi aucune familiarité.

La jeune femme qui l'accompagnait était très jolie, grande (enfin, plus grande que moi), et elle avait des cheveux très noirs, courts, et légèrement bouclés qui glissaient le long de sa nuque et qui en accentuaient la courbe longue et délicate. Elle avait des yeux gris qu'encerclaient de longs cils recourbés, lesquels donnaient à son regard une profondeur douce et vague que ne contredisait aucun trait de son visage. Sa peau était très blanche, ses joues à peine colorées de rouge, et son nez étroit dessinait, dans le prolongement de ses sourcils, une ligne parfaite que ne venait interrompre qu'une bouche délicate au sourire inégal. Quand elle parlait, ses lèvres s'étiraient en effet davantage vers la droite, mais cela, je dois bien l'avouer, n'était pas sans charme. Elle portait une vieille veste de gabardine noire qui datait vraisemblablement des années trente et, sous sa veste, une vieille camisole de coton blanc qui révélait à peine le faible contour de ses seins minuscules. Très ample à la taille, son pantalon ne parvenait pas à en dissimuler la minceur extraordinaire et, sous de longues bottes de cuir brun, ses jambes paraissaient encore plus longues et élancées qu'elles ne devaient l'être en réalité.

À vrai dire cette femme était fort séduisante, mais j'avais l'impression que, mise à part sa tenue quelque peu excentrique, elle ne faisait rien pour l'être. Il n'y avait en effet, dans son attitude, dans ses gestes ou dans les mouvements de son visage, rien d'affecté, rien de provocant ni de précieux, et elle agissait plutôt avec la nonchalance et le laisser-aller d'un jeune garçon. D'ailleurs, plus je la regardais et plus je me rendais compte que son corps n'était pas seulement frêle et délicat, mais qu'il était aussi presque maigre, comme le corps de quelqu'un qui aurait été malade ou qui aurait beaucoup souffert. Andrée, c'était son nom, n'était pas non plus aussi jeune qu'elle le paraissait au premier coup d'oeil.

Tandis que toute mon attention s'était concentrée sur elle, je n'avais pas vu que Michel s'était approché de moi et, m'étant retournée vers le comptoir, je me suis retrouvée face à face avec lui. Il souriait, heureux de me voir et, contrairement à ce que j'avais appréhendé, il ne semblait vouloir m'adresser aucun reproche concernant mon attitude des derniers mois. S'étant penché pour m'embrasser sur les joues, il m'a ensuite entraînée avec enthousiasme vers Andrée comme s'il avait été pressé de me la présenter. C'était, disait-il, une amie de longue date, et il était heureux que nous ayons enfin l'occasion de nous rencontrer.

Andrée me plaisait. Elle était à la fois drôle et amère, mais son amertume semblait n'être qu'une façade. À l'entendre parler, j'avais l'impression qu'au contraire rien ne devait jamais l'embarrasser ni la décevoir. J'ignorais d'où me venait cette impression, mais j'étais en quelque sorte fascinée par elle et par ce que je considérais déjà comme une sorte d'entêtement et de vouloir-vivre inconditionnels. En fait, et bien que cela puisse sembler contradictoire, sa douceur ne manquait ni d'assurance, ni d'arrogance.

Michel nous connaissait toutes les deux depuis longtemps, mais je ne savais rien d'elle, ni elle de moi, et cela aussi me plaisait bien. Je suis donc restée avec eux jusqu'à ce qu'ils aient terminé leurs achats, puis, comme il était déjà huit heures du soir, nous avons décidé d'aller prendre une bouchée dans un petit restaurant français que Michel voulait à tout prix nous faire connaître. Arrivés là-bas, nous n'avons commandé qu'une bouteille de vin et des hors-d'oeuvres car, la chaleur étant encore lourde et humide, nous avions plus soif que faim. Michel était affectueux et réservé et, sentant peut-être qu'il était préférable de ne pas me bousculer, il se comportait avec moi davantage comme un vieil ami que comme un ancien amant. J'avais l'impression qu'Andrée et moi avions eu avec lui exactement le même type de relation, mais, et cela n'avait rien d'étonnant de sa part, Michel semblait parfaitement à l'aise de nous voir là toutes les deux. Quant à moi, j'avais été rassurée sur les intentions de Michel dès l'instant où j'avais senti qu'il n'y aurait, de lui à moi, aucune tension de désir. J'étais heureuse de le revoir, heureuse de me retrouver dans un endroit public avec des amis, heureuse surtout d'avoir rencontré Andrée. Pour la première fois depuis longtemps, mes angoisses avaient lâché prise et, sans faire aucun effort, j'en arrivais même à rire des blagues de Michel.

Quand Michel a appris que j'habitais toujours le même appartement, il a froncé les sourcils mais il n'a rien dit. Craignant alors qu'il ne dévoile à Andrée ne fût-ce que la plus infime parcelle de mon passé, je lui ai dit tout en feignant de vouloir le rassurer que je n'en avais plus pour longtemps à rester là, que je cherchais déjà un nouvel appartement, que le passé pour moi était enterré et que je ne voulais plus ni en parler, ni en entendre parler. C'était clair, c'était concis, mais, pour éviter que cette dernière remarque ne crée un malaise entre nous, j'ai encore ajouté, en jetant un coup d'oeil rapide dans la direction d'Andrée, qu'il me fallait absolument recréer un nouvel univers autour de moi et que, pour cette raison même, j'éprouvais plus de plaisir à rencontrer des gens qui m'étaient parfaitement inconnus que de vieux amis. Cela, avais-je ajouté, ne s'appliquait pas à Michel, bien sûr...

Alors, souriant et levant son verre dans ma direction, Andrée s'est contentée de dire qu'elle me comprenait parfaitement et que dorénavant, puisque ce n'était sûrement pas la dernière fois qu'on se voyait, elle interdirait à qui que ce soit de remuer de vieilles cendres en ma présence. Les gens étaient toujours un peu trop curieux, disait-elle, et elle comprenait très bien que quelqu'un puisse en avoir assez de ressasser de vieilles histoires et de faire son autobiographie à chaque nouvelle rencontre. Alors, et comme pour manifester notre accord, Michel et moi avons aussi levé nos verres. Le sujet était clos, à mon grand soulagement, et j'étais reconnaissante à Andrée d'être ainsi venue à ma rescousse.

Un peu plus tard, alors que nous en étions déjà à notre deuxième bouteille de vin, j'ai appris que Michel venait tout juste d'emménager dans la même maison qu'Andrée. C'était une maison à deux étages qu'elle avait achetée deux ans plus tôt, c'est-à-dire un an après s'être séparée d'un homme avec lequel elle avait vécu pendant plusieurs années, et Andrée en parlait comme d'une vieille maison à laquelle elle s'était attachée. Au moment de l'achat, et malgré tout le charme qu'Andrée lui trouvait, elle était dans un état plutôt lamentable et, si elle l'avait eue à très bon prix, elle avait dû travailler beaucoup pour lui faire retrouver l'éclat de ses vieux jours. Or les locataires du deuxième ayant finalement quitté les lieux, c'était Michel qui les avait remplacés, et il s'occupait maintenant de l'entretien de la maison avec autant d'enthousiasme qu'Andrée. Ils avaient transformé la cour arrière en jardin, y avaient planté des fleurs et des arbustes, et y avaient même emménagé une petite terrasse où, à l'ombre d'un grand parasol, ils se l'étaient coulée douce pendant tout l'été.

Le vin aidant, Andrée et Michel étaient devenus de plus en plus loquaces et, comme j'avais résolu de ne rien dire sur mon propre compte, je n'avais qu'à me laisser aller au plaisir de les écouter. C'est ainsi qu'Andrée m'a confié qu'elle avait eu une aventure avec Michel environ un an plus tôt, mais que, depuis qu'ils étaient voisins et que Michel projetait d'acheter sa part de la maison, ils avaient conclu une entente selon laquelle il n'y aurait plus, entre eux et selon l'expression d'Andrée, aucune *affaire de coeur*. En fait c'était surtout Andrée qui avait insisté pour que les choses se passent ainsi et, avec son laisser-aller et sa nonchalance habituels, Michel n'y avait vu aucune objection. Quant à moi j'étais convaincue que loin d'y voir quelqu'inconvénient que ce fût, Michel avait dû se réjouir d'une telle entente. Non pas qu'Andrée lui déplût sexuellement, mais j'apprenais lentement à le connaître et je commençais à comprendre jusqu'à quel point il avait besoin de s'entourer de gens qu'il aimait, sans toutefois jamais se priver, ni de sa solitude, ni de son indépendance. Michel était un amoureux, un tendre, un passionné, mais il vivait ses amours au jour le jour et, bien qu'il fût d'une fidélité à toute épreuve, il n'avait aucun sens de l'exclusivité. En fait, sa constance avec ses amis n'avait d'équivalent que sa mobilité amoureuse et, dès qu'il s'attachait véritablement à une femme, elle pouvait *déjà* se considérer comme une amie. Andrée semblait avoir compris tout cela avan t moi, et j'étais convaincue que ce qu'elle avait proposé à Michel n'avait pu que lui convenir parfaitement.

C'était étrange de constater jusqu'à quel point ma perception de Michel se transformait du seul fait de le voir en présence d'Andrée. Mais Andrée était une femme extrêmement intelligente et perspicace, beaucoup plus âgée que Michel d'ailleurs, et l'image qu'elle m'offrait de sa relation avec Michel correspondait exactement à l'image de la relation que j'aurais voulu avoir avec lui. Et peut-être aussi, (pourquoi pas ?), avec *elle.*

En quittant le restaurant, Andrée m'a proposé de les raccompagner à la maison et de venir prendre un dernier verre avec eux. Elle n'avait pas envie que je les quitte tout de suite, elle voulait me faire voir son appartement et celui de Michel et, avait-elle ajouté, il y avait certaines choses dont elle voulait discuter avec moi.

C'est ce soir-là qu'Andrée m'a proposé, à ma grande surprise, d'emménager avec elle. Nous ne nous connaissions que depuis quelques heures à peine, mais cela ne semblait pas l'inquiéter outre mesure. J'avais déjà mentionné que je cherchais un nouvel appartement et, comme j'étais une amie de Michel, l'idée lui en était venue, tout simplement, au fil de la conversation. Son appartement était beaucoup trop grand pour elle, les frais de la maison trop élevés et, si j'étais prête à risquer l'aventure, elle n'y voyait, quant à elle, que l'occasion de laisser se nouer entre nous une nouvelle amitié. Je lui plaisais bien, disait-elle, et elle avait toujours eu une sorte d'attirance inconditionnelle vers l'inconnu. Elle allait bien sûr en discuter d'abord avec Michel, ce qui allait me donner le temps d'y réfléchir de mon côté, et nous pourrions nous en reparler très bientôt.

La maison était superbe, spacieuse, éclairée, Andrée était une femme attachante et séduisante, Michel ne me faisait plus aussi peur qu'avant et, durant les jours qui ont suivi, j'en suis arrivée à me dire que c'était peut-être là le coup de hasard que j'attendais et sur lequel je comptais pour que s'opère enfin, dans ma vie, un changement radical. La seule ombre au tableau, c'était que Michel fût au courant de mon histoire avec Paul car, idéalement, j'aurais voulu effacer tout contact avec mon passé. Mais Michel ne savait pas tout, heureusement, (il ignorait, surtout, que Paul avait eu une relation homosexuelle avant de mourir), et j'ai fini par me dire que cela n'avait, somme toute, que bien peu d'importance. Après tout, je n'avais jamais été, à ses yeux, « la femme de Paul », et le fait de renouer contact avec lui allait peut-être me permettre de relier les deux bouts de ma vie (l'avant et l'après), comme si ma relation avec Paul n'avait été qu'un accident de parcours.

Quant à Michel et à Andrée, leur décision avait penché dans le même sens que la mienne et, deux semaines plus tard, j'avais déjà quitté mon appartement.

Déjà plus de trois mois se sont écoulés depuis que j'habite au rez-de-chaussée de ce grand appartement tout blanc aux boiseries foncées. Andrée et moi partageons la cuisine, le salon et la salle à dîner, mais chacune de nous dispose, en plus, de deux pièces qui sont réservées à notre usage personnel. Ma chambre est toute petite, avec vue sur le jardin, mais loin de m'y sentir à l'étroit, je m'y sens plutôt comme à l'intérieur d'une serre chaude ou d'un cocon de soie. De mon appartement précédent je n'ai conservé que le lit, mon piano et les plantes, et j'ai vendu tout le reste. Je me suis donc installée ici comme une nouvelle mariée, ou plutôt, comme une jeune fille à peine évadée du foyer paternel. Je suis repartie à zéro et, après avoir fait le tour des magasins avec Andrée, je me suis retrouvée au coeur d'un nouveau paysage qui ne ressemble à rien de ce que j'ai partagé avec Paul. Ma chambre surtout, et spécialement sous l'éclairage ensoleillé des matins d'hiver, dégage une douceur diffuse et harmonieuse. Devant la fenêtre, une vieille nappe de dentelle écrue filtre la lumière et, pour la première fois depuis que j'ai quitté ma chambre d'adolescente, j'ai l'impression de me retrouver dans un univers entièrement féminin. Or cette féminité dont je parle n'a rien à voir, ni avec les dentelles, ni avec mon adolescence, car je crois avoir perdu, depuis, autant le sens de l'ordre et de la fragilité que celui de la coquetterie et de l'innocence. Non, c'est une autre féminité que je découvre et qui est, celle-là, beaucoup moins facile à définir, mais dont Andrée représente à mes yeux le modèle parfait. Quant à Michel, je dois avouer que, sous certains aspects, il se rapproche lui aussi de ce modèle dont je n'ai pour l'instant qu'une conception fort vague et strictement intuitive.

Et puis, il y a cette autre pièce dans laquelle j'ai emménagé mon piano et où je peux me retirer aussi souvent et aussi longtemps qu'il me plait sans jamais craindre d'importuner Andrée, et sans jamais craindre, surtout, de la *priver* de ma présence comme j'en avais toujours le sentiment avec Paul. Andrée ne s'accroche pas plus à moi, pour vivre, qu'elle ne s'accroche à qui que ce soit d'autre et, loin de m'empêcher de jouer, elle m'encourage au contraire à passer de longues heures à mon piano. D'ailleurs, et bien qu'elle ne connaisse rien à la musique, elle me dit parfois qu'elle a l'impression, à m'entendre jouer, que c'est exactement comme si elle m'entendait respirer, et que, depuis que je suis là, l'appartement semble s'être mis à respirer lui aussi.

Mais Andrée ne sait pas jusqu'à quel point ma musique s'est modifiée depuis que nous habitons ensemble. Même ma façon de jouer a changé. La technique me préoccupe beaucoup moins maintenant et, comme si j'avais moins de défenses, ou comme si les émotions que je ressens risquaient moins de m'ébranler en me laissant à découvert, je peux enfin me laisser aller à *sentir* ce que je joue. Quant aux difficultés que j'éprouvais autrefois à composer, elles se sont aplanies au fur et à mesure que j'ai repris confiance en moi, et chaque nouvelle note que j'inscris sur mes feuilles de musique représente maintenant un défi que je suis prête à relever. En fait, et grâce à Andrée, il me semble avoir trouvé un nouvel équilibre dans lequel ma passion pour la musique ne se trouve plus entamée par aucune peur, ni refrénée par aucune sorte d'appréhension. Je sais maintenant que c'était de moi que j'avais peur, de moi surtout, et j'ai enfin compris que j'étais, vis-à-vis de moi-même, non seulement le plus mauvais juge, mais aussi le plus impitoyable de tous les castrateurs. Victime de la règle, je me privais du plaisir de la *déviance*... et de l'invention. Et c'est cela, d'abord que j'ai découvert avec Andrée.

D'ailleurs, depuis le temps que j'habite ici, je dois avouer que ma vie n'est pas plus rangée, pas plus corsetée ni réglée que ma musique. J'ai l'impression de m'être soudainement déployée comme un éventail et de m'être enfin mise à battre de l'aile. Je passe beaucoup de temps avec Andrée, et mon horaire est devenue aussi flexible et irrégulier que le sien, comme si mon horloge s'était finalement détraquée et que les heures avaient cessé de scander le rythme de mes journées. Toutefois, je n'ai pas renoncé à mes leçons de piano, et le va-et-vient de mes élèves n'a pas cessé de ponctuer le cours de mes semaines, m'empêchant ainsi de perdre complètement toute notion du temps qui passe.

Andrée ne travaille pas, elle non plus, à heures fixes, et elle passe généralement quelques heures par jour à écrire des scénarios d'émissions télévisées pour enfants. Comme elle ne s'absente que très rarement de la maison, il ne me reste que la nuit pour écrire mon journal, et j'ai bien peur que mes inscriptions y soient plus confuses que jamais. La fatigue m'empêche de penser et d'écrire clairement, mais elle a aussi l'avantage de désamorcer mes tendances à l'autocensure. Si mon journal y perd en clarté, il y gagne sûrement en vérité.

En plus d'être scénariste, Andrée commence aussi à être connue comme photographe semi-professionnel et il n'est pas rare qu'on lui offre quelques contrats qui, bien que généralement inintéressants, lui permettent au moins d'améliorer la qualité de son équipement et de se monter progressivement un petit studio. Avant que je ne la rencontre, Andrée vivait entourée de vieilles photos qu'elle collectionnait et dont elle avait tapissé presque tous les murs de l'appartement, et elle passait plusieurs nuits par semaine, enfermée dans sa chambre noire, à imprimer des clichés pris sur le vif au hasard des parcs, des rues et des bars. Mais depuis que je suis là, je suis devenue son modèle permanent et presque exclusif, et j'ai dû m'habituer à la voir me suivre partout dans la maison, appareil en main, objectif braqué, doigt sur le déclencheur. Cela m'a agacée pendant un certain temps, je dois bien l'avouer, car tout en ne comprenant pas pourquoi Andrée prenait tant de plaisir à me photographier, j'y voyais une sorte d'agression continuelle de ma vie et de mon intimité. Si cela a d'abord eu pour effet de provoquer ma méfiance et d'aiguiser la conscience que j'avais de moi-même, il en est tout autrement aujourd'hui. Il semble en effet que je sois parvenue à contrôler ma timidité autant que ma pudeur, et il n'est plus question pour moi, maintenant, de me composer un visage ou des attitudes dès que l'objectif se trouve braqué dans ma direction. En fait je crois qu'Andrée m'a aidée à accepter mon corps tel qu'il est, à l'aimer, et à le trouver beau indépendamment du fait qu'on le désire ou non. Sans cesse consciente de l'image physique que je projetais, il me semblait auparavant que mon corps n'avait d'existence que lorsque quelqu'un le désirait, ou que lorsque je cherchais à attirer sur moi le désir de quelqu'un. Suivant les lois de l'offre et de la demande, il ne prenait de valeur à mes yeux que lorsque la demande était forte, et c'est précisément cela que ma relation avec Andrée est venue bouleverser en me libérant de l'emprise qu'exerçait sur moi le moindre jeu de séduction. En me prêtant ses yeux, Andrée m'a en quelque sorte « libérée » (comme je le lui fais parfois remarquer sur un ton que je veux délibérément ampoulé et emphatique) « de l'emprise-du-désir-mâle » et « de la sensation-d'exister-enfin » qui lui est rattachée. Je n'ai plus besoin, pour me sentir exister, ni de savoir que l'on me convoite, ni de prétendre que j'appartiens à quelqu'un d'autre.

D'ailleurs, et pour l'instant du moins, la vie que je mène avec Andrée me satisfait pleinement et je ne me sens aucune envie pour ce qu'il est convenu d'appeler les *conquêtes amoureuses*. Le vocabulaire amoureux lui-même me semble de plus en plus désuet, offensant et inapproprié à décrire ce que pourrait être une relation saine entre deux individus. On n'a qu'à consulter le dictionnaire pour s'en rendre compte. CONQUÊTE: V. appropriation, assujettissement, domination, prise, soumission... *La conquête des âmes, des coeurs.* V. séduction, soumission. Il a fait sa conquête... etc. Cela parle de soi, et je n'ai rien à ajouter. De toutes façons, les féministes ont commencé bien avant moi à dénoncer de tels abus de langage et à piéger toutes les perles du langage amoureux sans que cela n'ait rien changé, me semble-t-il, au discours amoureux lui-même. Les discours de la raison ont donné l'alerte, ils se sont faits vigilants, soupçonneux, dénonciateurs et politiques, mais cela n'a jamais empêché, à ce que je sache, ni les désirs, ni les sentiments, de parler la même langue. Il faudra attendre qu'ils déparlent, peut-être, avant de les entendre parler pour vrai.

Andrée non plus ne semble pas, ces temps-ci, être désespérément à la recherche de quelqu'un, mais cela ne nous oblige pas à rester tranquillement à la maison tous les soirs de la semaine. En fait c'est généralement le contraire qui se produit, surtout depuis que nous avons pris l'habitude, elle et moi, de traîner tard la nuit dans les bars et les cafés du centre-ville. Je ne m'y sens pas, bien sûr, aussi à l'aise qu'Andrée, mais les scènes de bar me fascinent autant que si elles m'offraient une image de mon propre désordre. La tête bourdonnante de musique, de soupirs étouffés et de phrases inachevées, il me semble parfois y voir le plaisir courir allègrement à sa perte et suivre ainsi la seule voie qui lui soit tracée. Et c'est cela, c'est précisément cela qui me fascine. La fatigue qui s'imprime sur les visages, l'alcool qu'on verse ou qu'on renverse, les cigarettes oubliées et qui se consument sur le bord d'un cendrier, les déceptions maquillées, les tentatives de séduction ratées, la musique qui vous assomme et vous oblige à hausser le ton même lorsque vous avez la prétention de murmurer des mots doux... Le plaisir est en voie d'être consommé, et il y a déficit, dépense, dommages sans intérêt, fuite, écoulement, perte, mais c'est précisément dans cette perte qu'on trouve son plaisir et que j'ai, moi aussi, envie de trouver le mien.

Avec Andrée, j'ai appris à « fermer les bars » et à ne partir que lorsque l'éclairage se fait d'un seul coup plus tranchant et plus violent et que les garçons ont déjà commencé à ranger les chaises sur les tables. Presque toutes les nuits nous avons droit à la même cérémonie de fermeture et, toujours, c'est le même rituel qui se répète sous les mêmes yeux gris des derniers clients. Si nous partions avant la fin, Andrée et moi aurions tout simplement l'impression que la nuit a avorté quelque part entre cinq heures de l'après-midi et trois heures du matin, et cela, nous ne pourrions pas le supporter.

Le seul inconvénient, c'est que nous ayons parfois, en *buveuses attardées,* à repousser les avances désespérées et obstinées d'un client un peu trop soûl et dont l'euphorie se balance à la limite des larmes ou de la détresse. Cela n'a d'ailleurs jamais rien de très flatteur car, lorsqu'un homme ne voit en vous que sa dernière chance de finir la nuit avec une femme, il n'a généralement besoin que d'un peu de chaleur et de tendresse, et cette chaleur, aussi bien que cette tendresse, n'ont pas besoin de visage. Or, lorsque c'est moi que l'on aborde ainsi, Andrée vient toujours à ma rescousse. Elle sait maintenant qu'on n'a qu'à s'approcher de moi en s'agrippant à mes cuisses ou à mon cou pour que je me sente complètement démunie, désarmée, menacée, et comme traversée par un courant de détresse qui frôle la panique. Andrée, elle, sait comment s'y prendre avec ces types, et je ne l'ai jamais vu perdre contenance dans des situations semblables. De tels soupirants ne lui font pas peur, ils ne la rebutent pas, et elle fait toujours preuve avec eux d'une douceur et d'un doigté qui ne manquent pas de m'étonner. Il faut dire aussi que son comportement avec les hommes est fort différent du mien car, depuis la mort de Paul, la moindre avance équivaut pour moi à une sorte d'agression. Je veux qu'on me laisse tranquille, je veux qu'on me parle sans me faire sentir continuellement que je suis une femme et que, pour cette raison même, je pourrais éventuellement finir la nuit sous une couverture dans les bras de mon interlocuteur. Et je ne veux surtout pas, lorsque je repousse les avances qui me sont faites, avoir à justifier chacune de mes réactions comme si c'était moi qui avais tort d'agir ainsi, ou plutôt comme si mon comportement était anormal. De toute façon, des justifications, je n'en ai aucune, du moins pas de celles qu'on verbalise. Je n'ai aucune objection à ce qu'on me dise que je suis « farouche », ou même « sauvage » (en fait, je dois même dire que ces étiquettes me plaisent), mais je ne supporte pas qu'on me regarde d'un air supérieur et méprisant en me laissant croire que je suis une femme frustrée, naïve et victime de ses propres blocages. Bien sûr que j'ai des blocages, mais ils ne regardent que moi, et je considère que personne d'autre n'a le droit de me juger ni de me proposer ses diagnostics comme si j'étais une pauvre femme malade.

Ce qui me semble tout de même étrange, c'est que je puisse éprouver malgré tout, et pour autant qu'Andrée m'accompagne, un certain plaisir à traîner dans les bars et à sentir autour de moi une présence masculine. Tout se passe comme si, au milieu de tant de sollicitations, l'intime complicité qui me lie à Andrée devenait plus évidente, presque éclatante. Mais je dois avouer que j'éprouve aussi une certaine satisfaction à m'affirmer d'une façon différente dans mon rapport avec les hommes, en imposant de nouvelles limites, de nouveaux interdits, de nouvelles règles. Pour la première fois depuis l'époque de ma tendre adolescence, je ne me sens plus fondre comme la neige au soleil dès l'instant que l'on m'aborde ou que l'on essaie de me séduire, et je dois dire que j'en suis fière. Mais mon assurance a des limites, et ces limites je les ressens dès qu'un homme me tient tête ou qu'il devient trop entreprenant (c'est-à-dire, physiquement entreprenant). Cela n'arrive que très rarement et, comme une éclipse, ne produit jamais sur moi qu'un effet passager.

Andrée n'éprouve certainement pas les mêmes réticences que moi, et ses rapports avec les hommes sont beaucoup plus détendus que les miens. Sans être à la recherche de l'homme de sa vie, elle ne s'en permet pas moins plusieurs aventures, mais elle a eu vite fait de comprendre la gêne que j'en éprouvais et, lorsqu'elle passe la nuit avec quelqu'un, ce n'est jamais à la maison. Ces soirs-là je rentre seule, mais il n'est pas rare que ce soit elle qui me réveille le lendemain matin à la première heure pour me servir le café, et la vie continue alors comme si rien ne s'était passé. Andrée ignore, bien sûr, les raisons pour lesquelles je me rebiffe dès qu'un homme m'aborde d'une façon un peu trop cavalière, mais, si elle ne m'approuve pas, elle ne m'adresse cependant jamais aucun reproche à ce sujet. Je sais pourtant qu'elle pourrait en faire toute une histoire (sous prétexte de vouloir *m'aider*), mais elle agit plutôt avec moi comme si tout cela n'avait pas d'importance et ne pouvait être que passager. Une toquade, une simple toquade. Jusqu'à ce jour je ne lui ai parlé qu'une seule fois de la mort de Paul, très brièvement d'ailleurs, et je suis convaincue que l'extrême discrétion (*mutisme* serait plus exact) dont je fais preuve à l'égard de mon passé est devenue pour Andrée le symptôme d'un quelconque traumatisme dont j'aurais été victime et à partir duquel elle s'explique jusqu'aux plus bizarres de mes comportements. À mon grand soulagement toutefois, Andrée ne se prend ni pour un rédempteur ou un sauveur d'âmes, ni pour une mère ou une spécialiste de la psychologie des profondeurs. Freud, Adler et Lacan peuvent dormir en paix (du moins, les deux premiers), ce n'est pas elle qui les appellera à mon secours.

Depuis quelque temps je me surprends parfois à observer Andrée et, comme si cela pouvait enfin me distraire de moi-même, je passe de longues heures à l'*épier* (non pas matériellement, bien sûr, mais psychologiquement, moralement...). Ce qui m'étonne surtout, c'est que, malgré ses tendances sarcastiques et sa propension à l'ironie ou à la méfiance, elle semble avoir des dispositions très spéciales au bonheur. Loin de la croire naïve, je m'imagine souvent, au contraire, que ses apparences de bonheur ne sont le résultat que d'une innocence perverse et calculée. Ce qui la dérange ne la touche pas, mais ce qui la touche la dérange toujours et elle ne s'émeut que de ce qui lui procure du plaisir. Le reste tombe sous le coup de ses sarcasmes et ne la trouble jamais longtemps. De plus, et contrairement à ce que j'étais avant de la rencontrer, Andrée n'est pas une jeune femme rangée et elle se plait à donner à sa vie toutes les apparences du délire et de la folie. Excessive et parfois même choquante, il semble qu'elle soit continuellement à la recherche de plaisirs excédentaires. Une chose est certaine, les bonheurs tranquilles n'ont pour elle aucun attrait, et toute rupture du quotidien, toute faille dans l'ordre normal des événements semblent être faites pour la réjouir. Pour elle, la nuit ne fait toujours que commencer, les bouteilles ne sont jamais vides, la musique n'est jamais assez forte, et la vie jamais assez étourdissante. Or je me suis demandée à plusieurs reprises si ses aventures nombreuses et passagères ne pouvaient pas trouver là une explication, et si Andrée n'avait pas tout simplement choisi d'axer sa vie sur une économie du plaisir qui n'est rien d'autre, pour moi, qu'une économie de la dépense et de l'excès.

L'autre soir, profitant de l'un de ces instants où Andrée me paraissait particulièrement volubile, je me suis mise à la questionner (à son grand étonnement d'ailleurs puisque je n'aborde jamais de tels sujets avec elle) sur les raisons qui la poussaient à rechercher des aventures passagères. En réalité ce que je voulais savoir, c'était si elle aurait envie de s'engager, un jour, dans une relation durable et exclusive avec une personne qu'elle aimerait. Après avoir précisé que si cela se produisait, ce ne serait pas de si tôt, elle s'est lancée dans un long monologue dont je n'aurais peut-être jamais vu la fin si le gérant du bar n'était venu, vers trois heures trente du matin, nous signaler qu'il était temps de partir.

Elle avait besoin de temps, disait-elle, besoin de s'observer, de se voir vivre et, surtout, de découvrir ce qu'elle pourrait attendre, désormais, d'une telle relation amoureuse. D'ailleurs la solitude ne lui pesait pas et elle commençait à s'y sentir aussi à l'aise que dans un vieux pantalon. Toutefois, après avoir divorcé trois ans plus tôt, elle avait traversé une période difficile. Son mari était parti étudier en Angleterre, elle ne l'avait plus jamais revu et, laissée à elle-même, elle s'était d'abord sentie complètement démunie, pour ne pas dire amputée. Au début elle lui avait écrit plusieurs lettres dans le seul but de s'assurer qu'il ne l'oublierait pas et qu'elle continuerait toujours d'exister pour lui. Il lui avait d'abord répondu assidûment, puis ses lettres s'étaient faites de plus en plus rares, jusqu'au jour où leur correspondance avait cessé complètement. Tandis qu'elle avait pataugé, qu'elle s'était embrouillée et qu'elle s'était enlisée dans ses souvenirs, son mari n'avait eu, quant à lui, aucune difficulté à se refaire une nouvelle vie. Du moins, c'était ce qu'il lui avait fait croire car, dès sa troisième lettre, il avait prétendu avoir rencontré une femme, une Allemande qui, comme lui, était physicienne, et avec laquelle il prévoyait partager sous peu le même appartement. Pour lui, le cercle s'était tout simplement défait puis refait, et il n'avait fait que tenter à nouveau, et avec quelqu'un d'autre, ce qui avait d'abord échoué avec elle.

Pour Andrée, les choses s'étaient passées différemment. Souffrant du vide que l'absence de Pierre avait creusé dans sa vie, accablée par un profond sentiment d'échec et incapable d'en comprendre les raisons, elle avait refusé de reproduire ailleurs, avec un autre homme, le même type de relation qu'elle avait eu avec lui. Embarrassée par sa solitude toute neuve, elle avait d'abord cherché une compensation partout où elle avait cru pouvoir la trouver et, de liaison en liaison, d'aventure en aventure, elle s'était retrouvée plus seule que jamais. Suivant, selon son expression, « le trajet d'une boule sur un tapis de billard », elle avait multiplié ses contacts, fait de nouvelles connaissances et, après s'être « heurtée » à plusieurs inconnus (« se heurter » au double sens de « se cogner » et de « se blesser »), elle s'était retrouvée aussi apeurée et désemparée qu'une enfant qui se croit abandonnée par sa mère dans un supermarché. Elle avait entrepris une course contre le vide, mais elle s'était vite rendue compte que dans ce jeu de *bump and run,* c'était d'abord elle-même qu'elle avait heurtée et fuie à chaque fois. Les types qu'elle avait rencontrés avaient été charmants, intéressants, séduisants même, mais sans savoir pourquoi, elle s'en était toujours lassée très vite, ne trouvant en fait de réel plaisir que dans les premiers instants, les premiers jours d'une nouvelle rencontre. Dès qu'une relation risquait de devenir plus sérieuse, plus compromettante ou plus exigeante, elle y mettait fin, toute convaincue qu'elle était de ne pouvoir y trouver, à la longue, aucune réelle satisfaction. Le souvenir de sa relation avec Pierre était toujours là, comme un garde-fou ou une sonnette d'alarme et, si elle ne savait pas encore ce qu'elle voulait, elle savait au moins ce qu'elle ne voulait pas.

Cela avait duré un an. Puis, elle avait acheté la maison et elle avait commencé progressivement à réorganiser sa vie autour d'elle-même. Pour la première fois, elle s'était élevée contre l'éducation qu'elle avait reçue et qui lui avait fait croire, pendant trop longtemps, que le centre de sa vie ne pouvait et ne devait être que quelqu'un d'autre (de préférence un mari, et sinon, un amant) et, pour la première fois encore, elle avait reconnu que sa vie pouvait avoir un sens en dehors d'une relation de couple. Elle pouvait être heureuse même si elle était seule, même si elle n'avait pas encore rencontré l'homme qui allait *remplacer* Pierre (et d'ailleurs, disait-elle, elle était convaincue que personne ne devrait jamais le *remplacer,* c'est-à-dire, reprendre dans sa vie à elle exactement la même *place* que lui...).

Avant d'acheter la maison, elle n'avait voulu s'installer définitivement nulle part et elle s'était comportée comme si, dans l'attente de quelqu'un qu'elle aurait aimé, son état n'avait pu être que temporaire et provisoire. Après le départ de Pierre elle n'avait loué, en effet, qu'un petit studio et, au bout d'un an, elle n'avait pas encore accroché de rideaux aux fenêtres : elle était en transit, et sa vie à elle toute seule ne lui semblait valoir aucun investissement, aucune dépense d'énergie. Le confort, le plaisir, le bien-être, ce ne pouvait être que pour plus tard. Elle n'avait aucune raison de s'installer, d'ailleurs, puisqu'elle savait très bien que toute sa vie allait être chambardée dès l'instant où elle rencontrerait quelqu'un, et le studio n'était, en attendant, qu'une remise pour coeur délaissé et hors d'usage.

Toutefois, après avoir acheté la maison, la perception qu'elle avait de sa vie avait changé radicalement. Les travaux de rénovation, peinture, réfection, décoration lui avaient demandé un temps fou et, durant toute cette période, elle s'était sentie heureuse, fébrile et enthousiaste. Elle avait enfin compris qu'il était ridicule pour elle d'attendre, puisqu'elle ne savait ni ce qu'elle voulait, ni ce qu'elle attendait et, avec la maison, elle avait au moins le sentiment d'avoir entrepris quelque chose pour elle-même. Après tout, sa vie à elle valait bien cela. Elle s'était délimité un nouvel espace, elle s'était approprié un lieu, et cela avait été pour elle le commencement d'un nouveau mode d'existence.

C'était alors que sa conception des rapports amoureux avait changé et qu'elle avait cessé de courir dans toutes les directions à la fois à la recherche de celui qui accepterait de la prendre sous son aile protectrice. Refusant les liaisons de complaisance, elle n'avait plus senti le besoin de combler le vide laissé par le départ de Pierre, car le vide s'était, ô merveille, comblé de lui-même. Mais cela ne voulait quand même pas dire qu'elle n'avait plus besoin de personne.

Ses attentes avaient changé, ses relations avaient pris une tournure différente, et elle avait découvert d'un seul coup, comme si cela avait été une révélation pour elle, qu'il y avait de la place dans sa vie pour les amitiés féminines. Or, cela n'avait jamais été possible ni même concevable auparavant puisque, et cela depuis sa plus tendre enfance (*tendre ?* il faudrait voir...), les seuls mécanismes qui lui eussent jamais permis d'engager de nouvelles relations avaient été, essentiellement, des mécanismes de séduction. Évidemment, et pour cette raison même, les femmes l'avaient toujours profondément ennuyée et, préférant les jeux de séduction à l'ennui, elle les avait écartées systématiquement de sa vie. Bien sûr qu'elle n'avait jamais pu les ignorer complètement et qu'elle avait eu, à l'occasion, des amitiés passagères avec quelques compagnes de classe, voisines, ou collègues de travail, mais elle n'avait jamais rien investi dans de telles amitiés, lesquelles n'avaient été pour elles que l'occasion de confidences passionnées et détaillées sur ses propres désirs et conquêtes amoureuses. Enfermée dans sa chambre entre ses cahiers et ses poupées, assise dans un escalier ou, plus tard, à la table d'un bar, elle n'avait jamais abordé avec ses amies qu'un seul et unique sujet. X... avait promis de l'appeler, Y... l'avait raccompagnée chez elle après le cours de géo., K... n'était pas aussi costaud que Z... (mais il était sûrement plus drôle que G...), P... avait emprunté la voiture de son père, les parents de M... avaient été absents pendant plus d'une semaine, J... ne savait pas caresser les seins d'une femme sans lui faire mal... etc., etc., etc. Même assise sur un banc d'école, elle n'avait jamais accordé d'attention qu'à ses compagnons de classe, et les filles l'avaient toujours trouvée distraite, impatiente ou même complètement indifférente. Seule la présence d'un garçon avait jamais pu la tirer de son indolence et la rendre bavarde, enthousiaste ou exubérante.

Parlant de tout cela, Andrée semblait de plus en plus nerveuse et irritée et, je le sentais bien, cette irritation n'était dirigée vers nulle autre qu'elle-même. Elle s'en voulait d'avoir à me faire de tels aveux, mais je savais que c'était pour elle de la toute première importance. Son débit s'était accéléré et elle semblait anxieuse de me faire part de ce qui avait été pour elle une découverte essentielle dans le déroulement de sa vie. Nous étions assises au bar et, dès qu'un type cherchait à interrompre notre conversation, Andrée le repoussait gentiment mais fermement en lui disant que nous préférions être seules. Rien, pas même la possibilité d'une aventure, n'aurait pu la distraire de la conversation qu'elle avait avec moi et, songeant à ce qu'elle était précisément en train de me raconter, je ne pouvais m'empêcher de sourire en pensant qu'Andrée n'était certainement plus la petite fille qu'elle avait été. Mais si son attitude me faisait sourire, je n'en étais pas moins flattée de constater qu'elle préférait ma présence à celle de tous les types qui l'accostaient. Comme si plus rien n'avait existé autour de nous, Andrée continuait de parler, moi de l'écouter et, tandis que je la regardais, je ne pouvais pas m'empêcher de la trouver belle.

Il avait fallu, disait-elle, que son mari la quitte pour qu'elle se rendre compte de l'importance que les femmes pouvaient avoir dans sa vie, mais il avait surtout fallu qu'elle vive, à répétition, des rapports de séduction qui l'avaient laissée complètement abrutie et insatisfaite, pour qu'elle se rende compte que sa vie sexuelle était un désastre (un désastre parfois heureux, parfois malheureux, mais un désastre quand même). Il y avait eu trop de matins tristes et creux, trop de matins silencieux et maladroits, pour qu'elle ne finisse pas par comprendre que ce qu'elle voulait était bien autre chose.

Or, au fur et à mesure que ses rapports avec les hommes avaient changé, au fur et à mesure qu'elle avait renoncé à ne vivre que des rapports de séduction, elle avait découvert qu'il y avait, autour d'elle, des tas de femmes intéressantes, attachantes, tendres, passionnées et passionnantes, et elle avait regretté de s'être privée de leur présence pendant plus d'un quart de siècle. Elle avait rencontré plusieurs femmes depuis et, tout en se liant d'amitié avec elles, elle s'était rendue compte qu'elles avaient non seulement vécu une histoire semblable à la sienne mais qu'elles avaient aussi cultivé un sens de la tendresse et de l'affection qui était fort différent de ce que la plupart des hommes qu'elles avaient connus avaient eu à leur offrir. La différence tenait peut-être, disait Andrée, à ce qu'entre femmes la tendresse et l'affection étaient absolument désintéressées, et qu'elles n'étaient assujetties à rien d'autre, c'est-à-dire, à aucun désir, ni à aucune volonté de pouvoir, de possession ou de séduction. Mais était-ce aussi simple que cela, et n'y avait-il pas aussi, entre femmes, une certaine forme de désir qu'elles refusaient tout simplement de reconnaître pour ce qu'il était ? N'avait-elle pas retrouvé d'ailleurs, chez Michel, la même qualité de tendresse que chez certaines femmes, mais accompagnée, cette fois-ci, de désir ? Et n'était-ce pas précisément pour cette raison que Michel lui avait tellement plu dès leur première rencontre, pour cette raison aussi qu'une fois évanouie (supprimée ?) toute tension de désir entre elle et lui, leur relation était devenue encore plus harmonieuse et plus tendre que jamais ?

Tandis que je l'écoutais parler, ou plutôt, tandis qu'Andrée réfléchissait à haute voix, je ne pouvais pas m'empêcher de penser, quant à moi, que la limite entre le désir et l'attirance (car c'était bien d'attirance, n'est-ce pas, qu'Andrée parlait ?) était parfois moins claire qu'on n'osait se l'avouer, et que, victimes de la distinction entre émotions permises et non permises, on avait souvent bien du mal à faire la distinction entre ce qui était du désir et ce qui n'en était pas...

Quoi qu'il en fût, Andrée prétendait avoir découvert, dans la seule tendresse féminine, une sorte de bien-être et de douceur, une sorte d'assurance et de calme paisible qui, tout en n'ayant rien de déchirant, étaient parfois aussi exaltants et enivrants, enlevants et ravissants qu'une sensation très forte de bonheur. Or cette sensation de bonheur, qu'elle avait éprouvée à plusieurs reprises en compagnie de femmes qu'elle aimait, avait été provoquée, croyait-elle, par un très fort sentiment d'unité ou d'identité qui lui avait permis de s'aimer à travers l'autre sans avoir l'impression de se nier ou de se perdre. Ce n'était pas l'attrait de la différence qui avait joué ici, mais l'attrait de la ressemblance. Et cela, disait-elle, c'était exactement le contraire de ce qu'on éprouvait lorsqu'on désirait un homme, car le désir avait toujours quelque chose de déchirant et qu'il engendrait toujours un profond sentiment de perte, de scission, ou d'autodestruction. Pourtant, elle n'était pas sans savoir que c'était précisément cette déchirure que l'on convoitait dans le désir. Il fallait avoir le sentiment de s'abîmer, de s'abandonner, de s'écorcher, il fallait vouloir souffrir, annuler les différences ou se complaire dans une blessure ouverte pour désirer quelqu'un. Andrée se souvenait des premières images d'un film d'Alain Resnais où, emmêlés sur l'écran, il y avait un corps d'homme et un corps de femme faisant l'amour, tandis qu'en voix off on entendait une femme murmurer « Tu me tues, tu me fais du bien »... Jamais Andrée n'avait pu oublier la voix de cette femme. Elle avait dix-sept ans lorsqu'elle avait vu ce film (c'était *Hiroshima mon amour*) et, si elle n'avait pas compris alors ce qui l'avait bouleversée à ce point dans cette voix à la fois douce et violente, elle avait eu, plus tard, la même envie de répéter les mêmes mots dans les mêmes circonstances.

Tout en parlant, Andrée buvait à un rythme effarant et elle semblait avoir oublié jusqu'à ma présence. Ses yeux ne rencontraient jamais les miens, et j'éprouvais un certain malaise à entendre ce qu'elle disait, car j'avais l'impression qu'elle parlait trop et qu'elle allait trop loin. Pendant quelques instants Andrée s'était interrompue, puis elle avait repris en disant que lorsqu'une femme était attirée par une autre femme les choses se passaient d'une façon bien différente. Le seul problème c'était que les relations entre femmes s'accompagnaient souvent d'un sentiment d'illégalité... Ainsi, elle s'était retrouvée à plusieurs reprises dans des situations où on lui avait fait sentir, alors qu'elle était en compagnie d'une femme dont elle semblait goûter la présence, qu'il y avait là quelque chose d'irrégulier et de choquant, de déplaisant ou de déviant. La réprobation avait toujours été implicite, mais cela se comprenait puisque ceux qui lui avaient reproché son attitude ne l'avaient jamais fait que sur la base de doutes et de suppositions. Mais pourquoi, alors, les amitiés masculines ne faisaient-elles pas l'objet des mêmes doutes et des mêmes suppositions ? Était-ce tout simplement parce que, historiquement, les amitiés masculines avaient toujours été marquées du sceau de la franche et saine amitié avec tout ce que cela impliquait d'émotions viriles et de vigueur masculine ? Ou alors était-ce tout simplement parce qu'entre elles, les femmes réprimaient moins que les hommes leurs élans de tendresse et d'affection, donnant ainsi à leurs amitiés une apparence plus ambiguë et presque outrageante ? Mais peut-être aussi les hommes étaient-ils victimes de leurs propres fantasmes concernant l'homosexualité féminine ? (La plupart d'entre eux n'avouaient-ils pas être moins choqués, par exemple, par l'image de deux femmes engagées dans des rapports sexuels que par celle de deux hommes faisant l'amour ?) Il y avait quand même là, disait Andrée, quelque chose d'injuste...

L'air absent, Andrée s'était interrompue à nouveau. Puis, tenant son verre au niveau de ses yeux comme elle aurait fait d'un miroir, elle avait dit que sa relation avec Michel ressemblait de bien des façons à celles qu'elle avait eues avec d'autres femmes. Le désir s'en était éclipsé petit à petit, probablement parce que Michel lui ressemblait trop, ou alors parce qu'il était incapable, tout comme elle d'ailleurs, d'une relation exclusive et durable. Sa relation avec lui avait donc dérivé graduellement et sans heurt vers une relation de tendre amitié, et cela, à la différence de toutes les autres aventures qu'elle avait vécues et qui s'étaient toujours éteintes brusquement au gré de ses caprices, de ses envies ou de ses fantaisies. Car Andrée ne se privait certes pas d'aventures mais, si elle rencontrait parfois des hommes qui lui plaisaient ou qui l'attiraient, elle ne ressentait jamais le besoin, du moins pas encore, de s'engager avec eux dans des relations de longue durée. Cela n'était pas sans lui causer parfois quelques problèmes, surtout lorsque les hommes qu'elle rencontrait avaient le malheur de s'éprendre d'elle. Ne voulant faire souffrir personne, elle ne manquait jamais de les prévenir, d'éclaircir la situation dès le début et de prendre toutes les précautions possibles pour ne pas les décevoir, mais cette issue n'était jamais absolument inévitable. Depuis qu'elle habitait avec moi, depuis qu'elle ne « recevait » plus personne à la maison, ses rapports « amoureux » risquaient moins d'en arriver là, puisqu'elle prévenait toujours les types en question qu'elle « n'habitait pas seule ». Elle se servait de moi et elle s'en excusait, mais je lui ai répondu qu'elle n'avait pas à s'en excuser et que je n'y voyais aucun inconvénient.

Je n'avais posé qu'une seule question, et cette question était déjà loin derrière. J'avais voulu savoir si Andrée avait parfois envie d'être amoureuse, et j'avais eu droit à l'histoire de sa vie... ou presque. La réponse d'Andrée s'était étalée sur quelques heures (elle avait duré le temps de deux litres de vin blanc), mais au gré de ses confidences j'avais appris sur son compte des choses que j'ignorais auparavant et qui, loin de me surprendre, n'avaient fait que confirmer certaines impressions que j'avais déjà la concernant.

Toutefois, si Andrée avait surtout parlé d'elle, elle avait aussi délimité très clairement pour moi la place que j'occupais dans sa vie. Je savais que l'idée de partager son appartement avec moi l'avait séduite dès le début et que, à l'instant où elle m'avait rencontrée au magasin de musique, deux de ses meilleures amies avaient déjà quitté Montréal, l'une pour aller vivre aux États-Unis avec un Américain qu'elle avait rencontré lors d'un voyages aux Indes, l'autre pour aller travailler au département des communications de l'Université de Dakar où elle devait donner des cours de journalisme. C'était donc à moi qu'elle avait demandé de les remplacer. Sans même me connaître, elle avait agi sous le coup d'une impulsion et, après s'être rendue compte de l'instabilité émotive qui me secouait, elle avait tout fait pour me comprendre et pour ne pas m'embarrasser. Parlant sur un ton mi-sérieux et mi-moqueur, elle me disait même parfois de ne pas m'en faire, que *mes névroses* feraient sûrement bon ménage avec *les siennes*...

Andrée avait tort. *Nos névroses,* comme elle le disait, ne pouvaient pas *faire bon ménage.* Elles se sont accommodées les unes des autres pendant un peu plus de quatre mois, mais il n'a fallu par la suite que quelques semaines pour qu'Andrée et moi courions à la catastrophe. Andrée s'en est probablement mieux tirée que moi d'ailleurs, et je n'arrive toujours pas à admettre que nous en soyons arrivées là. J'aurais tellement voulu que les choses se passent différemment...

Tout comme Andrée après que son mari l'ait quittée (et quand j'y pense, cette comparaison me semble un peu ridicule), je me suis loué un petit studio où je n'ai pas encore, moi non plus, suspendu de rideaux aux fenêtres. Cependant, si je n'ai pas envie de me refaire un nid douillet pour moi toute seule, ce n'est certes pas, à la différence d'Andrée, parce que j'attends qu'une autre âme soeur vienne me cueillir, ni parce que je me considère en transit. Loin d'être une salle d'attente, ce studio m'apparaît davantage comme un terminus ou une tête de ligne. C'est là que je suis arrivée, c'est là que mes espoirs et mes peurs ont abouti, et c'est là que je suis prise à pivoter autour de moi-même. Ce qui viendra après, je l'ignore, et c'est d'ailleurs la moindre de mes préoccupations. Il me semble que c'est ici que tout devrait finir, que tout devrait s'arrêter.

Andrée a feint de ne pas comprendre, et cela jusqu'au dernier instant, les raisons véritables qui m'ont poussée à la quitter. Convaincue qu'elle me tenait responsable de tout ce qui s'était passé, je n'ai rien fait pour la contredire. Évidemment j'aurais pu essayer de tout lui expliquer depuis le début mais, au point où nous en étions, je n'en voyais plus l'utilité et, d'ailleurs, le courage m'en aurait manqué autant que les mots. La mort de Paul, ses aventures clandestines, les insinuations de Lemire, et le désordre que tout cela avait engendré dans l'économie de mes propres désirs, je ne m'en suis jamais confiée à Andrée. Et si elle a été en mesure d'en constater quelques-uns des effets les plus grossiers (par exemple, l'attitude récalcitrante et presque agressive que j'adoptais avec la plupart des hommes que je rencontrais), elle n'a jamais pu évaluer de façon précise la force des tensions qui me déchiraient et qui altéraient, de la raison jusqu'aux sentiments et des sentiments jusqu'aux désirs, ma personne toute entière.

Pourtant, durant les quatre premiers mois, Andrée a eu tout le loisir de m'observer et, si mes comportements lui semblaient parfois bizarres, elle n'en paraissait pas moins heureuse de partager sa vie avec moi. Or il a fallu qu'un soir j'aperçoive Lemire dans un bar pour que commence à se former entre nous la première faille, la première fissure. Le vernis a craqué, mes défenses se sont effondrées et, pour la première fois, j'ai senti que ma relation avec Andrée avait quelque chose de menaçant et de dangereux.

Il devait être environ une heure du matin lorsqu'Andrée et moi avons poussé la porte de ce bar de l'ouest de la ville où nous mettions les pieds pour la première fois. Il y avait une seule table de libre, à deux pas seulement d'une plate-forme où un groupe de jeunes musiciens jouaient, presque en sourdine, de vieux airs de jazz. Fidèles à nos habitudes, nous avions commandé un litre de vin et, engourdies de fatigue, nous nous laissions bercer, en silence, par les rythmes obsédants de cette musique des années trente.

Le visage de l'un des musiciens ne m'était pas inconnu et j'étais persuadée de l'avoir déjà vu quelque part, mais je ne parvenais pas à me rappeler dans quelles circonstances. Les jambes allongées sous la table, le corps affaissé sur sa chaise et la tête penchée sur sa poitrine, Andrée avait fermé les yeux comme si elle avait été sur le point de s'endormir. Enroulés autour de son verre, ses doigts battaient cependant la mesure et, l'air de quelqu'un qui s'est assoupi involontairement, elle avait laissé se figer sur son visage un sourire mou et incertain. Perdue dans ses pensées, Andrée avait probablement oublié jusqu'à ma présence et, tandis que je m'impatientais en m'agitant sur ma chaise, mon regard s'était mis à scruter les environs en s'arrêtant, tour à tour, sur chacun des visages qui gravitaient dans mon champ de vision. Appuyés au bar, un verre à la main, une femme et quatre hommes étaient engagés dans une conversation pour le moins animée, sinon bruyante, et à quelques pas de là, légèrement à l'écart, se tenaient trois individus dont l'un me tournait le dos. Se découpant dans la lumière bleutée du bar, la silhouette de ce dernier ne m'était pas étrangère. Alors, en y regardant bien, j'ai reconnu le visage des deux autres qui me faisaient face. C'étaient eux que j'avais entrevus le jour de l'enterrement, eux qui avaient déposé un bouquet de fleurs sur la tombe de Paul, eux qui n'avaient adressé la parole à personne et qui avaient quitté les lieux avant même que la cérémonie n'ait pris fin. Je les reconnaissais bien maintenant, surtout le plus jeune, et tandis que le troisième, celui qui me tournait le dos, lui caressait la joue du revers de la main, je me souvins que c'était aussi le jour de l'enterrement que j'avais aperçu pour la première fois le musicien dont le visage m'avait semblé familier quelques instants plus tôt.

Sans m'en rendre compte je m'étais mise à trembler et, mon regard s'étant arrêté sur eux, je n'arrivais plus à détourner les yeux. C'est alors que le plus jeune s'est aperçu que je les observais et que, m'ayant probablement reconnue lui aussi, il a signalé aux autres ma présence d'un geste du menton pointé dans ma direction. Ayant cessé de lui caresser la joue et s'étant retourné d'un seul coup, le troisième semblait pris de panique. C'était Lemire. Ses yeux balayaient la salle de droite à gauche et de gauche à droite dans un mouvement rapide d'aller-retour et, comme s'ils n'y voyaient rien, ils passaient au-dessus de ma tête sans arrêt. Quand il m'eût enfin repérée et que nos regards se furent croisés pendant quelques secondes, Lemire m'a de nouveau tourné le dos en pivotant sur lui-même d'un geste lent. Ayant glissé une main sous la ceinture de son pantalon, il a saisi son verre de l'autre main et l'a porté à ses lèvres d'une façon faussement nonchalante. Il feignait l'indifférence et cherchait à retrouver son calme, mais je voyais bien dans le visage des deux autres, et comme dans un miroir, que la panique s'était emparée de lui pour de bon. Tous deux l'interrogeaient des yeux, en silence, avec l'air de ne pas comprendre ce qui pouvait le troubler à ce point.

Secouant Andrée de l'état de léthargie dans lequel elle se trouvait, je lui dis alors que je voulais partir. Je ne voulais surtout pas précipiter mon départ et donner ainsi à Lemire l'impression que c'était lui qui me faisait fuir, mais je ne voulais pas rester là non plus. Andrée avait d'abord eu l'air ahuri de quelqu'un qui se fait tirer de son sommeil en pleine nuit mais, sans chercher à comprendre immédiatement les raisons subites qui me poussaient à vouloir quitter les lieux, elle a vidé son verre d'un seul trait et réglé l'addition. Nous nous étions levées toutes les deux, et elle s'apprêtait à enrouler son bras autour du mien pour m'entraîner vers la sortie, lorsque je l'ai repoussée d'un geste brusque et agressif. Je ne voulais pas que Lemire me voie partir au bras d'une autre femme ni, surtout, qu'il se permette de faire des suppositions à mon sujet. Pourtant le geste d'Andrée avait été absolument innocent, spontané et naturel, et cela n'aurait certes pas été la première fois que nous aurions marché bras dessus bras dessous. Notre amitié n'avait jamais exclu ni les familiarités, ni les démonstrations de tendresse, mais pour la première fois ce soir-là, je m'étais raidie et presque indignée contre ce témoignage d'affection que je savais pourtant absolument inoffensif et anodin. Andrée en avait été d'abord surprise, puis blessée, puis offensée, et plus je regrettais de l'avoir repoussée, plus j'en voulais à Lemire de m'avoir incitée à agir de la sorte.

Dans le taxi qui nous ramenait à la maison, Andrée m'a semblé aigrie et renfrognée. Je n'avais pas l'air de savoir ce que je voulais, disait-elle, et il ne fallait surtout pas que je m'imagine qu'elle prenait plaisir à tous mes changements d'humeur... J'avais beau m'excuser, lui dire que je ne savais pas ce qui m'avait pris, mais aucune excuse ne semblait pouvoir la ramener à de meilleurs sentiments. Elle en avait assez de mes mystères et de mes silences et, cette fois-ci, elle avait envie de savoir. Elle ne m'avait jamais rien demandé, elle avait toujours excusé la bizarrerie de mes comportements mais, disait-elle, elle n'avait certainement pas l'intention d'en subir tous les effets et contre-effets. Et puis, quelle raison avais-je eu de la repousser si brusquement ? Elle ne comprenait rien à mes humeurs, elle n'y trouvait aucune logique et, parfois, elle en arrivait même à se demander si je ne me payais pas sa tête. En tout cas, elle n'avait jamais été le souffre-douleur de personne, et ce n'était certainement pas aujourd'hui qu'elle allait s'y mettre...

J'étais désemparée. Je revoyais la main de Lemire qui caressait, sous l'éclairage bleu et tamisé du bar, la joue du jeune homme blond de l'enterrement et, perdue en conjonctures à son sujet, j'étais incapable d'affronter les reproches d'Andrée. Je savais pourtant qu'elle avait raison de m'en vouloir et, craignant qu'elle ne se retourne contre moi, je ne savais plus quelles excuses inventer. Mais je sentais qu'il fallait que je dise quelque chose à tout prix et, sans prendre le temps d'y penser, je n'ai rien trouvé de mieux à lui dire que, si j'avais agi de la sorte, c'était parce que j'avais aperçu, au bar, quelqu'un que je connaissais et dont je n'avais pas pu supporter la présence... Il n'en fallait pas moins pour qu'Andrée se déchaîne contre moi. C'était donc cela, avait-elle dit sur un ton presque méprisant. J'avais eu peur qu'on ne me voie partir bras dessus bras dessous avec une autre femme, peur que les gens ne soupçonnent des choses à mon sujet, peur des racontars... C'était bien tout ce qu'il fallait ! Mais est-ce que je ne me rendais pas compte qu'en agissant ainsi je n'avais fait que jouer leur propre jeu ? Est-ce que je ne voyais pas que c'était exactement cela qu'ils voulaient ? Que je me sente coupable ? Et qu'en me comportant ainsi je n'avais fait que me renier moi-même ? Les gens étaient peut-être trop bornés, surtout en Amérique, pour comprendre que deux femmes pussent marcher main dans la main sans être des lesbiennes, mais alors il fallait bien se rendre compte que c'étaient eux qui avaient tort... Et si j'avais l'intention d'endosser tous leurs préjugés à la moindre occasion, c'était, ou bien parce que je n'étais pas encore assez forte pour me tenir debout et leur faire face, ou bien parce que quelque chose n'était pas clair dans ma tête...

Aux yeux d'Andrée, j'avais renié d'un seul coup toute la tendresse et la confiance qu'il y avait entre nous, et elle en était aussi indignée qu'irritée. Recroquevillée dans un coin du taxi, elle semblait résolue à ne pas me pardonner et elle ne faisait rien, d'ailleurs, pour me cacher son ressentiment. Je l'avais contrariée, offusquée et, cédant à la fatigue, elle exagérait de toute évidence l'importance de mon geste.

Quant à moi, je revoyais toujours la main de Lemire glisser doucement sur la joue du jeune homme blond. Cette image ne me quittait plus et, me troublant plus que je ne l'aurais voulu, elle faisait surgir dans mon esprit tout un échafaudage de suppositions et d'hypothèses. Je repensais à la mort de Paul, à la visite que Lemire m'avait rendue peu de temps après les funérailles, aux insinuations de celui-ci concernant la possibilité d'un suicide et, toujours aussi perplexe quant aux motifs pour lesquels il avait tenté de me faire croire que j'étais la seule responsable de la mort de Paul, j'étais pourtant convaincue que ce que j'avais vu quelques instants auparavant allait me fournir de nouveaux éclaircissements. Car, me disais-je, ce n'était certainement pas sans raison que Lemire avait paniqué en me voyant dans ce bar. Tout bon comédien qu'il fût, il avait été incapable de me dissimuler son trouble, et j'avais pu lire sur son visage une expression d'affolement et de détresse que je ne lui avais jamais vue auparavant. Je savais maintenant que le jeune homme blond ne lui était pas inconnu (ils semblaient au contraire avoir beaucoup d'affection l'un pour l'autre), et cela n'était pas sans éveiller mes soupçons à son égard.

La tempe collée sur la vitre arrière du taxi, Andrée regardait droit devant elle et semblait décidée à ne pas m'adresser la parole tant que je ne lui aurais pas fourni une explication acceptable. C'était plus que je ne pouvais supporter et, bouleversée par la scène à laquelle je venais d'assister, je me suis mise à pleurer. Alors, à mes côtés, j'ai senti qu'Andrée se radoucissait. Ayant glissé sa main gauche sous ma nuque, elle a attiré ma tête vers son épaule et, voyant que je ne lui offrais aucune résistance, elle s'est mise à caresser mes cheveux. J'avais tort, disait-elle, de vouloir tout garder pour moi et de ne pas lui faire confiance. À la longue, mes silences risquaient de l'impatienter et même de l'exaspérer car, au point où nous en étions, elle avait envie d'en savoir plus long à mon sujet et, surtout, besoin de savoir ce qui me tourmentait. Mon entêtement à ne rien lui dire, par exemple, concernant mon passé et les circonstances qui avaient entouré la mort de mon mari, lui paraissait de plus en plus injustifié et ne pouvait être, entre nous, qu'une source de tensions et de malentendus. Notre amitié avait d'ailleurs déjà commencé à s'en ressentir, et je devais me rendre compte qu'elle pouvait éventuellement y trouver ses limites. Or, s'il était exact que la présence de « quelqu'un » m'avait, ce soir-là, troublée au point où j'avais éprouvé le besoin de partir, elle était en droit de savoir qui était cette personne. On pouvait toujours commencer par là, n'est-ce pas ? Et puis elle en avait assez que je fasse continuellement surgir des fantômes entre elle et moi. Si je ne changeais pas d'attitude à son égard, elle allait finir par décider que je n'existais pas plus qu'eux et que notre amitié n'était rien d'autre qu'une pauvre farce pour jeunes femmes à l'imagination fertile...

Sa voix était à la fois ferme et fragile et Andrée me parlait, comme à un enfant, sur un ton de douce réprimande qui oscillait entre le reproche et la conciliation. En d'autres termes, elle faisait appel à ma bonne volonté et me demandait d'être plus raisonnable... Du moins était-ce ainsi que j'interprétais ce qu'elle me disait. J'avais besoin d'entendre couler sa voix chaude et réconfortante, mais en même temps j'éprouvais un malaise à sentir, contre ma joue, le contour osseux et frais de son épaule et, contre mon bras, la rondeur molle de son sein. Le mouvement continu et caressant de sa main sur mes cheveux m'était soudainement devenu étranger, comme si elle avait caressé quelqu'un d'autre que moi ou, plutôt, comme si j'avais brusquement adopté sur moi-même le point de vue d'un observateur extérieur. J'avais vu Lemire glisser sa main contre la joue du jeune homme blond, et c'était maintenant lui qui voyait la main d'Andrée glisser sur mes cheveux. Son visage était là, collé sur la vitre du taxi, et tandis que nous roulions à toute allure, je pouvais lire, dans ses yeux, qu'il était aussi apeuré que moi.

Durant les jours qui ont suivi, Andrée s'est contentée d'adopter à mon égard une attitude de froide conciliation. Elle était prête à entendre mes confidences et à m'aider (comme elle le disait), mais je voyais bien que plus je me taisais et plus son ressentiment grandissait. En apparence, notre relation était toujours la même, nos gestes les plus quotidiens n'avaient pas changé, et nous avions toujours l'une pour l'autre les mêmes égards, les mêmes attentions délicates, mais cela ne suffisait plus à Andrée, ne la satisfaisait plus. Elle avait de nouvelles exigences, de nouvelles attentes et, d'un jour à l'autre, je sentais se préciser chez elle une sorte de raideur et de détermination à ne plus faire aucun compromis. Lorsqu'elle se levait le matin et qu'elle versait le café fumant dans chacune de nos tasses, elle avait toujours l'air de me demander si je m'étais ravisée ou si j'étais dans de meilleures dispositions, comme si, de ma réponse, allait dépendre son attitude pour le reste de la journée. D'ailleurs, à voir la façon dont elle me défiait, j'avais parfois l'impression d'être un agent double qu'elle soupçonnait de trahison et auquel elle s'efforçait d'arracher des aveux. Mes jours étaient comptés et, si je ne faisais pas preuve de bonne volonté, elle allait tout simplement me congédier, m'expulser, comme elle aurait fait d'un corps étranger ou d'une intruse. Il en allait de notre amitié, de cette intimité qu'elle s'efforçait de préserver malgré moi et qu'elle me reprochait de vouloir saboter. L'affection qui nous liait l'une à l'autre avait une limite, et cette limite, Andrée me faisait sentir que c'était moi qui l'imposais en l'empêchant de pénétrer plus avant dans ma vie, dans mon passé, dans cette zone obscure et troublée de mes souvenirs, de mes peurs et, pourquoi pas, de mes fantasmes. Pourtant la tolérance d'Andrée aurait dû être pour moi une invitation à la confidence, car je la savais compréhensive, sensible et dépourvue de préjugés, mais je dois dire que quelque chose d'autre me retenait et m'obligeait à m'éloigner d'elle.

En fait, j'avais commencé à craindre que l'issue de notre relation ne puisse m'échapper un jour et que notre amitié ne donne naissance à un monstre. Où cela devait-il nous mener ? Je l'ignorais, et je crois pouvoir dire qu'Andrée l'ignorait aussi. Mais cela ne semblait pas la préoccuper outre mesure, toute résolue qu'elle était à vivre jusqu'au bout et quelles qu'en puissent être les conséquences chacun de ses désirs, sentiments, plaisirs, angoisses ou fantaisies. Il y avait chez elle une sorte d'entêtement et de vouloir-vivre inconditionnels qui m'avaient peut-être fascinée au début mais qui, au point où nous en étions, avaient commencé à me faire peur. Or, ce vouloir-vivre, Andrée l'affirmait avec force et énergie dans ses moindres gestes, attitudes et comportements et, tout en marchant sur ses propres peurs, elle ne faisait preuve à l'égard d'elle-même d'aucune forme de compassion ou d'indulgence. La tolérance c'était pour les autres, pas pour elle. Après le départ de son mari, elle s'était fabriqué de peine et de misère une nouvelle identité, et cela avait exigé de sa part une acceptation franche et crue de chacune de ses aspirations et de chacune des facettes de sa personne. Ses valeurs s'en étaient trouvées bouleversées, ses principes renversés, et l'éventail de ses possibilités élargi, mais cela n'avait pas été sans engendrer des conflits intérieurs qu'elle avait eus énormément de mal à résoudre et à surmonter. Andrée surestimait mes forces si elle s'attendait à ce que j'entreprenne, à mon tour, la même démarche qu'elle.

Je me punissais moi-même, disait Andrée. Et puis après ? Je ne faisais que resserrer l'étau qui m'empêchait de respirer, disait-elle. Et puis après ? Je refusais de voir la réalité en face. Et si je préférais, moi, ne pas la voir en face ? Andrée ne comprenait pas ce que je m'égosillais à lui crier à tue-tête, comme dans un film muet où on n'aurait vu de l'héroïne que les gestes éplorés et les cris silencieux : j'avais peur, et ma peur était tout ce qu'il me restait.

Andrée elle-même avait commencé à me faire peur, et je n'arrivais plus à oublier l'étrange ressemblance que j'avais perçue, quelques soirs auparavant, entre les gestes de Lemire à l'égard du jeune homme blond et ceux d'Andrée envers moi. Lemire m'avait en quelque sorte tendu un miroir truqué, une fausse image de moi-même et, bien que consciente de ce mensonge, j'en avais pourtant été victime. Andrée me faisait peur, Lemire me faisait peur, et moi, je me faisais peur à moi-même.

J'aurais pourtant tellement voulu me confier à Andrée et m'abandonner au courant d'émotions qui me traversait de part en part. J'aurais tellement voulu voir se poser sur moi son regard attendri et compatissant, ce regard presque maternel qui, comme après l'aveu d'une faute, aurait tout compris, tout pardonné. Mais je refusais de m'expliquer, de me justifier et, surtout, de m'exposer davantage à la tendresse compatissante d'Andrée. Ce qu'elle m'avait dit à propos de ses amitiés féminines me semblait de plus en plus suspect et, souffrant de la distance qui se creusait entre nous, je m'en sentais rassurée tout à la fois. En fait, ce qui n'était pour Andrée qu'une obstination puérile et presque maladive au silence, n'était pour moi qu'une saine réaction de défense. Me sachant vulnérable, je ne voulais que conserver le privilège de mes chasses gardées.

Assise dans un large fauteuil de rotin, le menton appuyé sur la pointe de ses genoux, les talons à peine accrochés au rebord du siège et qui risquaient d'en glisser d'un instant à l'autre, Andrée m'observait d'un air boudeur et inquisiteur. Elle venait d'acheter un nouveau disque mais, visiblement, ni elle ni moi ne l'écoutions. Elle cherchait par tous les moyens à me faire sentir que mon silence lui pesait, et moi, je ne pouvais pas m'empêcher de penser à Lemire en me demandant quelle relation il pouvait bien avoir avec le jeune homme blond de l'enterrement.

Depuis que je l'avais aperçu dans ce bar de l'ouest de la ville, je m'étais perdue en conjectures à son sujet. J'en étais même arrivée à mettre sur pied une hypothèse qui était susceptible d'expliquer la façon dont il s'était comporté avec moi quelques jours après la mort de Paul.

J'avais toujours entendu dire que Lemire fréquentait de très belles femmes et qu'on ne le rencontrait jamais deux fois avec la même. Ses *réserves* semblaient inépuisables, indéfiniment renouvelables et, pour cette raison même, Lemire avait acquis une réputation de séducteur irrésistible. Les femmes semblaient tomber sous ses pas comme une pluie d'olives quand on secoue l'olivier, et cela lui avait d'ailleurs gagné l'envie et l'admiration de ses meilleurs amis, engagés, pour la plupart, dans des relations stables et exclusives. Mais si on enviait Lemire, on ne semblait jamais se demander pourquoi il ne s'attachait à aucune femme, comme si cela avait été absolument naturel ou, alors, comme si cela avait été sa force et son privilège. J'avais, quant à moi, une opinion fort différente à ce sujet, et ses multiples aventures me portaient plutôt à croire que Lemire n'avait pas le choix et qu'il était *incapable* de s'engager dans quelque relation amoureuse que ce fût. *Amoureusement impuissant* (l'ambiguïté de cette expression est tout à fait charmante), voilà ce qu'il était pour moi, et je me disais que derrière ses succès apparents se cachait sûrement un fond d'amertume et de tendresse refoulée. La force apparente de Lemire ne me trompait pas, et je n'y voyais qu'une faiblesse bien camouflée, comme une crinoline sur un corps trop maigre. Il avait retourné ses gants sens dessus dessous, il avait transformé ses échecs en victoires, mais chacun de ses triomphes n'était pour moi que la doublure de ses défaites amoureuses.

Mais depuis que j'avais vu Lemire caresser la joue du jeune homme blond de l'enterrement, la perception que j'avais de lui s'était modifiée radicalement. Depuis ce soir-là, j'en étais arrivée à me dire que ses échecs amoureux (ou plutôt, son incapacité d'entretenir des relations durables avec les femmes) trouvaient peut-être là leur seule et unique explication. Ses nombreuses apparitions publiques en compagnie de femmes toujours plus belles et séduisantes les unes que les autres n'étaient peut-être pour lui qu'une façon de parader, de se pavaner ou de se donner en spectacle... Mais si la compagnie de ces femmes lui permettait d'attirer sur lui les regards envieux de ses amis, elle lui servait peut-être aussi de couverture. D'ailleurs, n'était-il pas reconnu que les homosexuels, du moins lorsqu'ils n'étaient pas misogynes (et l'un n'impliquait pas l'autre, ni l'autre l'un), avaient souvent tendance à s'entourer de très belles femmes ? Mais n'allais-je pas trop loin, et n'accordais-je pas trop d'importance à un seul geste, à une seule caresse peut-être absolument dénuée de tout sens ? Peut-être bien. Toutefois ce n'était pas le sentiment que j'avais car, pour la première fois ce soir-là, j'avais vu Lemire faire sous mes yeux un geste d'affection réelle envers quelqu'un, et jamais auparavant je ne l'avais vu agir de la sorte avec une femme. Lemire n'était pas du genre à vous caresser tendrement la joue, mais plutôt à vous glisser la main sous la jupe. Je sautais peut-être trop vite aux conclusions, mais j'avais cependant la conviction de ne pas me tromper et rien n'aurait pu m'en faire démordre. Dans d'autres circonstances la vie privée de Lemire m'aurait laissée tout à fait froide et indifférente, et je ne me serais pas donnée la peine de faire une enquête. Mais il y avait Paul, il y avait le jeune homme blond de l'enterrement, il y avait les insinuations de Lemire concernant la mort de Paul et il y avait eu, surtout, cet air de panique sur le visage de Lemire lorsque nos regards s'étaient croisés ce soir-là. Pourquoi cet air de panique ? Et pourquoi pas sa suffisance et son arrogance habituelles ? Pour la première fois depuis que je le connaissais, Lemire avait fait piètre figure, et cela me paraissait suspect.

Une ébauche de réponse avait commencé à prendre forme dans mon esprit. Je pensais à Lemire, à son pouvoir de persuasion, à la façon qu'il avait, lorsqu'il parlait de la « libération des désirs », de vous faire croire que vous n'étiez qu'un être borné et soumis, victime des pressions sociales et familiales, victime de blocages inavoués et inavouables (que la psychanalyse, disait-il d'ailleurs d'un air entendu, s'efforçait de mettre à jour), ou incapable de reconnaître vos propres désirs parce qu'on avait pris soin de vous les couper à la racine avant même qu'ils n'aient eu le temps de se manifester, etc. Je pensais aussi à la fascination que Lemire exerçait sur Paul et, lorsque je revoyais sous l'éclairage bleu et tamisé du bar le geste caressant de Lemire, je ne pouvais pas m'empêcher de penser que c'était lui qui était à l'origine des bouleversements qui s'étaient opérés dans la vie de Paul. Était-ce possible que Lemire ait incité Paul à tenter une nouvelle expérience et qu'il soit parvenu à abolir toutes ses résistances en libérant petit à petit ses fantasmes d'homosexualité ? Était-ce possible aussi que, connaissant le caractère de Paul, Lemire ait été incapable de prévoir jusqu'à quel point une telle expérience allait l'ébranler ? Du point de vue de Lemire, cela n'avait peut-être été qu'un défi purement anodin, mais un défi dont il n'avait pas prévu l'issue et dont les conséquences avaient eu vite fait de lui échapper. Un autre que Paul aurait pu s'en sortir absolument inchangé ou peut-être même enrichi, transformé et davantage conscient de la nature de ses propres désirs, mais Paul n'était certainement pas, avec sa sensibilité à fleur de peau, son manque d'assurance et son équilibre chancelant, un candidat parfaitement désigné pour une telle aventure. Et cela, Lemire aurait dû le savoir.

Mais alors, en supposant que Paul se soit effectivement suicidé et que Lemire en ait eu la conviction sinon la preuve, se pouvait-il qu'il se soit senti responsable de cette mort et que, cherchant à se déculpabiliser, il ait tenté de m'en faire porter tout le poids ? Était-ce pour cela qu'il était venu me relancer jusque chez moi ? Et même s'il n'avait eu aucune certitude, aucune preuve, Lemire s'était peut-être laissé emporter par ses propres doutes, et il avait peut-être tenté tout simplement de se disculper avant qu'on ne découvre la vérité et qu'on ne le tienne moralement responsable de tout ce qui s'était passé ? Était-ce pour cela que la panique s'était emparée de lui lorsque, caressant la joue du jeune homme blond, il s'était aperçu que j'étais là à l'observer ?

Je ne savais pas si mon interprétation se tenait, mais j'étais convaincue qu'il y avait un lien entre la visite que m'avait rendue Lemire après les funérailles et l'expression de panique que j'avais pu voir sur son visage ce soir-là. Et Lemire me faisait pitié car si, comme je le croyais, il se tenait lui-même responsable de la mort de Paul, je savais qu'il n'en avait pas fini avec ses remords. La réaction de Paul avait été extrême et désespérée et, sans l'avoir directement provoquée, Lemire se reprochait peut-être de ne l'avoir ni prévue, ni empêchée. Toutefois, la pitié que j'éprouvais pour Lemire était une pitié sans compassion, une pitié froide et désintéressée. En ce qui me concernait, il pouvait bien se démerder tout seul avec ses cas de conscience.

Le menton appuyé sur ses genoux, Andrée m'observait toujours du coin de l'oeil et je feignais de ne pas la voir. Le disque avait recommencé à tourner pour la troisième fois, mais ni Andrée ni moi ne semblions y porter attention. Depuis l'incident du bar jamais le silence n'avait été aussi lourd entre nous, et j'avais l'impression que l'air s'était raréfié ou que quelque chose allait exploser. Andrée m'aimait, bien sûr, et elle s'était attachée à moi avec toute l'affection et la tendresse dont elle était capable, cherchant à gagner ma confiance et à faire tomber mes résistances, cherchant aussi à renforcer ce lien que, par mon entêtement à ne pas parler de moi-même, je risquais de laisser s'effilocher, mais sa tolérance avait des limites et je la sentais devenir de plus en plus impatiente à mon égard. Toute cette histoire commençait à l'agacer, mais je ne faisais aucun effort pour améliorer la situation. Sachant qu'Andrée ne voulait malgré tout ni me congédier, ni me chasser de sa vie, sachant aussi que je ne pouvais (ni ne voulais surtout) répondre à ses attentes (celles dont elle me faisait part et celles que je lui supposais), j'aurais peut-être dû, par simple souci d'honnêteté, la quitter dès ce moment-là. Mais j'aimais aussi Andrée et, songeant aux premiers mois que nous avions passés ensemble, je n'arrivais pas à me convaincre de partir. Sans se douter qu'il me prenait parfois une envie folle de lui raconter, de a à z, toute mon histoire avec Paul et avec Lemire, Andrée m'accusait de faire preuve de mauvaise volonté. Mais moins je parlais, et moins je me sentais le courage de parler, comme si c'était l'histoire du monde qu'elle m'avait demandé de lui raconter, ou plutôt, comme si je m'étais sentie incapable de revivre, en les racontant, les mêmes incertitudes et les mêmes anxiétés. Toutes les fois que j'avais tenté de lui parler, j'avais senti la même nausée me serrer le coeur à la seule pensée de tous les détails et de toutes les circonstances qu'il m'aurait fallu évoquer à nouveau, et cela avait été suffisant pour que je me taise.

Mais il y avait encore autre chose. Depuis que j'avais découvert l'existence d'un lien entre Lemire et le jeune homme blond, depuis surtout que j'y avais vu, comme dans un miroir inversé, l'image de ma propre relation avec Andrée, je m'étais mise à la redouter autant que je redoutais Lemire. Au moment où je l'avais rencontrée, j'avais d'abord accepté d'emblée toute la tendresse qu'elle pouvait me donner et j'y avais même trouvé une sorte de réconfort. Mais il faut dire qu'Andrée me plaisait et ne représentait alors pour moi aucune forme de menace. Elle seule d'ailleurs (mis à part, peut-être, le jeune Daniel) avait réussi à lever le cran de sûreté qui m'empêchait de me laisser aller à mes émotions. Je ne voulais plus rien éprouver, plus rien ressentir mais, au contact d'Andrée, je m'étais remise à vivre et à éprouver du plaisir. Or ma confrontation avec Lemire avait tout changé et, ayant fait volte-face, je n'acceptais plus le moindre geste de familiarité entre nous. Toutefois je me sentais encore vulnérable à sa présence et, sans savoir si mes soupçons à son égard étaient fondés (j'ignorais si les intentions d'Andrée étaient bien celles que je lui prêtais), j'ai décidé de clarifier la situation une fois pour toutes en lui prouvant que j'étais encore capable d'aventures. Je n'avais aucune envie de coucher avec qui que ce soit mais, pour ne pas avoir à quitter Andrée sur la base de mes seuls soupçons, j'étais prête à aller jusque là et même à me faire violence s'il le fallait. Je ne pouvais pas quitter Andrée, c'était hors de question pour moi, et la seule pensée de me retrouver seule à nouveau me rendait malade.

Évidemment, j'aurais pu me contenter d'une explication en bonne et due forme mais, comme Andrée se méfiait de moi et que rien ne l'obligeait à me croire sur parole (depuis quelque temps d'ailleurs elle interprétait à l'envers tout ce que je lui disais : « Tu dis cela pour te défendre... »), elle aurait pu tout aussi bien s'imaginer que je lui mentais et, pis encore, que je me mentais à moi-même. Cela n'aurait pas été la première fois d'ailleurs. Non, aucune explication n'aurait pu faire l'affaire et ce dont j'avais besoin, ce n'était pas de mots, mais de faits qui parleraient d'eux-mêmes.

« Tu vois, Andrée, tu vois bien ? » — « Non, je ne vois pas. » — « Mais les faits parlent d'eux-mêmes... » — « Tu leur fais dire ce que tu veux. » — « Mais tu as la preuve que... » — « La preuve ? Mais ma pauvre enfant, c'est toi qui as besoin de preuves, c'est à toi-même que tu as voulu prouver quelque chose... » — « Écoute Andrée, j'en ai assez... Démerde-toi toute seule, moi je fous le camp... » Et si cela se passait vraiment de cette façon ? Non, il ne fallait présumer de rien. Andrée allait comprendre et tout allait redevenir comme avant.

Dans un café du centre-ville, j'étais assise au bar avec Andrée lorsqu'un homme d'une cinquantaine d'années est venu s'asseoir à côté de moi. Après nous avoir observées pendant quelques instants dans le miroir qui était accroché au mur en face de nous, il a engagé la conversation avec moi et nous a offert un verre à toutes les deux. L'air d'un homme d'affaires en vacances, il portait un jean bleu très étroit et un chandail beige à col roulé qui soulignait parfaitement la courbe de ses épaules et de sa poitrine. À son poignet, une chaîne d'or retenait une plaque d'identité sur laquelle il n'y avait rien de gravé et, à son cou, pendait un médaillon représentant son signe du zodiaque. Il était sagittaire. Lorsqu'il penchait la tête pour me parler, ses joues fraîchement rasées laissaient flotter autour de moi une vague odeur d'eau de toilette (Yves Saint-Laurent, ou Brut 33 ? Je n'ai jamais pu faire la différence. Pour moi toutes les eaux de toilette se ressemblent, et toutes, sans exception, me font penser à mon père). Comme une jeune fille en mal d'aventures, je l'écoutais parler d'une façon faussement intéressée et je réagissais à chacune de ses remarques comme si elles avaient été pour moi de véritables révélations (« Ah oui... ? vous faites de l'équitation ? Et à quel endroit ?... Dans les Cantons de l'est ? ... Ah oui ? ... Oui, c'est vrai que la ville finit par vous étouffer... Un cheval à vous ? Ah oui ? ... Toutes les fins de semaine... etc., etc. »). Une oie blanche, je me comportais comme une oie blanche. Quant à Andrée, elle ne comprenait plus rien. Mon attitude l'avait d'abord étonnée, puis intriguée, et elle avait fini par m'observer, le coude allongé sur le comptoir et la joue appuyée au creux de sa main, en me lançant des regards suspicieux et désapprobateurs. Émile (c'était son nom) lui avait d'abord accordé presque autant d'attention qu'à moi mais, après avoir constaté son manque d'intérêt, il l'avait complètement oubliée et n'avait plus eu d'yeux que pour moi.

La peau de son visage était très lisse, presque luisante, mais les contours de ses yeux et de sa bouche étaient marqués de rides fines et creuses qui, avec ses cheveux grisonnants, ne lui permettaient pas de mentir sur son âge. À vrai dire son âge m'importait peu et, si ses allures d'homme d'affaires me déplaisaient, elles avaient au moins le pouvoir de me rassurer.

Au fil de notre conversation j'ai appris qu'il était avocat, père de trois enfants (dont l'un, avait-il dit sur un ton faussement paternel, devait avoir à peu près mon âge — il aurait pu m'épargner cela), divorcé depuis dix ans déjà et heureux de l'être. Il avait cru, au début, qu'un grand amour serait venu le cueillir dès l'instant où le juge aurait prononcé le divorce, mais les choses s'étaient déroulées autrement et il avait fini par s'habituer, petit à petit à sa nouvelle vie de célibataire... Et tandis qu'Émile me parlait de lui sans aucune réticence et sans aucune réserve (il était vraisemblablement de ceux qui, durant les deux premières heures d'une rencontre, trouvent le moyen de vous raconter l'histoire de leur vie sans même penser à vous en épargner les détails les plus intimes), je m'efforçais quant à moi de ne pas penser à Andrée ni, surtout, au moment où j'allais la quitter pour partir avec Émile. Car, et bien qu'Émile ne m'eût encore rien proposé, j'avais déjà résolu de passer la nuit avec lui.

Après nous avoir offert un troisième verre, Émile me parlait déjà sur un ton plus confidentiel, ce qui avait eu pour effet d'isoler Andrée et de la tenir à l'écart de notre conversation. L'observant du coin de l'oeil, je la voyais penchée sur son verre et qui écrasait, entre ses dents, une paille de plastique rouge et blanche. J'avais craint, d'abord, qu'Andrée ne parte et ne me laisse seule avec Émile, mais plus le temps passait, et plus Andrée avait l'air de quelqu'un qui avait envie de rester et de voir ce qui allait se passer.

Puis Émile a finalement jeté un coup d'oeil rapide à sa montre et, ayant posé sa main sur la mienne, il m'a demandé s'il pouvait me raccompagner chez moi. Sa proposition n'était pas aussi explicite que je l'aurais voulu mais, prenant pour acquis qu'il voulait passer la nuit avec moi, je lui ai répondu que je n'habitais pas seule et que, s'il le voulait, je pouvais très bien le raccompagner chez lui. L'air surpris, car il avait dû inviter des femmes chez lui un million de fois mais n'avait certainement pas l'habitude qu'on s'offre à le *raccompagner, lui,* Émile s'est levé d'un geste maladroit et, cherchant le regard d'Andrée, il lui a souri en haussant les épaules comme s'il avait voulu m'excuser : « Elle est jeune, vous savez, et à cet âge-là on ne parle pas avec des gants. ». Émile n'a rien dit de tel, bien sûr, mais c'était tout comme.

Cherchant à éviter le regard d'Andrée, j'ai enfilé mon manteau et, avant de partir, je me suis contentée de lui dire que je la reverrais le lendemain. Elle n'a rien répondu. Au moment de franchir la porte du café, j'ai eu un instant d'hésitation et me suis retournée vers elle une dernière fois. Les yeux rivés au fond de son verre, le dos arrondi comme le dos d'un chat et la tête qui se balançait à peine d'avant en arrière, Andrée se comportait comme si tout cela ne la concernait pas, mais je savais qu'elle était contrariée et peut-être même irritée de me voir agir ainsi. Sans se donner la peine de me saluer (et encore moins de saluer Émile), elle n'a pas même levé les yeux de son verre une seule fois avant mon départ. Si elle était curieuse de savoir à quoi je jouais, elle semblait avoir renoncé à comprendre.

Assise dans la voiture d'Émile (*je* le raccompagnais dans *sa* voiture...) et figée par le froid autant que par la gêne, j'étais saisie de panique à la seule pensée de ce qui m'attendait. Le ventre noué de peur, je pensais tour à tour à Paul, à Michel et au jeune homme blond de l'enterrement, et j'espérais qu'Émile saurait être aussi compréhensif avec moi que l'avait été Michel la veille de la mort de Paul. Rien ne m'obligeait encore à passer la nuit avec lui mais, sans trop savoir pourquoi, j'avais besoin d'aller jusqu'au bout, besoin que cela *se fasse,* besoin de savoir comment j'allais réagir, ce que j'allais éprouver. Les vitres de la voiture étaient couvertes de frimas et, du bout de mes ongles, j'en grattais la surface blanche et froide. Lorsqu'Émile a posé sa main sur le haut de ma cuisse, je l'ai senti qui me regardait en souriant, mais je ne lui ai rendu ni son sourire, ni son regard. Je m'efforçais de ne penser à rien, de ne rien ressentir, et j'aurais voulu que l'hiver transforme la voiture d'Émile en un bloc de glace à l'intérieur duquel, comme deux statues givrées, on nous aurait retrouvés le lendemain matin.

Émile habitait dans un immeuble moderne à plusieurs étages où il avait loué un appartement (luxueux) avec vue sur le fleuve. Le salon était décoré dans les teintes de bleu poudre, gris et mauve et, bien que les meubles et les planchers aient été reluisants de propreté, il y régnait un certain laisser-aller. Dans d'autres circonstances, j'aurais pu m'y sentir à l'aise.

Debout devant la vitre panoramique, mon sac à main accroché en bandoulière, je regardais les lumières de la ville qui s'étendait à ma droite et, au-delà du fleuve, les petites lumières dispersées des maisons de banlieue. Du haut du trentième étage la rue avait pris, en dessous de moi, des proportions ridicules. Oubliant les raisons pour lesquelles je me trouvais là, je me sentais suspendue dans les airs, chancelante et vacillante, les jambes mal assurées sur le tapis de laine gris.

Émile a déposé un plateau sur la table à café et, pendant qu'il débouchait une bouteille de vin, je me suis retournée vers lui. Il m'a fait signe de m'approcher. Mon sac à main toujours sur l'épaule, je me suis avancée vers la petite table ovale et, à la fois intimidée et maladroite, je me suis assise sur le bord d'un fauteuil, les jambes à angle droit et le dos raide. Une coupe dans chaque main, Émile s'est approché de moi, m'a tendu l'une des coupes en déposant l'autre sur la table et, tandis qu'il s'apprêtait à enrouler son bras autour de mon épaule, je lui ai dit, sans même avoir pris le temps d'y penser, que j'étais veuve. *Veuve.* Les mots s'étaient précipités d'un seul coup hors de ma bouche. C'était la première fois depuis la mort de Paul que j'utilisais ce mot en parlant de moi-même et il avait résonné à mes oreilles comme un vieux vase de faïence ébréché qu'on laisse tomber sur un plancher de marbre. J'étais presque aussi étonnée qu'Émile et, me sentant ridicule, j'ai soudain éclaté d'un rire nerveux. Émile ne savait plus s'il devait me croire ou non. Lorsqu'il m'a demandé si c'était vrai, je lui ai fait signe que non en secouant la tête énergiquement et en riant de nouveau. Pour une femme qui s'était offerte à *le* raccompagner, j'avais dû lui paraître plutôt tendue et agitée. Ou alors, il avait dû croire que j'avais un sens de l'humour douteux et mal assuré.

Mais il n'était plus question pour moi de reculer et, pensant à Paul et à Andrée, pensant surtout à ce que ma vie était devenue, je me disais que ce qui allait se passer n'avait somme toute que bien peu d'importance, comme tout le reste d'ailleurs. Penché vers moi, le bras allongé sur mon ventre, Émile avait enroulé sa main autour de ma hanche et, tandis que je regardais ses doigts glisser lentement le long de mes cuisses, je l'entendais respirer en murmurant que j'étais belle, qu'il avait envie de moi, et je ne sais plus quoi encore. J'aurais eu envie de me laisser couler entre ses mains, de me laisser cajoler en fermant les yeux, mais quelque chose en moi s'y refusait. Mes yeux étaient toujours grand ouverts et je n'arrivais pas même à les fermer. Ma tête s'était séparée du reste de mon corps et je voyais mes jambes, mes bras, mes seins comme s'ils avaient appartenu à quelqu'un d'autre. J'étais à l'extérieur de moi-même et, comme une voyeuse, j'avais l'impression de violer l'intimité d'un couple qui m'était parfaitement étranger. Comme dans un rêve aux contours flous, il m'arrivait parfois de fermer les yeux pendant quelques instants et j'éprouvais alors une sensation bizarre. Les gestes d'Émile m'étaient familiers, je les reconnaissais, et si je savais quel bien-être ils auraient dû provoquer en moi, je me sentais toutefois coupée de ce bien-être comme si la conscience que j'avais des gestes d'Émile avait eu pour effet de m'en exclure et de m'en expulser. Quant à Émile, il était loin de se comporter avec moi comme un adolescent maladroit. J'étais à la fois consentante et passive, pour ne pas dire absolument froide, et ni ma froideur ni ma passivité ne semblaient l'étonner, ou le rebuter. D'une patience et d'une délicatesse extrêmes, il semblait prêt à repousser indéfiniment le moment de son propre plaisir dans le seul but de ne pas me brusquer et de ne rien précipiter. Ce n'était certes pas la première fois qu'il se retrouvait dans une telle situation, et il se comportait avec moi comme avec une adolescente de quinze ans qui lui aurait demandé de la déflorer.

Le lendemain matin, au moment où je m'apprêtais à partir, Émile m'a demandé, le corps à demi allongé sous les draps et les mains repliées derrière la tête, pourquoi j'étais venue. À travers les minces lamelles du store vénitien qui recouvrait la presque totalité du mur, le soleil se glissait dans la chambre par tranches obliques et parallèles et dessinait des rayures de lumière blanche sur son visage. J'ai répondu que je n'en savais rien, et je me suis excusée. Sa question ne m'était pourtant pas adressée comme un reproche, mais j'avais senti le besoin de m'excuser malgré tout. En fait je n'éprouvais, ce matin-là, ni aigreur, ni amertume, mais seulement un peu de tristesse mêlée d'un obscur sentiment de culpabilité.

Compte-tenu de la situation dans laquelle je me trouvais, j'aurais très bien pu en vouloir à Émile et lui faire porter, d'une façon tout à fait irrationnelle, la responsabilité de ce qui s'était passé cette nuit-là. Mais si ma perception des relations amoureuses était dérangée, elle ne l'était certainement pas au point où j'allais en blâmer un parfait inconnu qui n'avait rien à voir avec le reste de ma vie. Ce qui était arrivé je l'avais voulu, provoqué même et, plutôt que d'en vouloir à Émile comme j'avais d'abord été tentée de le faire en arrivant chez lui, je me comptais chanceuse de m'être retrouvée avec lui plutôt qu'avec un de ces types arrogants, intolérants et à la virilité prétentieuse. Car ce que je ne pouvais plus supporter chez certains hommes et qui s'était affiché d'une façon un peu trop voyante, comme sous l'effet d'un verre grossissant, dans chaque entreprise de séduction dont j'avais été l'objet avant de rencontrer Émile, c'était précisément cette virilité imbue d'elle-même, cette masculinité qui, sous des airs affectés de force, de vigueur, d'audace et d'énergie, cherchait invariablement à produire, sur les femmes, une impression de pouvoir. Or, je n'avais rien trouvé de tout cela chez Émile (sauf peut-être lorsqu'il m'avait abordée, au tout début) et, en le voyant assis sur le lit, le dos à demi appuyé contre le mur, avec ses yeux lourds de fatigue qui suivaient le moindre de mes mouvements, j'ai tout simplement eu honte de lui avoir menti et de m'être servie de lui.

J'ai finalement enfilé mon manteau et, mon sac à main de nouveau en bandoulière, je me suis arrêtée quelques instants dans l'entrebaîllement de la porte pour jeter un dernier coup d'oeil rapide sur la chambre d'Émile, sur son lit qui aurait pu loger toute une famille, sur ses draps bleus à peine défaits, et sur la fine poussière blanche dont la masse, suspendue dans les airs, se découpait au gré des rayons du soleil en lattes fines et parallèles. C'est à ce moment-là qu'il m'a demandé si j'allais revenir. J'ai d'abord cru qu'il voulait se moquer de moi mais, à la façon dont il me regardait, j'ai vite compris qu'il était sérieux. Ce n'était ni une boutade, ni une plaisanterie, mais une invitation. Ne sachant comment réagir et sans réussir à lui dissimuler ma surprise, je suis restée là encore quelques instants, la main refermée sur la poignée de la porte, puis je lui ai fait signe que non d'un geste de la tête. « Si tu changes d'idée », m'a alors dit Émile, « tu n'as qu'à noter le numéro de téléphone avant de partir... Le téléphone est dans l'entrée, sur une petite table, à droite. » Ayant secoué la tête une dernière fois, j'ai refermé la porte derrière moi et je suis partie. En traversant le vestibule, j'ai aperçu le téléphone blanc d'Émile et, même si je n'avais aucunement l'intention d'en noter le numéro, je me suis arrêtée pour le lire. Chose étrange, je ne l'ai jamais oublié depuis, et je le revois encore aussi clairement que si je l'avais là, sous les yeux.

En rentrant à la maison ce matin-là j'ai trouvé Andrée dans ma salle de musique qui pianotait, de deux doigts seulement, des airs comme ceux que l'on apprend aux enfants de six ou sept ans lorsqu'on leur a offert un piano miniature. Dans une robe de nuit de flanelle blanche, une tasse de café refroidi à côté d'elle et les cheveux en broussaille, elle feignait de ne pas m'avoir entendue rentrer et d'ignorer que j'étais là, dans l'encadrement de la porte. Puis, les mains toujours appuyées sur le clavier, elle s'est retournée d'un seul bloc et m'a regardée des pieds à la tête comme si elle avait voulu s'assurer que j'étais toujours intacte et que rien de fâcheux ne m'était arrivé. Le mouvement de ses yeux avait été rapide et, sur son visage inquiet, j'avais pu lire autant de curiosité que d'embarras. Alors, faisant un effort sur elle-même, elle m'a demandé si tout s'était bien passé et moi, sur un ton qui ne permettait aucune réplique, je lui ai répondu que « oui ». Puis je lui ai tourné les talons.

Après m'être versée une tasse de café, je me suis fait couler un bain et, en attendant que la baignoire soit pleine jusqu'au rebord, j'ai feuilleté distraitement le journal du matin qu'Andrée ne semblait pas même avoir entrouvert. Les reins appuyés sur l'armoire de la cuisine, les bras croisés et sa tasse de café posée à plat sur la paume de sa main droite, Andrée me regardait d'un air interrogateur et presque suppliant. Elle avait dû passer la nuit à se tourmenter pour moi mais, prise à mon propre jeu, je feignais de savourer une victoire personnelle. Andrée avait eu *sa leçon.* (« Tu as vu Andrée, tu as bien vu ?... »). En réalité je me détestais d'agir comme je le faisais et je sentais que mon attitude avec elle était profondément injuste, tout comme elle l'avait été d'ailleurs avec Émile. Plutôt que de me jeter dans ses bras comme j'en avais envie, je marchais sur mes propres émotions, sans comprendre les rouages de la machine qui me poussait à agir de la sorte. J'avais soudainement l'impression que je m'appliquais à détruire systématiquement tout ce qui m'entourait, tout ce qui aurait pu être pour moi une source de bien-être et de réconfort, et que, prise dans un mouvement irréversible et incontrôlable, je ne trouvais de satisfaction que lorsque j'avais réussi à infliger à ceux qui m'aimaient une blessure au moins égale à celle que j'éprouvais au plus profond de moi. J'avais beau en être consciente, cela n'arrangeait rien, ni n'excusait rien. Au contraire. Mais plus je sentais que mon attitude était condamnable et plus je durcissais mes positions. Après tout, ce n'était pas ma faute si les gens s'entêtaient à m'aimer alors que je ne le méritais pas. Et c'était bien de cela qu'il s'agissait car, ayant cessé de céder à mes propres sentiments, je n'acceptais plus que les autres cèdent aux leurs. Je savais que j'étais insupportable, et je n'acceptais pas qu'on m'aime malgré tout, ni même qu'on me tolère. En fait, comme une enfant malheureuse, je me consolais en jurant de ne pas me consoler et je me réconfortais en jurant de ne laisser personne me réconforter. De plus en plus aigrie et apeurée, j'aurais voulu qu'on me repousse pour que mon aigreur et mes peurs trouvent enfin leur raison d'être ailleurs que dans mes souvenirs. Mais tout en souhaitant qu'on ne s'occupe pas de moi, je craignais aussi qu'on ne m'abandonne, et j'avais choisi de repousser les autres avant qu'ils ne me repoussent eux-mêmes. La boucle se bouclait ainsi et, d'une façon ou d'une autre, tout était perdu d'avance.

Ce jour-là Michel est venu nous rendre visite en début d'après-midi, mais il n'est resté que quelques instants. Andrée lui a offert un café et, pendant qu'ils discutaient à la cuisine, je me suis occupée à faire du ménage dans le reste de l'appartement. À quelques reprises j'ai entendu mon nom et, sachant qu'ils parlaient de moi, j'en ai été irritée.

Durant les premiers temps de mon séjour chez Andrée nous avions, elle et moi, quelque peu négligé Michel et, toutes occupées que nous étions à traîner dans les bars, nous l'avions presque systématiquement tenu à l'écart. Michel ne s'en était jamais plaint, ni à moi, ni à Andrée, et il en avait profité au contraire pour vivre de nouvelles aventures, toutes aussi brèves les unes que les autres. Or depuis que ma relation avec Andrée avait commencé à se détériorer (c'est-à-dire depuis que j'avais revu Lemire), Andrée s'était rapprochée de Michel et, quand elle lui rendait visite chez lui, le soir, je m'imaginais toujours que c'était pour lui parler de moi. Mais Michel n'était pas plus en mesure de me comprendre qu'elle et, d'ailleurs, toute cette histoire devait l'embêter au plus haut point. Les situations compliquées ne l'intéressaient pas, et sa générosité n'allait jamais jusqu'à le faire se sentir responsable des problèmes des autres. Il était toujours prêt à aider, bien sûr, mais jamais à imposer son aide à quelqu'un qui n'en aurait pas voulu. Si quelqu'un avait besoin de lui, c'était toujours avec un mélange de générosité et de détachement qu'il lui prêtait main forte. Michel n'était pas, d'ailleurs, du genre à vous parler ou à vous écouter, mais plutôt du genre à vous aider physiquement, matériellement. Il vous offrait ce dont vous aviez besoin, vous donnait de l'affection lorsque vous en manquiez, vous invitait chez lui lorsque vous ne saviez plus où aller, et se soûlait avec vous lorsque vous étiez trop heureux ou malheureux pour regarder la réalité en face. Il ne parlait pas, il agissait. Or Michel savait qu'il était inutile de chercher à m'aider malgré moi et, s'il acceptait de réconforter Andrée, il était loin de s'immiscer dans nos affaires. Je ne faisais rien pour me rapprocher de lui, il ne faisait rien pour se rapprocher de moi, et tout était bien ainsi. D'ailleurs il ne venait que très rarement à la maison et, s'il voyait Andrée, c'était généralement chez lui que cela se passait.

Ce matin-là, après le départ de Michel, Andrée a fait quelques tentatives pour me parler et, lorsqu'elle m'a demandé si j'avais l'intention de revoir Émile, je me suis sentie rougir de gêne. Andrée s'en est rendue compte, mais elle a insisté en me posant de nouveau la même question. Alors, sur un ton que je voulais tout à fait neutre, je lui ai dit que cela n'était pas impossible. Mais Andrée n'était pas dupe et j'ai bien senti que pour elle ce n'était qu'un mensonge de plus. Quelques instants plus tard elle m'a effectivement demandé pourquoi je m'obstinais à lui mentir et moi, comme un mari pris au piège par sa femme (situation classique), je lui ai demandé pourquoi elle me posait des questions si elle connaissait déjà les réponses (réplique classique). Je donnais dans le cliché, mais c'était tout ce que j'avais pu trouver.

Mon attitude avait beau l'exaspérer, Andrée ne semblait pas prête, toutefois, à abandonner la partie. Cherchant un moyen de m'atteindre, elle avait tourné autour de moi pendant de longues minutes puis, ayant repoussé avec fracas une chaise de la salle à dîner, elle m'a dit brusquement qu'elle en avait assez de mes enfantillages. Je nous faisais du tort à toutes les deux, et elle avait bien l'intention de savoir ce que j'avais tant à lui reprocher. D'ailleurs je faisais tout pour lui rendre la vie insupportable, et elle n'avait aucune raison de partager son appartement avec quelqu'un qui la méprisait ou qui, pis encore, se comportait avec elle comme si elle n'existait pas.

Alors, adoptant le même ton qu'elle, je lui ai répondu d'un seul coup qu'elle n'avait qu'à me mettre à la porte. Rien ne l'obligeait à me supporter plus longtemps, et elle n'avait qu'un seul mot à dire pour que je plie bagages... La scène qu'on se faisait prenait décidément une tournure de plus en plus classique et prévisible. Mais ce n'était certainement pas le genre de réplique auquel Andrée s'était attendue et, à voir sa réaction, j'étais convaincue qu'elle regrettait chacune de ses paroles. Elle n'avait pas voulu aller jusque-là, et ma réponse l'avait laissée interdite. Se mordant les lèvres, elle a pris le temps de se ressaisir, puis elle a fini par reconnaître que ce n'était pas ce qu'elle avait voulu dire. Les mots avaient dépassé ses intentions. Quant à moi j'avais l'impression de n'avoir obtenu que ce que j'avais cherché car, et je ne me leurrais pas à ce sujet, c'était bien une confrontation que j'avais voulue et que j'avais provoquée par tous les moyens dont j'étais capable.

Assise sur le bout d'une chaise, les coudes en équilibre sur le rebord de la table et le front caché entre ses mains, Andrée s'était mise à pleurer. Au cours des derniers jours, la tension avait monté et, comme si chaque geste avait pu être un indice et chaque mot, un signal, nous nous étions épiées, surveillées, observées, prêtes à interpréter le moindre geste d'impatience ou de tendresse et à bondir à la moindre parole un tant soit peu agressive. Dans sa robe de flanelle blanche, les pieds nus sur le plancher de bois vernis et les épaules recouvertes d'un grand châle de soie gris, Andrée se laissait aller à pleurer devant moi pour la première fois depuis que je la connaissais. La ligne de son cou était longue et délicate et, sous la lumière oblique du plafonnier, ses cheveux absorbaient toute la clarté de la pièce. Déconcertée par sa réaction, je ne savais plus que faire ni que dire, mais il me fallait reconnaître que j'étais émue. La scène que j'avais sous les yeux avait quelque chose d'attendrissant, comme un tableau impressionniste, et j'aurais eu envie d'aller vers elle, de lui demander pardon, de la prendre dans mes bras, de la bercer, de la consoler. Mais j'étais figée sur place et je me sentais incapable de faire le moindre mouvement. J'aimais Andrée autant qu'il m'était permis d'aimer une autre femme, mais cela ne m'empêchait pas de la redouter, ni même peut-être de la détester. J'avais honte de jouer avec ses sentiments comme je le faisais, mais en même temps j'étais fière de savoir me défendre.

Au bout d'un certain temps je me suis sentie faiblir et, me laissant aller à la tendresse que j'éprouvais malgré tout envers Andrée, je me suis approchée d'elle. J'ai d'abord posé ma main sur son épaule puis, voyant qu'elle ne me repoussait pas, j'ai pris sa tête entre mes mains et l'ai serrée doucement contre moi. Alors, à travers mon chemisier, j'ai senti percer la chaleur de son visage et, tandis qu'Andrée avait enroulé ses bras autour de ma taille, je me suis mise à la bercer doucement.

C'est à ce moment précis qu'une autre scène presque en tous points semblables m'est revenue en mémoire. C'était environ deux semaines avant la mort de Paul, le soir même où je lui avais avoué que j'étais au courant de tout et qu'il n'avait plus aucune raison de me mentir. Tout comme Andrée, Paul s'était écroulé dans un fauteuil et, tandis qu'il pleurait la tête sur ses genoux et le visage enfoui au creux de ses mains, je m'étais approchée de lui, j'avais enroulé mes bras autour de ses épaules et je l'avais bercé doucement contre moi. Alors j'avais senti sa tête se poser sur mon ventre et ses bras se cramponner à ma taille... tout comme avec Andrée.

Au souvenir de cette scène, j'ai repoussé Andrée brusquement et, voyant son front se lever vers moi, je me suis sentie étourdie. Mon imagination me jouait peut-être un mauvais tour et j'étais peut-être victime d'une association d'images parfaitement absurde et déplacée, mais l'analogie entre les deux situations m'avait sauté aux yeux, et plus j'y pensais, plus je cherchais à comprendre ce qui avait bien pu se passer dans ma tête. J'avais beau me dire que cette association avait été purement gratuite et qu'il n'y avait rien de logique ni de rationnel dans tout cela, mais je ne pouvais pas m'empêcher de penser que la raison n'avait parfois, avec la vérité, que des rapports ténus et lointains et qu'elle nous permettait souvent d'en faire le tour plutôt que de la regarder en face.

Assise dans un fauteuil à deux pas seulement d'Andrée, j'avais laissé retomber ma tête sur le dossier de toile grise et, les yeux rivés au plafond, je repensais à la crise qu'il y avait eu entre Paul et moi ce soir-là. La confrontation qui avait eu lieu entre nous, je ne l'avais ni voulue, ni provoquée (j'avais, au contraire, tout fait pour l'éviter), mais celle qui venait de se produire entre Andrée et moi, il était clair que j'avais tout fait pour qu'elle se produise et cela, depuis que j'avais aperçu Lemire avec le jeune homme blond de l'enterrement. C'était à la suite de cet incident que j'avais commencé à me méfier d'Andrée et à lui prêter toutes sortes d'intentions à mon égard. N'avais-je donc fait que projeter les désirs homosexuels de Paul sur la personne d'Andrée en lui prêtant des intentions qu'elle n'avait peut-être jamais eues ? Moi qui croyais avoir accepté d'une façon plus que libérale l'homosexualité de Paul, en étais-je obsédée au point de me méfier de quiconque m'approchait, en m'imaginant que si ma tendresse et mes désirs les plus légitimes avaient été trahis une première fois, rien ne pouvait les empêcher d'être trahis une seconde fois ? Mais alors pourquoi m'en prenais-je à Andrée, pourquoi surtout m'en prenais-je à une femme ?

Ce que j'avais découvert au sujet de Paul, la certitude que j'avais acquise concernant ses relations homosexuelles avec le jeune homme blond, n'avaient peut-être eu d'autre équivalent, dans mon esprit, que les soupçons que je m'étais plu à entretenir au sujet d'Andrée. Mais si, concernant Andrée, j'avais tout imaginé du début à la fin, rien ne m'empêchait de lui poser la question clairement et d'en avoir le coeur net une fois pour toutes. Chacun de mes raisonnements me semblait tellement fragile, étriqué et incertain que je ne savais plus moi-même où j'en étais. Redressant alors la tête pour lui parler (mais surtout pour observer sa réaction), j'ai donc demandé à Andrée si elle avait déjà eu une aventure avec une autre femme. Mais à peine la question m'avait-elle échappée que j'aurais voulu pouvoir la rattraper.

Andrée m'a regardée d'un air étonné et s'est d'abord contentée de hausser les épaules. Puis, pivotant sur sa chaise, elle m'a observée pendant quelques instants. Je sentais qu'elle avait une réponse toute prête sur les lèvres, mais qu'elle hésitait à me la faire connaître. Finalement, les bras croisés sur le dossier de sa chaise et le menton appuyé sur l'un de ses poignets, Andrée a commencé à me répondre d'une voix lasse et posée. Toute cette scène l'avait épuisée et plus rien ne semblait pouvoir la troubler, ni même la déranger. Aussi condescendante que si elle n'avait consenti à me répondre que pour satisfaire un de mes bizarres accès de curiosité, elle m'a dit sur un ton monocorde et presque indifférent qu'elle n'avait jamais été amoureuse d'une *autre femme,* mais que si cela s'était produit, elle n'aurait rien fait pour s'en défendre...

J'avais voulu qu'Andrée me rassure, qu'elle me dise que c'était là une question idiote, ou alors qu'elle me réponde négativement en me faisant comprendre qu'elle était offensée, mais Andrée s'en était bien gardée. Ce début de réponse lui ressemblait d'ailleurs en tous points, car Andrée avait un fort penchant pour l'ambiguïté et avait tendance à nourrir davantage les doutes que les certitudes. Refusant de faire, a priori, aucune différence entre *déviance* et normalité, elle était toujours prête à défier la morale établie et trouvait plus de satisfaction à provoquer les gens qu'à les rassurer. Je n'étais pas sans ignorer d'ailleurs que, fidèle à ses principes, Andrée n'aurait jamais consenti à nier, ni implicitement, ni même par abstention, la légitimité de quelque désir que ce fût. Et cela n'excluait pas, semblait-il, les désirs homosexuels. Mais ses principes je les connaissais déjà, et ils ne m'intéressaient qu'en second lieu.

Après avoir pris le temps de mesurer l'effet que cette première réponse avait eu sur moi, Andrée a poursuivi en me disant qu'elle éprouvait parfois une attirance physique envers certaines femmes, mais que cette attirance n'avait, à sa connaissance, rien de sexuel. Plusieurs hommes l'attiraient d'ailleurs exactement de la même façon et, si leur présence ne déclenchait en elle aucun désir proprement sexuel, elle n'en éprouvait pas moins un certain attrait pour eux. Leur compagnie était à la fois agréable et stimulante, et lui procurait autant de plaisir que d'excitation. Cette attirance était d'ailleurs, généralement, à la fois physique et intellectuelle (d'autres auraient peut-être dit « spirituelle »), et elle avait toujours été le point de départ de ses amitiés les plus solides.

Ce que disait Andrée me laissait perplexe, et cela devait se voir sur mon visage. Alors, reconnaissant que ce qu'elle disait était ambigu, elle a ajouté qu'il était évidemment difficile, parfois, de savoir exactement où finissait l'attirance et où commençait le désir, mais qu'il ne fallait surtout pas s'imaginer que tout ce qui était physique ne pouvait être que sexuel, ni que tout ce qui n'était pas sexuel ne pouvait pas être physique. Les gens, disait Andrée, avaient tendance à négliger injustement le caractère physique de leurs amitiés. Victimes de la vieille séparation du corps et de l'esprit, ils faisaient encore semblant de croire en la possibilité d'échanges purement « spirituels », ou alors ils s'imaginaient que ce qui était physique ne pouvait être que sexuel et, donc, condamnable en dehors de relations amoureuses. Et ça c'était chiant, disait Andrée, d'autant plus chiant qu'aux prises avec leur propres fantasmes et leurs propres peurs, ils se privaient ainsi d'un minimum de tendresse auquel ils avaient droit.

Andrée commençait à s'emporter et sa voix prenait de plus en plus un ton de reproche. Plutôt que de se défendre elle-même en cherchant à détourner mes soupçons, elle s'appliquait à défendre des principes qui, sans aller de soi, auraient pu justifier les comportements les plus ambigus. Elle me reprochait mon « étroitesse d'esprit » et n'essayait ni d'endormir ma méfiance, ni d'obtenir mon approbation. Quant à moi je ne disais rien et je n'approuvais rien, mais je ne pouvais pas m'empêcher de penser qu'elle avait raison. Andrée était habile, ce qu'elle disait me paraissait sensé, mais j'avais beau comprendre ce qu'elle s'efforçait de m'expliquer, je ne m'en sentais pas davantage rassurée. La même peur était toujours là qui me guettait.

Andrée ne cessait pas de parler, mais elle était déjà plus conciliante, presque bienveillante. Sans que je ne m'en rende compte, les rôles s'étaient inversés progressivement et c'était elle maintenant qui me supposait les intentions que je lui avais d'abord prêtées. La question que je lui avais adressée s'était retournée contre moi, comme si, aux yeux d'Andrée, elle n'avait été qu'un aveu voilé et indirect de mes propres désirs et préoccupations. C'était moi qui avais abordé le sujet, moi que cela inquiétait, et c'était donc moi qu'elle soupçonnait. Ce que je désirais n'avait rien de tragique, rien de dégradant, disait-elle, et je ne gagnerais rien à réprimer mes désirs qu'une belle névrose enrubannée.

J'ai donc écouté tout ce qu'elle avait à me dire, mais plus elle parlait de moi et plus je me raidissais. Elle croyait avoir lu en moi comme dans un livre ouvert, mais il y avait là, selon moi, quelque chose de prétentieux et de choquant. Ce qu'elle prenait pour acquis m'irritait, et le fait qu'elle ne m'adressât aucun reproche m'irritait encore davantage.

Alors, tandis que je m'étais mise à sourire du coin des lèvres pour lui faire comprendre que ce qu'elle disait ne me touchait pas le moins du monde, elle s'est arrêtée d'un coup sec. C'était à son tour d'être blessée dans sa fierté car, après tout, Andrée n'avait cherché qu'à m'aider et à me rassurer. Ses explications étaient peut-être encore plus près de la vérité qu'elle ne le croyait, mais c'était précisément cela que je ne pouvais pas supporter. Et c'était la justesse de ses intuitions qui, mêlée à trop de bienveillance et de compassion, m'avait forcée à me replier dans mes derniers retranchements. Pourtant je savais qu'en refusant l'aide d'Andrée, je ne faisais que me punir moi-même. Mais cela était inévitable, car j'étais alors aussi incapable de faire confiance aux autres qu'à moi.

À la fois offusquée et contrariée, Andrée s'est levée en me regardant droit dans les yeux puis, m'ayant tourné le dos, elle s'est dirigée vers sa chambre. Quelques instants plus tard elle en est ressortie, habillée d'un jean noir et d'un chandail de laine rouge et, après avoir enfilé un manteau, elle a quitté l'appartement en faisant claquer la porte derrière elle.

Ce soir-là j'ai attendu Andrée jusqu'à minuit puis, voyant qu'elle ne rentrait pas, je me suis préparée à sortir. Je ne savais plus que penser de la conversation que nous avions eue quelques heures auparavant, mais je savais que je ne tolérais pas les propos qu'elle avait tenus à mon sujet. Ce qu'elle m'avait donné à entendre concernant mes propres attentes m'avait éclaté au visage comme un fruit trop mûr et, tout en sachant qu'elle avait peut-être raison, je n'avais pas pu m'empêcher d'y voir comme une insulte. J'étais outragée, offensée et, comme j'étais incapable de me laisser gagner par le sommeil, j'ai entrepris de faire, presque machinalement, le tour des bars que nous avions l'habitude de fréquenter elle et moi. Craignant de la rencontrer, je suis partie malgré tout à sa recherche et, lorsque j'ai eu fait, des yeux, le tour de chacun des bars où j'étais entrée, j'ai éprouvé un réel soulagement en constatant qu'elle n'y était pas. J'avais peur de me retrouver face à face avec elle mais, en même temps, je supportais mal son absence. N'ayant pas le courage de m'accepter moi-même, j'éprouvais au moins, en sa présence, le sentiment que quelqu'un d'autre m'acceptait pour ce que j'étais réellement. Andrée m'offrait une image de moi dans laquelle je me reconnaissais point pour point et elle seule pouvait me rassurer en me faisant croire que je n'avais rien à me reprocher. Pourtant, c'était elle que j'avais repoussée avec dédain en lui signifiant que ses explications ne m'intéressaient pas et qu'elle n'avait rien compris...

Vers trois heures du matin je suis rentrée à la maison dans l'espoir de la retrouver enfin, mais elle n'était toujours pas revenue.

Sans me donner signe de vie, Andrée s'est absentée pendant quelques jours et, lorsqu'elle est finalement rentrée, j'ai eu vite fait de comprendre que ma présence l'importunait. Elle s'est empressée de prendre un bain et de changer de vêtements puis, prétextant un rendez-vous avec Michel, elle est repartie.

À son retour elle s'est enfermée dans sa chambre et, lorsqu'elle en est finalement ressortie quelques heures plus tard, elle est venue s'asseoir en face de moi, dans le salon, en me regardant avec l'air d'un juré sur le point de prononcer une sentence. Puis, incapable de supporter mon regard plus longtemps, elle a laissé courir ses yeux sur le plancher et, l'air de s'excuser, elle m'a dit qu'elle ne voyait plus très bien pourquoi nous habitions ensemble. Il aurait fallu, disait-elle, un minimum de franchise et d'honnêteté entre nous pour que tout cela ait un sens. Elle en avait assez de me voir me mentir à moi-même, assez de mes fausses pudeurs et de mes faux mystères et, si j'avais un compte à régler avec mon passé, elle ne voulait plus en faire les frais. Elle avait cru pouvoir m'aider, mais il aurait d'abord fallu que j'y consente sans essayer de me mesurer à elle comme s'il y avait eu, entre nous, une lutte à finir. D'ailleurs, elle avait beau chercher, elle ne comprenait toujours pas comment nous en étions arrivées là. Mais si je considérais que ma vie ne regardait que moi-même, elle ne voyait pas pourquoi je faisais semblant de la partager avec elle... etc.

Quelques jours plus tard, j'avais quitté l'appartement d'Andrée.

Andrée s'est imaginée qu'elle avait provoqué mon départ (ce qui n'était pas complètement faux), mais en réalité elle n'a fait que me fournir le prétexte dont j'avais besoin pour la fuir et me soustraire à la tension qui s'était établie entre nous. Il n'a fallu qu'une seule querelle pour que je saisisse l'occasion et que je quitte ce qui était devenu pour moi le lieu d'un conflit parfois trop obscur, parfois trop évident.

Exaspérée par les remontrances d'Andrée qui ne faisaient que redoubler, comme en écho et à haute voix, les remontrances que je croyais devoir m'adresser à moi-même, j'ai été trop heureuse de la quitter. Andrée avait mis peu de temps à comprendre que les hommes ne m'attiraient plus, qu'ils me rebutaient même parfois, et, de là, elle n'avait eu qu'un pas à franchir pour me soupçonner d'être secrètement attirée par les femmes. Alors, trop honnête et trop soucieuse de vérité, elle a voulu mettre le doigt sur l'objet *réel* de mes peurs et de mes désirs, mais elle n'a jamais compris que c'était précisément cela que je voulais ignorer, cela que je voulais taire. Cherchant à me donner bonne conscience, elle s'est fait un devoir de dire ce que je ne voulais pas entendre et, ce faisant, elle a donné encore plus de prise à mes peurs. Quelque chose ne va pas dans ma vie, et je sais que j'ai tort d'être comme je suis (« something's wrong with me »), mais je ne sais plus si je crains ce que je désire, ou si je désire ce que je crains, ou alors si je crains de désirer ce que je ne désire pas... etc. Le problème, c'est que je n'arrive plus à faire la différence entre mes peurs et mes désirs, ou entre mes désirs et mes attirances. Andrée me plaisait et je me sentais bien avec elle, mais j'ai beau me dire que cela n'allait certainement pas plus loin, je n'arrive pas à m'expliquer pourquoi je la redoutais autant que j'étais attirée par elle. Était-ce parce que j'avais peur de la désirer, ou bien parce que je n'avais plus de désirs que pour mes propres peurs... ? Andrée ne m'attirait-elle que parce que je croyais avoir des raisons de la redouter... ? Je ne saurais le dire. J'avais besoin d'une vie lisse et pleine, mais tout s'est mis à craquer, et, à force de voir tout le monde autour de moi cultiver ses ambiguïtés, j'en suis arrivée à ne plus avoir aucune certitude. Ce que j'ai appris étant petite ne vaut plus rien, et je ne sais même plus si j'ai des raisons d'être choquée lorsque je vois un homme caresser la joue d'un autre homme...

J'ai tout laissé chez Andrée, y compris mon piano, et je n'ai pas l'intention de récupérer quoi que ce soit. En fait je lui ai fait cadeau de tout en me disant que cela pourrait toujours servir à sa prochaine pensionnaire. Mais à cause de cela j'ai été obligée de suspendre mes leçons de musique et, sans que cela ne m'attriste réellement, j'en ressens un vide dans le déroulement de mes journées. Je me sens physiquement et moralement plus démunie que jamais, et je n'ai rien trouvé d'autre pour tromper mon ennui que de passer la majeure partie de mon temps à lire des romans policiers. Ceux que j'ai lus sont empilés dans un coin de mon appartement et forment déjà une colonne de plus d'un demi-mètre de haut. Si ça continue, j'aurai bientôt épuisé toute la réserve de mon marchand de journaux, et il ne me restera plus qu'à passer aux romans-feuilletons, aux mots croisés, ou aux revues d'électronique.

Il m'arrive parfois de sortir seule, le soir, mais j'évite alors avec soin tous les bars où je serais susceptible de me retrouver face à face avec Andrée. Ce n'est certes pas l'envie qui me manque de la revoir, mais je sais que cela ne servirait à rien et que, au bout du compte, j'en éprouverais plus de peine que de plaisir. Quant à Andrée elle ne sait même pas où je suis, car je suis partie sans laisser d'adresse, mais il m'arrive parfois d'imaginer qu'elle vient me voir, que j'entends la sonnette de l'entrée, et qu'elle est là, derrière la porte, toute mince et déliée dans son jean noir et son chandail rouge, juchée sur des chaussures à talons hauts et les cils noircis de fard. Alors, le coeur serré, je me lève et me précipite vers la porte, mais, au moment où j'en repousse le battant, tout s'efface et je n'y vois plus rien.

Déjà deux semaines que j'ai emménagé dans ce studio, et j'ai l'impression que ma vie ne tient plus à rien, pas même à l'envie de dormir ni à celui de savoir qui était le meurtrier, ou quel était le mobile du meurtre. Les romans policiers ont fait un temps, mais maintenant je n'arrive même plus à en tourner les pages.

Parfois, assise sur mon lit et les pieds sous l'oreiller, j'inscris quelques notes de plus dans les cahiers noirs. Je dois avouer cependant que l'inspiration me fait défaut. Pas une seule fois d'ailleurs je n'ai relu ces cahiers du début à la fin et, si le courage me manque pour les relire, je dois dire que la patience aussi. Pourtant, et malgré le fouillis et la confusion qui y règnent, je me suis attachée à ces cahiers comme s'ils étaient un autre moi. À eux seuls et mieux que moi peut-être, ils pourraient expliquer ce qui m'arrive. D'ailleurs, s'ils se mettaient à parler, je n'aurais même plus besoin d'être là, car la mince transparence de leurs pages noircies à la hâte a probablement déjà plus d'épaisseur que moi.

Quant à ce studio, il n'est peut-être pas très confortable et j'y suis peut-être un peu à l'étroit, mais il convient parfaitement à mes humeurs. Jamais je n'aurais pu trouver d'enveloppe plus parfaite pour mes absences d'émotions.

Il s'est enfin passé quelque chose dans ma vie. Un matin je me suis levée et, en me regardant dans le miroir, j'ai eu l'impression que j'avais déjà commencé à mourir. Le teint de mon visage était d'une pâleur incroyable et, autour de mes yeux, de larges cernes bleus s'étaient creusés qui me donnaient un air livide et désespéré. J'ai eu peine à me reconnaître comme si je m'étais vue pour la première fois depuis très longtemps, et alors, saisie de panique, j'ai entrepris de me faire un autre visage. C'était un des premiers matins du printemps et, après avoir fébrilement aligné devant moi tous mes tubes de crème, fond de teint, rouge à lèvres et ombres à paupières, je me suis assise devant la fenêtre et, le visage au soleil, je me suis refait une nouvelle tête.

Lorsque j'ai eu terminé, j'étais incapable de tenir en place et, faisant la navette de mon miroir à la fenêtre, j'ai réussi à me convaincre qu'il me fallait sortir de là, trouver un emploi, voyager, donner des leçons de piano à domicile, n'importe quoi plutôt que de dépérir entre quatre murs à l'insu de tout le monde. Je croyais avoir épuisé toutes mes énergies et, comme si j'avais été prise d'une maladie incurable, je n'arrivais pas à comprendre d'où me venait ce deuxième souffle.

Quelques instants plus tard j'étais assise dans un café avec, sous les yeux, un journal déplié à la rubrique des petites annonces. Je me sentais ridicule et, tandis que je parcourais dans tous les sens les minces colonnes aux caractères minuscules, toujours la même conclusion s'imposait. J'étais une femme sans qualification, sans expérience, sans ambition, et sans automobile. Avec mon premier prix de conservatoire je n'allais impressionner personne, et ma valeur marchande était pour ainsi dire nulle.

Alors, m'étant mise à feuilleter distraitement le reste du journal, je suis tombée sur un article rédigé par une ancienne élève du conservatoire avec laquelle j'avais participé, plusieurs années auparavant, à une série de concerts. Je savais qu'il était extrêmement difficile d'obtenir une chronique musicale dans un journal à fort tirage, mais l'idée de faire un tel travail ne me déplaisait pas et, quitte à travailler à la pige pour une publication de second ordre, j'étais prête à tenter ma chance. De toute façon, je n'avais rien à perdre et cela allait m'occuper au moins pendant quelques jours.

J'ai donc dressé, de mémoire, une liste de tous les quotidiens, hebdomadaires et périodiques dans lesquels il y avait, à ma connaissance, une rubrique musicale et, une fois la liste en main, j'ai dû résister à la tentation de retourner chez moi pour dormir. J'étais déjà épuisée par l'effort inhabituel que je venais de fournir mais, prise de vertige, je me suis retrouvée dans un taxi sans même m'en rendre compte.

Quelques jours plus tard, à mon grand étonnement, j'ai reçu un appel téléphonique du rédacteur en chef d'un magazine littéraire et artistique et j'ai obtenu, bien qu'à titre d'essai seulement, ma première « collaboration spéciale ». Je devais couvrir un concert le soir même et, si mon compte-rendu était satisfaisant, on me promettait de recourir à mes services au moins une ou deux fois par semaine. Sur le coup, j'ai eu envie de refuser mais, effrayée à la perspective de longues journées qui n'en finissent plus de passer, j'ai finalement accepté sans que mon hésitation n'y paraisse trop. Au rythme d'un ou deux articles par semaine, ma vie n'allait pas être bouleversée et, si je parvenais à reprendre confiance en moi-même, j'allais peut-être enfin pouvoir me sentir un peu plus heureuse.

La salle de rédaction est située au troisième étage d'un édifice tout neuf et, lorsqu'on y entre, on est immédiatement assommé par une rumeur de machines à écrire ainsi que par l'éclairage violent des tubes de néon. Sur les murs, les bleus, les rouges, les violets et les jaunes criards n'arrivent pas à faire oublier la blancheur d'une lumière artificielle qui donne à tous les visages une apparence de cire. Aucune cloison ne sépare les bureaux les uns des autres et, se mourant de retourner dans les tropiques, les plantes ne parviennent pas à adoucir les lignes trop droites, les arètes trop vives et l'éclat trop lustré du mobilier. C'est là pourtant que j'ai rencontré Anne et que, à travers les palmiers et autres plantes exotiques qui séparent son bureau du mien, je me suis liée d'amitié avec elle.

Responsable d'une chronique littéraire depuis plusieurs années déjà, Anne a cependant le même âge que moi et, lors de mes premières apparitions au bureau, il n'était pas rare qu'on nous confonde l'une avec l'autre. Nous avons en effet, elle et moi, le même physique, la même ossature, la même couleur de cheveux, la même démarche (sauf qu'Anne porte toujours des talons plats et moi toujours des talons hauts), et si elle n'avait pas, sur le bout du nez, des petites lunettes rondes à monture dorée, la ressemblance entre nous serait probablement plus frappante encore.

Depuis un mois et demi que je me rends au bureau deux fois par semaine, je la trouve toujours calée dans son fauteuil, les jambes allongées sur sa table de travail et les yeux plongés dans un roman comme si rien autour d'elle ne pouvait l'en distraire. Pourtant, lorsque j'arrive et que je dépose, sans faire de bruit, mon carnet de notes sur le coin de mon bureau, elle ne manque jamais de lever les yeux et, quelques instants plus tard, je la vois apparaître devant moi, son livre à la main, l'air heureux et désinvolte, la tête grouillante de personnages plus ou moins fictifs et d'intrigues plus ou moins palpitantes, dramatiques, rocambolesques ou à l'eau de rose. Avec tous les romans qu'elle doit engloutir, tamiser et soupeser, Anne me fait parfois l'impression de vivre dans un monde à part où la fiction, loin d'être à la remorque de la réalité, servirait plutôt à l'engrosser.

Au début, à l'entendre parler de littérature, j'avais l'impression qu'elle accordait à l'imaginaire une place privilégiée ou sacrée et que, si elle avait vécu sous un régime totalitaire, jamais personne n'aurait réussi à brûler un seul livre sans qu'elle ne monte elle aussi sur le bûcher. Elle disait par exemple qu'il n'y avait que la littérature pour contourner, tout en les déplaçant, les interdits dont étaient frappés nos rêves et nos désirs, mais cela me semblait d'une ingénuité consommée, car Anne ne parlait de toute évidence que d'une littérature pour *esprits subversifs et fiers de l'être* (genre « gauchistes de l'Imaginaire »), et je ne pouvais pas m'empêcher de sourire devant de tels sursauts d'enthousiasme naïf et pourtant sincère.

Elle disait aussi que la littérature était nécessairement perverse. Sur un ton faussement précieux, mi-sérieux, mi-moqueur, elle disait que c'était un luxe de l'esprit qui n'était pas sans lien de parenté avec la luxure, ou alors que c'était un paradis de la perversion qui n'était ni un paradis perdu, ni un paradis enchanteur... Mais Anne me paraissait « enchantée » de pouvoir vivre, par procuration, les *perversions* des autres, et, comme je le lui faisais remarquer parfois, elle devait certainement y trouver un pâle reflet de ses propres *désirs inquiets*... Bien sûr, nos conversations n'étaient pas toujours aussi sérieuses, mais lorsque je lui faisais part de mon opinion à ce sujet, elle ne faisait jamais rien pour se défendre. Au contraire, elle se contentait de sourire comme si je n'avais fait que prolonger à haute voix le cours de ses pensées. En fait, et comme beaucoup d'intellectuels, Anne se flattait d'être subversive, mais, étant malgré tout une jeune femme rangée, elle n'hésitait pas à admettre que ses « subversions » (comme on aurait dit ses « perversions ») puissent n'être que littéraires.

Les toutes premières fois qu'Anne est ainsi apparue soudainement devant mon bureau, j'ai été quelque peu intimidée par sa familiarité et son sans-gêne mais, après avoir compris qu'elle n'avait aucunement l'intention d'aborder avec moi des sujets qui auraient pu nous concerner intimement l'une ou l'autre, mes réticences ont eu vite fait de tomber. J'ai même commencé à prendre plaisir à la voir commenter devant moi le dernier roman dont elle devait faire la critique et à l'entendre lire, à haute voix, les passages qu'elle avait soulignés d'un large trait noir.

Jusqu'à présent, je n'ai lu d'elle que quelques articles parus dans des numéros plus ou moins récents (certains dataient déjà de quelques années, d'autres de quelques mois seulement), mais toujours, d'article en article, j'ai eu l'impression que le style de son écriture se métamorphosait pour adopter le style du roman qu'elle commentait. La différence était tellement frappante que, d'un texte à l'autre, on aurait cru avoir affaire à un chroniqueur différent.

En réalité ses articles ne sont que le prolongement (ironique ou louangeux) des romans dont elle fait la critique, et le ton en est volontairement emprunté. Mais ce qui m'étonne surtout, c'est qu'elle n'adopte jamais un point de vue extérieur aux ouvrages qu'elle commente. Délibérément, presque malicieusement, elle en reproduit le style et la façon et, comme un pasticheur, elle peut tout aussi bien dénigrer en parodiant qu'approuver en imitant. Anne dit que cela s'appelle de la *critique créatrice.* Je n'y connais rien, mais je sais seulement que ses compte-rendus ne sont jamais de véritables critiques et que les jugements qu'elle propose ne sont jamais clairs ni explicites. En fait, Anne ne fait que reproduire en les jouant (ou en se jouant d'eux) les textes littéraires qu'elle devrait commenter et, comme elle le dit elle-même, son travail présente plus d'affinités avec la fiction qu'avec n'importe quel discours critique.

Lorsqu'un jour je lui ai demandé pourquoi elle n'écrivait pas ses propres romans, elle m'a tout simplement répondu, sans hésitation et comme quelqu'un qui avait déjà fait plusieurs fois le tour de la question, qu'elle avait tout simplement peur de parler d'elle-même et qu'elle préférait profiter du courage et du génie (ou du courage et de l'absence de génie) des autres pour satisfaire son besoin d'écrire. « Je ne vis que par autrui : par procuration, pourrais-je dire », m'a-t-elle dit fièrement en précisant que c'était une citation d'André Gide. Elle préférait suivre un auteur et ses personnages dans leurs déboires plutôt que de revivre les siens, page après page et plume à la main. « Non pas que ma vie ait été tellement pénible jusqu'à présent », a-t-elle senti le besoin de préciser, « mais, même lorsqu'on se croit heureux, le seul fait d'écrire nous fait voir ce bonheur-là comme une illusion... Toutes nos angoisses les plus profondément enfouies sous la surface lisse du quotidien ressurgissent tout à coup sur la surface blanche de la page et se glissent, comme des oeufs, au creux de chaque phrase et de chaque image. Et puis on risque trop souvent de découvrir qu'on n'est pas celui ou celle qu'on croyait et qu'on ne contrôle pas suffisamment l'image de soi qu'on projette en écrivant... Dans ces conditions-là, moi je préfère ne pas écrire et avoir la conscience tranquille. »

Ayant progressivement abandonné le ton décontracté et plein d'assurance qu'elle avait adopté au début, Anne s'était mise à parler d'une voix attristée et presque affligée. Étant écrivain tout en refusant de l'être, Anne écrit donc des articles qui, pour moi, ne font qu'illustrer, bien qu'éloquemment, ses frustrations d'auteur. C'est d'ailleurs précisément ce que je lui ai répondu, d'une façon maladroite et peut-être pas assez compatissante, mais je n'avais pas envie d'entendre ses doléances. Sachant toutefois que c'était moi qui avais déclenché ses confidences par une question imprudente (j'aurais dû prévoir où tout cela allait nous mener), je ne lui en voulais pas de s'être confiée à moi et ne cherchais qu'à rétablir le ton généralement plus impersonnel de nos conversations. Étonnée de ma réponse (elle s'attendait, je crois, à plus de sympathie et de compréhension de ma part), Anne s'est alors rétractée, rebiffée, et, sans perdre contenance, elle s'est mise à parler d'autre chose. Je l'avais offensée, et elle en avait fini de ses confidences. Le sujet était clos, et il devait d'ailleurs le rester par la suite.

Un peu plus tard, ce jour-là, Anne a manifesté le désir de m'accompagner à un concert dont je devais faire la critique et auquel je devais assister le soir même. Me croyant assez forte pour résister à toute tentative d'intrusion dans ma vie privée et convaincue qu'Anne n'insisterait pas pour franchir les limites que je lui imposerais, j'ai donc accepté sans aucune crainte. Cela devait être notre première sortie, mais cela ne devait pas être la dernière.

En fait, et malgré l'expérience fâcheuse que j'ai vécue avec Andrée, la présence d'Anne m'est toujours très agréable et je ne vois vraiment pas pourquoi je m'en priverais.

Après ce premier concert, je me suis donc laissée entraîner par elle dans quelques lancements de livres, puis au cinéma, puis au théâtre et, sans m'en rendre compte, j'ai pris l'habitude d'attendre ses invitations tout en reprenant goût à ce genre de divertissements. Nos contacts n'ont jamais rien de très personnel et, si je sors fréquemment avec Anne, il n'en existe pas moins entre nous une sorte de gêne ou de pudeur. Anne est toujours aussi désinvolte et décontractée, mais dès qu'il est question de moi, elle devient prudente et réservée, comme si elle avait compris dès le début qu'il était préférable pour elle de garder ses distances. Pourtant je sais qu'elle s'est prise d'affection pour moi et que la curiosité la ronge (il faut voir la façon dont elle m'observe parfois...), mais elle a suffisamment d'intuition, semble-t-il, pour savoir que la moindre indiscrétion de sa part aurait pour effet de m'irriter et ne l'avancerait à rien.

Au travail, je n'ai de contact avec personne d'autre qu'elle et, si quelques types m'ont approchée parfois, ils ont eu vite fait de rebrousser chemin lorsqu'ils se sont rendus compte que je n'étais pas d'humeur à me laisser coudoyer par le premier venu. Et quand je dis « premier venu » ce n'est pas parce que je les méprise (je n'ai aucune opinion sur eux et ne suis pas intéressée à en avoir), mais tout simplement parce que, cultivant ma solitude, je perçois chacune de leurs approches comme une tentative d'intrusion. Sans avoir été impolie avec eux, je crois tout de même que j'y suis allée un peu fort car, depuis lors, je sens bien qu'Anne et moi sommes devenues suspectes à leurs yeux. Ne pouvant supporter qu'on les repousse, ils se sont rabattus comme toujours sur la seule et unique hypothèse qui ne risquait pas de remettre en cause leur pouvoir de séduction, et cela n'a rien d'étonnant... Toutefois, je crois qu'Anne ne s'est encore rendue compte de rien, et, si je lui faisais part de mes impressions à ce sujet, je suis convaincue qu'elle se moquerait de moi en me disant que je suis victime de mon imagination. Quoi qu'il en soit, j'ai eu l'occasion de rétablir la situation dès le début et de leur prouver, à ces types, qu'il n'y avait rien d'anormal entre Anne et moi.

Un soir que nous étions allées au cinéma, nous nous sommes retrouvées, en fin de soirée, dans un bar généralement fréquenté par des artistes, comédiens et journalistes. Nous étions là depuis un bon moment déjà lorsque j'ai aperçu, assis à une table près du bar, deux types qui travaillent dans le même bureau que nous et qui sont responsables de la chronique sportive du magazine. L'un d'eux m'avait d'ailleurs déjà invitée à sortir avec lui et, m'ayant aperçue avec Anne, il m'a saluée en souriant d'un air entendu et supérieur, pour ne pas dire méprisant. Contrariée, et même agacée par leur présence, j'ai d'abord été tentée de m'en prendre à Anne (comme si j'avais pu lui en vouloir d'être là...) mais, juste à ce moment, un grand type à la tête hérissée de cheveux blonds s'est assis près de moi et m'a adressé la parole. Il ne pouvait pas tomber mieux. J'ai donc engagé la conversation avec lui, puis, après quelques heures et quelques verres, j'ai accepté son invitation à me raccompagner chez moi. Entre-temps, Anne avait rencontré un romancier qu'elle connaissait depuis longtemps déjà et dont elle avait eu l'occasion, à quelques reprises, de commenter les romans dans sa chronique littéraire. M'étant excusée auprès d'elle, j'ai donc quitté les lieux, mais seulement après m'être assurée que mon départ ne passerait pas inaperçu. Les deux types du bureau étaient toujours là, complets à carreaux et cravates luisantes et, lorsque je suis passée près d'eux en compagnie du grand blond, ils m'ont saluée d'un simple mouvement de tête, les yeux à demi calés dans leurs verres de scotch. J'étais triomphante bien sûr, mais je ne savais toujours pas ce que j'allais faire de mon inconnu.

Dehors, la bruine avait recouvert les trottoirs d'une mince couche de glace et, tandis que l'inconnu en question avait enroulé son bras autour de mon épaule pour s'assurer que je ne perdrais pas pied, je lui ai dit que j'avais changé d'idée, que je ne me sentais pas bien (ou que la pluie était trop froide, les trottoirs trop glissants, et ma mère trop malade...), et que je préférais rentrer seule. L'air ennuyé, il a continué malgré tout de marcher à mes côtés comme si de rien n'était puis, ayant resserré sa main sur mon épaule, il m'a répondu que cela ne faisait rien et que c'était comme je voulais. Mais au moment où je m'apprêtais à héler un taxi, il a saisi vivement mon bras pour en interrompre le mouvement et il m'a offert de me raccompagner chez moi pour la seconde fois. Ne sachant comment interpréter son geste, j'ai d'abord cru que j'allais avoir des embêtements, mais je m'étais trompée. Il n'avait offert de me raccompagner que par pure gentillesse.

Je croyais que l'épisode était clos mais, lorsque j'ai rencontré Anne au bureau quelques jours plus tard, il s'est passé quelque chose que j'étais loin d'avoir prévu. Je ne sais pas ce qui m'a pris d'ailleurs, ni pourquoi je me suis crue obligée de lui raconter la nuit que j'avais supposément passée avec mon « bel inconnu » mais, dès l'instant où je me suis retrouvée devant elle ce matin-là, j'ai senti qu'il me fallait dire quelque chose à tout prix et, avant même d'avoir pris le temps d'y penser, je me suis engagée dans un compte-rendu minutieux de mon *aventure* avec le grand blond. Les mots se bousculaient à la sortie et, incapable d'en contrôler le débit, je me suis surprise à inventer de toutes pièces une histoire dont la vraisemblance et la précision ne pouvaient que m'étonner moi-même.

J'étais là à parler de *ma vie sentimentale* et, après l'histoire du grand blond, il m'a été facile d'en inventer d'autres. J'avais pris mon élan et je n'avais aucune pudeur à mentir. Alors, encouragée par mes premières confidences, Anne a osé pour la première fois me questionner sur mes expériences amoureuses passées. Cela aurait pu être embêtant, mais je dois dire que malgré mes réticences habituelles à parler de moi, aucune de ses questions ne m'a prise au dépourvu. Je m'étais déjà éloignée de la vérité et ne voyais plus aucune raison d'y revenir. M'appuyant sur les détails qu'Andrée m'avait fournis à propos d'elle-même quelques mois plus tôt, je me suis donc fabriquée une nouvelle image qui lui ressemblait davantage qu'à moi-même et, me fiant à ma mémoire autant qu'à mon imagination, j'ai pu raconter sans peine à Anne les *péripéties passionnantes et les déceptions outrageantes de la vie amoureuse de Manon, alias Andrée.*

Je ne savais pas pourquoi, lui ai-je dit, mais il semblait que je n'eusse aucune disposition pour les amours tranquilles et durables. D'une aventure à l'autre, je me lassais toujours très vite, comme si je n'avais pu trouver de réel plaisir que dans les premiers instants d'une nouvelle rencontre, et dès qu'une relation risquait de devenir compromettante, je m'empressais toujours d'y mettre fin. Il y avait d'ailleurs quelque chose de profondément désespérant dans tout cela, ai-je ajouté, mais si je me sentais parfois aussi seule et désemparée qu'une enfant abandonnée par sa mère dans un supermarché, j'avais au moins la satisfaction de ne faire aucun compromis et d'être en pleine possession de ma vie... etc., etc., etc.

Tout cela c'était du réchauffé, du déjà servi (j'avais moi aussi un certain talent pour les pastiches), mais je n'avais rien oublié (pas même l'image du supermarché), et Anne ne s'est doutée de rien. Après tout, je lui avais débité l'histoire d'Andrée avec autant de conviction que si cela avait été ma propre histoire et, comme Anne se plait à le dire parfois à propos de la littérature, mes mensonges n'avaient fait qu'engendrer leur propre vérité.

Évidemment tout cela n'était pas très honnête de ma part, mais si j'ai abusé de la confiance qu'Anne est toujours prête à me témoigner, je dois dire que c'était sans aucune préméditation. Je sais bien que cela ne m'excuse pas, mais c'était plus fort que moi et je n'ai pas pu m'en empêcher. Et puis, avec toutes ces aventures amoureuses dont je lui ai parlé, je suis sûre au moins qu'il ne lui prendra pas d'avoir à mon égard les mêmes soupçons qu'Andrée (ou que les types du bureau) et que notre amitié pourra se maintenir au beau fixe.

Depuis que j'ai rencontré Anne, ma vie a décidément pris une coloration différente, et j'en suis même arrivée au point où je ne trouve d'apaisement qu'à travers elle.

Le mois d'avril tire à sa fin et il y aura bientôt un an que Paul s'est tué, un an que j'ai commencé à faire le vide autour de moi pour fuir cette image qu'on s'obstine à me tendre comme un miroir et qui me poursuit jusque dans mes rêves les plus étranges.

Ainsi, il m'arrive parfois de revoir, dans mon sommeil, cette scène bleutée et floue où Lemire caresse d'un geste lent la joue du jeune homme blond de l'enterrement, mais toujours l'angoisse me prend lorsque je m'aperçois que Lemire n'est nul autre qu'Andrée, et le jeune homme blond nul autre que moi. Non moins troublante cette autre scène où, dans la demi-obscurité de ma chambre, je revois le corps de Paul enroulé à celui du jeune homme blond. Debout dans l'encadrement de la porte il y a une femme, et cette femme ce n'est pas moi, mais Andrée. Et elle reste là à *me* regarder, car ce n'est déjà plus le jeune homme blond qui est allongé près de Paul, mais moi...

Mes nuits sont ainsi meublées de personnages interchangeables et, dans toute cette confusion qui me poursuit parfois jusqu'au lever du jour, je ne trouve de répit qu'à la seule pensée de me retrouver avec Anne. Mes rêves n'ont épargné qu'elle, et il n'y a qu'elle qui puisse accepter sans se méfier toutes les histoires que je lui raconte à mon sujet, y compris mes fausse histoires d'amour. Avec Andrée j'étais devenue une énigme qu'il lui fallait résoudre à tout prix, mais avec Anne j'ai l'impression d'être aussi transparente qu'une enveloppe de cellophane sur un papier d'emballage : ce que je lui dis la satisfait tout autant que si elle le voyait de ses propres yeux et, se fiant à l'emballage, elle n'attend de moi que ce que je prétends pouvoir lui offrir.

Cela ne l'empêche pas d'être curieuse à mon égard, mais, si les faits l'intéressent, elle leur accorde moins d'importance qu'à ce que j'en dis. Anne aurait sûrement fait un mauvais détective (mais un bon avocat) et moi, comme témoin à décharge, j'aurais multiplié les faux serments. Anne croit tout ce que je lui dis car elle n'a aucune raison de se méfier de moi, et c'est cela qui m'apaise, comme si je parvenais, grâce à elle, à croire davantage à mes histoires qu'à mes propres souvenirs. Pour la première fois, mon passé n'a pas plus de réalité qu'un mauvais roman ou un mauvais rêve. Ni Paul, ni Lemire, ni le jeune homme blond de l'enterrement, ni Andrée n'existent pour elle et, lorsqu'elle m'écoute parler, elle ne cherche jamais la bête noire qui se tapirait au creux de chacun de mes mots.

Quant à mes changements d'humeur, Anne se les explique toujours de la façon la plus simple qui soit et, comme elle s'imagine que je traverse une période dépressive, elle ne m'épargne aucun de ses conseils, ni aucun de ses encouragements. Il y a trois jours de cela elle m'a même proposé de partir en voyage avec elle et, sans se douter de la tempête qu'elle déclenchait en moi, elle a tout fait pour me persuader de la suivre en Italie et en Afrique du Nord.

À peine sortie du bureau de la direction elle, n'a pas perdu un seul instant pour venir m'annoncer qu'on lui accordait un congé de deux mois et, si elle n'a pas grimpé de joie dans les palmiers empoussiérés qui séparent son bureau du mien, ce n'était certainement pas l'envie qui lui manquait. À demi assise sur le coin de mon bureau, un pied sur le sol, l'autre appuyé sur ma chaise, elle fumait cigarette sur cigarette et, ne tenant plus en place, elle m'a exposé ses projets de vacances dans les moindres détails. Les gestes gonflés d'impatience et la voix en crescendo, Anne n'arrivait pas à contenir son excitation et, tout en cherchant à me convaincre de partir avec elle, elle a commencé à tourner nerveusement autour de moi. À la voir s'agiter ainsi, et comme si son excitation avait pu être contagieuse, j'ai d'abord été prise d'un rire convulsif et involontaire, car j'étais à la fois émue et apeurée, figée sur place et affolée, heureuse et sur mes gardes. Anne me proposait de partir avec elle et, prise au dépourvu, je me suis mise à rire pour ne pas perdre contenance, mais surtout pour ne pas avoir à lui répondre. Sa proposition me touchait au point où j'avais envie de pleurer mais, craignant de me laisser attendrir, j'ai adopté une attitude de défense qui ne pouvait la tromper qu'à demi. En fait, ma réaction était exactement celle d'une jeune veuve à qui son enfant de six ans vient à peine de demander si elle a l'intention d'épouser le monsieur qui l'emmène au restaurant trois fois par semaine, et qui se met à rire pour cacher son étonnement (comment son petit garçon peut-il être aussi perspicace), mais aussi pour ne pas céder à la tentation de répondre spontanément « oui, je le veux ».

L'idée de me retrouver seule avec Anne dans un pays étranger avait pour moi quelque chose d'à la fois séduisant et terrifiant mais, terrifiant ou pas, Anne avait résolu de venir à ma rescousse et je ne me sentais pas le courage de l'en empêcher. D'ailleurs, m'étant attachée à elle, je n'arrivais pas à concevoir qu'elle puisse partir sans moi, et l'idée de rester seule ici me terrifiait encore bien davantage. Qu'allais-je devenir sans Anne ? Mon travail ne m'intéressait pas vraiment et seule Anne m'y retenait encore. Mes articles n'avaient rien de génial, les concerts auxquels j'assistais régulièrement n'avaient rien d'enthousiasmant, les types du bureau me déplaisaient et mon salaire était dérisoire. J'avais commencé à vivre de l'héritage de Paul et cela me déprimait, j'avais délaissé ma musique et cela me laissait indifférente et, lorsque je n'étais pas avec Anne, je passais mes journées et mes soirées à dormir. Non, j'avais besoin d'elle, et elle ne pouvait pas partir sans moi.

Anne disait que j'avais besoin de changer d'air et que l'air de la Méditerranée ne pouvait m'être que bénéfique. Il lui était impossible de partir avant la fin du mois de mai, mais si j'avais envie de partir plus tôt, on pouvait toujours se donner rendez-vous à Rome dans un petit hôtel qu'elle connaissait et où elle s'était arrêtée quelques années auparavant lors de son premier séjour en Italie.

Alors, sans réfléchir plus longtemps, je lui ai dit que c'était d'accord. L'idée de partir en voyage me poursuivait depuis longtemps (en fait depuis la mort de Paul), et ce n'était certes pas mon emploi qui allait m'empêcher de partir.

Anne était radieuse. Elle avait l'habitude de voyager seule, disait-elle, et, pour la première fois, elle aurait quelqu'un avec qui partager ses émotions et son enthousiasme. Elle se souvenait par exemple d'un jour où, traversant seule la mer Égée sur un bateau bondé de touristes et de familles grecques, elle avait été saisie d'une telle sensation de bonheur qu'elle avait senti sa poitrine se dilater, sa tête s'enflammer, ses bras et ses jambes se séparer du reste de son corps. L'espace d'un instant, elle avait cru qu'elle était sur le point de s'envoler et de disparaître entre le bleu du ciel et de la mer... Alors, tout en jouissant de sa solitude, elle avait regretté de n'avoir pas pu partager cet instant unique et privilégié avec quelqu'un qui lui était cher...

Anne s'était tue subitement, car elle s'était rendue compte que je la regardais d'un air sceptique et presque amusé. Consciente de s'être laissée emporter dans une de ces envolées lyriques qui, depuis que je la connaissais, n'avaient pas manqué de m'étonner à quelques reprises (Anne avait décidément le tempérament d'une romantique), elle s'est alors ressaisie d'un seul coup en me disant que je pouvais toujours rire, mais que la même chose allait peut-être m'arriver un de ces jours, et qu'ainsi au moins je serais prévenue. Puis, ayant allongé le bras à travers la rangée de palmiers qui séparait son bureau du mien, elle a attrapé du bout des doigts un des romans qui garnissaient les étagères de sa bibliothèque et, après l'avoir feuilleté pendant quelques instants, elle m'a suggéré d'en lire un extrait. On allait bien voir, disait-elle, si elle était aussi illuminée que je le croyais.

Ce roman c'était *The Colossus of Maroussi* d'Henry Miller, et l'extrait se lisait comme suit :

I leaned back and looked up at the sky. I had never seen a sky like this before. It was magnificent. I felt completely detached from Europe. I had entered a new realm as a free man — everything had conjoined to make the experience unique and fructifying. Christ, I was happy. But for the first time in my life I was happy with the full consciousness of beeing happy. It's good to be just plain happy ; it's a little better to know that you're happy ; but to understand that you're happy and to know why and how, in what way, because of what concatenation of events or circumstances, and still be happy, be happy in the beeing and the knowing, well that is beyond happiness, that is a bliss, and if you have any sense you ought to kill yourself on the spot and be done with it. And that's how I was — except that I didn't have the power or the courage to kill myself then and there. It was good, too, that I didn't do myself in because there were even greater moments to come, something beyond bliss even, something which if anyone had tried to describe to me I would probably not have believed.

Après en avoir terminé la lecture, j'ai relevé la tête pour regarder Anne qui se tenait debout à mes côtés et, voyant qu'elle s'attendait à une remarque de ma part, je me suis contentée de lui dire, en lui rendant son livre, que si une telle chose m'arrivait un jour, j'aurais très certainement envie, moi aussi, de mourir sur le coup. Éclatant de rire comme un enfant qui vient de faire la preuve que vous aviez tort et lui raison, Anne m'a répondu, avec l'air de ne pas me croire, qu'elle serait là pour m'en empêcher et que, de toutes façon, je n'en aurais probablement pas le courage. J'ai eu envie de lui dire qu'il ne faudrait surtout pas qu'elle m'en défie mais, de peur que la conversation ne tourne au sérieux, je me suis levée d'un seul coup en lui annonçant que j'allais, sans plus tarder, donner ma démission et réserver mon billet d'avion.

Si je n'ai pas été capable de résister à l'idée de voyager avec Anne, j'ai tout de même eu le courage de partir avant elle. Une semaine seulement après qu'elle m'ait fait part de ses projets de vacances, j'étais déjà prête à m'embarquer pour l'Europe. Et si je paniquais parfois à l'idée de me retrouver seule comme un minuscule point noir sur une carte géographique grandeur nature, je me rassurais toujours à l'idée qu'Anne ne tarderait pas à venir me rejoindre. J'aurais préféré bien sûr que nous partions en même temps, mais comme Anne m'avait suggéré de partir quelques semaines plus tôt et de la rencontrer à Rome à la fin du mois de mai, il m'a semblé que je n'avais pas le choix et que c'était là, d'ailleurs, le meilleur moyen de lui dissimuler ma hâte et mon empressement. Anne savait que rien ne me retenait à Montréal (j'avais déjà donné ma démission sur un coup de tête pour lui prouver jusqu'à quel point j'étais déterminée à partir) et, fanatique des voyages comme elle était, elle n'aurait jamais compris que je retarde la date de mon départ uniquement pour elle. Alors je me consolais en me disant qu'au moins, et d'aussi loin que la Grèce et la Yougoslavie, j'aurais enfin, et pour la première fois depuis longtemps, le sentiment d'attendre ou d'espérer quelque chose. Et puis, Anne ne devait surtout pas s'imaginer que j'étais incapable de faire un pas sans elle, ni que j'allais être sur ses talons pendant toute la durée du voyage.

Entre le moment où j'ai donné ma démission et le moment de mon départ, j'ai passé quelques soirées avec Anne à rêver de paysages de sable, d'îles au ventre arrondi, de ruelles étroites et grouillantes de monde, et de trains bondés d'individus rougeauds et grassouillets s'échangeant des salamis, des saucissons et des bouteilles de vin. N'ayant jamais mis les pieds en Europe (et encore moins en Afrique), j'en avais une image faite de clichés et d'idées préconçues et, à entendre Anne me raconter ses souvenirs de voyages, j'avais l'impression de voir se déplier sous mes yeux des dizaines de brochures touristiques toutes plus alléchantes les unes que les autres. J'étais impatiente de partir, et impatiente de retrouver Anne avant même de l'avoir quittée. J'ignorais pourquoi j'avais accepté de voyager avec elle et je ne voulais pas le savoir. Anne me faisait confiance, et c'était tout ce qui comptait pour moi. En partant avec elle j'avais l'impression que j'allais muer, changer de peau et de personnage, devenir quelqu'un d'autre. Et puis, quelqu'un allait enfin s'occuper de moi. Mais n'avais-je pas eu le même sentiment lorsqu'Andrée m'avait proposé de venir habiter chez elle? N'ayant plus l'énergie de prendre des décisions, j'attendais peut-être que les autres les prennent à ma place ? Peut-être bien. Mais avec Anne, ce n'était pas comme avec Andrée.

Sur les conseils d'Anne, j'ai réservé un billet d'avion pour Athènes et, quelques jours plus tard, je me suis retrouvée au beau milieu de la place Omonia, sans trop savoir ce qui s'était passé ni comment j'étais arrivée là. La chaleur était étouffante, les bruits de la rue assourdissants et, dans le vacarme, les odeurs de poulet rôti et de shish-kebab se mêlaient à des relents de sueur et de monoxyde de carbone pour me donner la nausée. Après être restée assise pendant quelques heures à une terrasse dont les tables semblaient avoir été plantées sur le trottoir dans le seul but d'incommoder les passants, j'ai finalement trouvé le courage de traîner mes bagages jusqu'à l'hôtel que m'avait recommandé Anne. Première constatation : les voyages solitaires s'accommodent mal des états dépressifs.

Je ne devais rencontrer Anne que deux semaines plus tard et, à peine arrivée à Athènes, je paniquais déjà a l'idée de ces longues journées qui me séparaient de mon rendez-vous à Rome. Sans être luxueux, l'hôtel était propre et convenable et, tout en feuilletant les dépliants que m'avait fournis l'agence de voyages, je n'avais envie que de m'incruster dans ma chambre et d'y dormir jusqu'à la fin du mois de mai. Anne m'avait suggéré de visiter la Crète et les îles supposément paradisiaques des Cyclades, mais je ne me sentais pas l'énergie de faire les démarches nécessaires pour me réserver une place sur un bateau, et encore moins celle de me rendre au Pyrée sur les quais d'embarquement.

En réalité je n'avais envie de rien et surtout pas de bouger. Je suis donc restée trois jours à Athènes, ne faisant rien d'autre que manger, écrire, et dormir, et passant le plus de temps possible à l'abri des bruits et de la chaleur, le cerveau aussi climatisé que ma chambre. Un soir où j'étais dans de meilleures dispositions, j'ai tout de même marché jusqu'à la Plaka et je suis arrivée au Parthénon au moment de la fermeture. Au moins allais-je pouvoir dire à Anne que j'y étais allée. La place était déjà illuminée et paisible, l'air était doux, et, assise sur un banc de pierre, j'ai attendu que les derniers touristes soient partis. La nuit avait quelque chose de solennel et de dramatique et, prise d'une émotion soudaine, je me suis mise à pleurer sans même savoir pourquoi.

Plus tard, cette nuit-là, j'ai décidé de quitter Athènes et de prendre un bateau pour Corfou dès le lendemain ou le surlendemain. Me rapprochant de Rome, j'allais au moins pouvoir me bercer de l'illusion que l'arrivée d'Anne n'était pas si lointaine.

À peine débarquée à Corfou je suis passée devant un bateau qui s'apprêtait à partir pour Dubrovnik, et je m'y suis embarquée. Rien ne me retenait en Grèce et, prenant un bateau vers le nord, j'allais me retrouver encore plus près de Rome. Grâce à la carte de l'Europe qu'Anne m'avait offerte avant mon départ, je savais que les deux villes étaient situées au même niveau de latitude (42° nord) et que, une fois rendue à Dubrovnik, je n'allais plus être séparée de Rome que par une distance de 6° de longitude. Sur le bateau, quelques touristes allemands et américains m'ont adressé la parole, mais je ne leur ai pas répondu. Le seul fait d'être là me demandait déjà suffisamment d'énergie sans qu'on me demande, en plus, d'être sociable et polie. Sur le pont, appuyée au bastinguage et les yeux tournés vers la ligne d'horizon, je n'éprouvais aucune des sensations de bonheur qu'Anne m'avait décrites mais, heureuse ou pas, la vue de la mer ne me laissait pas indifférente. Pensant à l'extrait de roman qu'Anne m'avait fait lire avant mon départ, je comprenais enfin ce que Miller avait voulu dire lorsqu'il avait parlé "d'en finir". *To kill yourself on the spot and be done with it.* On n'avait pas besoin d'être heureux pour cela. Miller avait parlé toutefois d'une sensation extrême de bonheur (et pourquoi pas d'un orgasme spirituel ?), et il n'avait pu en décrire l'intensité qu'en l'associant à un désir de mort. Mais le malheur n'était-il pas, tout compte fait, aussi envoûtant que le bonheur ? Et quelle différence y avait-il d'ailleurs entre un profond sentiment de bonheur et un profond sentiment de détresse, si tous les deux vous donnaient envie de mourir sur le coup ? *Tu me tues, tu me fais du bien...* C'était Andrée qui m'avait cité cette phrase d'un film d'Alain Resnais en me parlant de sa vie amoureuse... À vrai dire, j'avais plus envie d'avoir mal que d'être heureuse, et toutes ces références culturelles pour personnes éduquées avaient pour moi moins de sens et de pouvoir de persuasion que la surface miroitante de la mer.

J'ai passé un peu moins de deux semaines sur une plage de Yougoslavie, à quelques kilomètres seulement de Dubrovnik, et je n'ai fait que m'étendre au soleil, marcher et dormir. Ma peau a changé de couleur, mes cheveux ont blondi, mais si l'enveloppe a changé, c'est toujours le même merdier qu'il y a dessous. J'ai l'air en santé, et cela me fait une belle jambe.

Faisant la navette de l'hôtel à la plage, je me suis retrouvée entourée d'allemands tous plus blonds, plus grands et plus germaniques les uns que les autres, et j'ai passé la majeure partie de mon temps à les observer. L'avantage avec eux c'est que je ne comprends rien à ce qu'ils disent. J'ai beau être entourée d'une foule de baigneurs et de vacanciers, je me sens parfaitement à l'abri, comme si chacun d'eux était enfermé dans une petite case avec interdiction d'en sortir. Il y en a bien sûr qui se sont casés par groupes de deux ou trois mais, règle générale, c'est à chacun son petit carré de ratine rose, bleu ou jaune, à chacun sa bouteille d'huile solaire, à chacun son petit maillot de bain, son parasol et son espace de sable, avec prière de garder votre chien chez vous et de ne pas empiéter sur mon territoire.

Le soleil est parfois tellement brûlant que je me sens littéralement clouée sur la plage. Je voudrais pouvoir me lever et me tremper dans la mer, mais je n'y arrive pas. Et j'imagine que je suis rivée dans le sable, que la marée monte, que les vagues me lèchent d'abord les pieds, puis les cuisses, les reins, les épaules et le visage. L'eau monte et descend, mais à chaque fois elle monte un peu plus et descend un peu moins. Et tandis que mes cheveux flottent sur le sable, je sens l'eau qui me pénètre et qui se glisse au-dedans de moi par ma bouche, mes yeux et mon sexe.

N'ayant pu me résoudre à me défaire des cahiers noirs, je les ai tous emportés avec moi, et ils constituent la partie la plus précieuse de mes bagages. Toutefois, depuis mon arrivée à Athènes, il ne se passe plus rien dans ma vie et je ne ressens que très rarement l'envie d'écrire. Je ne me sens pas l'âme d'une touriste et je ne suis pas d'humeur à consigner mes impressions de voyage. Il y aura donc un vide dans les cahiers noirs, mais ce ne sera ni le seul, ni le premier. D'ailleurs ce vide ne sera que partiel puisque j'ai tout de même inscrit quelques notes depuis mon départ. Mais toutes les fois que j'essaie d'écrire, j'ai le même sentiment vif et intense d'être arrivée au bout de moi-même et de n'avoir que cela à dire. Ma vie se réduit à presque rien et ce rien me fascine, tout comme si je nageais dans un bocal d'air raréfié et que je perdais tout à coup le sentiment de la pesanteur. Quelque chose en moi commence d'ailleurs à se préciser et je crois savoir maintenant quelle est l'unique et extrême sensation vers laquelle je tends comme d'autres courent après le bonheur. Tout ce que j'ai nié, refusé, réprimé, saboté depuis la mort de Paul n'était qu'un prélude. Maintenant je suis prête pour la symphonie et les feux d'artifice.

Au moment où je suis arrivée à Athènes, j'avais l'impression que les deux semaines qui me séparaient de mon rendez-vous à Rome ne s'écouleraient jamais. Or ces deux semaines sont déjà derrière moi, et je dois dire d'ailleurs qu'elles n'ont pas été aussi pénibles que je m'y attendais. Chose certaine, elles ne m'auront pas été inutiles.

Dès demain je prendrai un bateau pour l'Italie puis un train pour Rome et j'irai rencontrer Anne dans ce petit restaurant dont elle m'a écrit le nom sur un bout de papier. Il se pourrait aussi que je la rencontre à l'hôtel mais, dans un cas comme dans l'autre, je compte bien qu'elle soit au rendez-vous. J'ai beau être émue à la pensée de la revoir, je ne peux pas m'empêcher d'imaginer combien il me sera difficile de lui expliquer que j'ai renoncé à nos projets.

Plus question pour moi de visiter l'Afrique, ni de courir le risque de revivre avec Anne ce que j'ai déjà vécu avec Andrée. Anne a beau être crédule, je ne serais pas étonnée qu'à force d'être avec moi 24 heures sur 24 elle n'en arrive à nourrir à mon égard les mêmes doutes et suppositions qu'Andrée. D'ailleurs, les sentiments que j'éprouve à l'égard de l'une ne sont pas plus clairs que ceux que j'éprouvais à l'égard de l'autre, et si l'idée de partir avec Anne m'a d'abord séduite, cette histoire de voyage me fait maintenant aussi peur que si c'était un piège que l'on m'avait tendu. Si j'arrivais à comprendre pourquoi je me suis accrochée à Anne d'une façon aussi désespérée, je comprendrais peut-être aussi pourquoi je me rebiffe dès que l'on s'approche de moi. Mais que dirait Anne si elle découvrait que tout ce que je lui ai raconté concernant mes relations amoureuses n'était que pure invention de ma part ? Est-ce donc aussi incroyable que cela que je n'aie pas d'homme dans ma vie et que je n'en veuille pas ? Et que dirait Anne si elle était témoin, comme Andrée, de cette peur et de cette arrogance que je n'arrive pas à réprimer dès que quelqu'un cherche à me séduire ? Et combien de temps mettrait-elle à découvrir que je ne suis bien que lorsque je suis seule avec elle ? Cela lui paraîtrait suspect, j'en suis sûre, et tout recommencerait comme avec Andrée.

Non. Ma relation avec Anne ne pouvait durer que tant qu'il y avait entre nous une distance raisonnable. À vivre trop près l'une de l'autre, nous ne réussirions qu'à nous faire du tort, et nous risquerions de tout gâcher. Anne s'imagine que je suis une autre et il est préférable qu'elle en reste là. D'ailleurs, je ne sais plus ce que je pourrais attendre d'elle.

Depuis quelques nuits j'ai recommencé à voir, comme dans un film au ralenti, la scène de l'accident de Paul. La motocyclette file à toute allure sur l'autoroute, et je la vois s'éloigner en contre-plongée, rouge et minuscule sur le mince ruban d'asphalte. Puis elle dévie de sa trajectoire et, au moment où elle se heurte à un pilier de béton, l'image se rapproche à toute vitesse comme par un effet de zoom-in accéléré. Alors je vois un corps s'élever dans les airs et retomber mollement sur le pavé comme si c'était une poupée de chiffon. Même s'il est face contre terre, je sais que ce corps n'est pas celui de Paul mais le mien.

Anne m'attend et je serai au rendez-vous tel que prévu, mais je n'irai ni à Naples, ni en Sicile, ni sur la côte d'Afrique avec elle. Il me faudra trouver une excuse pour me désister de nos projets, mais cette excuse je saurai bien la trouver.

Pour le reste, ce n'est plus qu'une question de jours.

rome, le 10 décembre

Anne. C'était le nom que ma mère voulait me donner. Dommage tout de même que mon père ait insisté pour que je porte le nom de sa soeur la plus jeune, morte alors qu'elle n'avait que deux ans. Dès ma naissance, il avait décidé que je la remplacerais et, m'ayant donné son nom, il a fait semblant de croire qu'il avait déjoué le destin. J'ai donc grandi en traînant derrière moi l'image d'une enfant morte une vingtaine d'années plus tôt et, toutes les fois que je m'arrêtais pour y penser, j'en avais des frissons de dégoût et de rancune. Mon père ne s'était pas contenté d'avoir une enfant à lui, il avait cherché de fausses consolations en me faisant porter simultanément le poids de son amour et de ses regrets. Anne. Ma mère n'aurait jamais dû consentir à ce que je porte un autre nom que celui-là. Elle aurait dû prendre ma défense contre la sentimentalité rétrospective de mon père. Faire croire à un enfant qu'il est venu au monde pour vivre à la place de quelqu'un d'autre, ce n'est pas un coup à lui faire. Et d'ailleurs, considérant tous les cas de dédoublement de personnalité qui foisonnent dans les hôpitaux psychiatriques, cela aurait pu être de fort mauvaise augure.

Mais j'ai fini pas m'habituer au nom que mon père m'a donné et, en tant que personnage de roman, il m'a semblé étrange de porter un autre nom que le mien.

J'ai éprouvé une difficulté extrême à parler de cette période où Manon et moi nous sommes fréquentées car, dans cette dernière partie de mon récit, mon point de vue risquait d'interférer continuellement avec celui des cahiers numérotés. En effet, à la perception que Manon avait de moi à cette époque et aux sentiments qu'elle croyait éprouver à mon égard, s'ajoutait toujours, insidieusement et presque imperceptiblement, non seulement la perception que j'avais alors d'elle et de moi, mais aussi l'idée que je m'étais faite de ce qu'elle pensait de moi à ce moment-là. Je nageais en pleine représentation et, soucieuse de respecter le point de vue de Manon pour ne pas trahir la logique (vacillante) de son personnage, j'ai dû m'efforcer de faire abstraction de ma subjectivité. C'était là une entreprise désespérée, pour ne pas dire absurde et insensée (les procédés de substitution/identification ont des limites) et, malgré toute l'application que j'y ai mise, je doute encore y être parvenue. Pourtant j'étais consciente à chaque instant des différents niveaux de perception qui risquaient de se juxtaposer au fil de mon écriture (il y avait d'abord l'image que Manon avait d'elle-même et de moi, puis l'image que j'avais de moi-même et d'elle, et ensuite l'image que j'avais de l'image qu'elle avait d'elle-même et de moi, etc.), et c'est avec une patience et une vigilance extrêmes que je me suis évertuée à ne rien confondre et à mimer, d'aussi près que je le pouvais, ce que je croyais être les mouvements de sa pensée et de son écriture.

Au début de mon récit la tâche m'avait été plus facile car, tant que je racontais les épisodes d'une histoire à laquelle je n'avais pas moi-même participé, ma subjectivité ne pouvait que redoubler celle de Manon sans la dédoubler. Les cahiers noirs étaient là, et c'était leur point de vue que j'essayais de reproduire. Évidemment je ne pouvais pas m'empêcher d'avoir, simultanément, un point de vue extérieur aux événements que je racontais, mais cela devait tout simplement me permettre (du moins le croyais-je) d'y voir un peu plus clair que Manon. Enfin, incapable de museler mon imagination, je me consolais en me disant qu'elle contribuerait peut-être à une meilleure représentation des faits. Après tout, le récit de Manon était incomplet, allusif et défectueux, et il fallait bien que quelqu'un se charge d'en combler les vides.

Mais lorsque j'ai fait mon entrée en tant que personnage de ce récit, j'ai eu beaucoup plus de mal que je ne l'aurais cru à faire taire ma pudeur et ma fierté. Je ne pouvais donner de moi-même qu'une image approximative, partiale et superficielle car, me voyant de l'extérieur, le narrateur ne pouvait décrire ni mes sentiments, ni mes pensées intimes. Entièrement préoccupé à se justifier lui-même, il n'avait pas à se soucier de me rendre justice.

Certes, mon amour-propre en a pris un coup, mais comment aurait-il pu en être autrement puisque je ne joue dans cette histoire, que le rôle d'une jeune femme naïve et bienveillante qui se fie aux apparences et qui croit tout ce qu'on lui raconte sans se douter qu'elle n'a jamais droit qu'aux confidences d'une mythomane. Oui, d'une mythomane. Car à force de nier ce qu'elle avait vécu et ce qu'elle craignait de vivre, c'était bien ce qu'était devenue Manon.

Si mon rôle n'avait rien de flatteur, c'était pourtant exactement celui que Manon m'avait fait jouer dès l'instant où nous nous étions rencontrées. Rien ne m'avait permis de soupçonner ce qui la tourmentait et, ignorant la place que j'allais occuper dans le déroulement de son histoire, je n'avais fait que suivre aveuglément le cours d'une amitié qui me semblait des plus normales. Là aussi d'ailleurs mon amour-propre en a pris un coup, car il m'a été pénible d'exprimer, ou même seulement de suggérer, l'ambiguïté des sentiments que je soupçonne Manon d'avoir eus à mon égard. Tout en sachant que je n'en étais pas responsable, je ne pouvais pas m'empêcher de m'en sentir coupable. Mais à bien y penser, cette réaction n'était peut-être pas étrangère à la « psychologie de la victime ». Quoi qu'il en soit, et fort heureusement, je n'avais pas à être explicite à ce sujet et, tout comme Manon, je me suis réfugiée dans l'ambiguïté. La censure trouvait ainsi ses raisons, et ma pudeur était sauve.

Auparavant, sous prétexte de m'adonner à une *critique de création,* je ne me me considérais ni comme un véritable critique ni comme un véritable écrivain. Recevant le salaire de l'un en cultivant les fantaisies de l'autre, je ne bénéficiais d'aucune réelle crédibilité dans les publications à fort tirage et j'étais reléguée soit aux magazines de second ordre, soit aux revues parallèles et spécialisées. Or, en rédigeant les cahiers, j'ai peut-être fait un pas de plus vers la fiction, mais lorsque je considère le travail de déchiffrement auquel j'ai dû me livrer pour mener mon projet à terme, je dois me rendre à l'évidence qu'en moi le critique n'avait pas encore dit son dernier mot.

Mais si j'avais d'abord résolu de faire dire aux cahiers noirs ce qu'ils ne disaient pas en toutes lettres et de formuler clairement ce qu'ils ne faisaient que suggérer, il semble bien que je me sois ravisée en cours de route. Non pas que je me sois mise à douter de mes premières intuitions concernant ce que j'osais à peine considérer, au début, comme les *désirs suspects* de Manon, mais il semble qu'aux prises avec ce personnage auquel je m'identifiais de plus en plus étroitement, j'aie tout simplement fini par céder aux mêmes peurs et aux mêmes scrupules que lui. Fascinée et rebutée par ce que je croyais avoir découvert dans les cahiers numérotés, j'y ai donc trouvé mon souffle et mes limites.

Or s'il m'est arrivé parfois d'accentuer, comme sous l'effet d'un verre grossissant, le caractère équivoque des désirs de Manon, et si j'ai parfois réussi à produire un semblant d'évidence concernant ses rapports à l'homosexualité, cela n'aura pas été sans que je me fasse violence à moi-même. Le sujet était aussi tabou pour moi que pour elle et, plus le récit avançait, plus j'avais la sensation de marcher sur des clous. Ce que Manon avait refusé d'admettre pour elle-même, j'étais à mon tour tout aussi incapable de l'accepter, et cela, non seulement parce que j'aurais voulu prendre sa défense, mais aussi parce que, ayant donné libre cours à mes propres fantasmes, j'en étais arrivée à questionner autant la nature de mon attirance envers elle que les raisons de son attachement pour moi. L'alibi de la fiction ne me servait plus à rien, et j'avais même l'impression de m'être abritée, depuis le début, derrière un bouclier de papier. J'avais voulu refaire patiemment et fidèlement le trajet des cahiers noirs et, sans m'en rendre compte, j'en étais devenue la seule et unique cible. Était-ce pour cela que Manon n'avait pas détruit les cahiers noirs avant de mourir ? Chose certaine, si elle avait tiré dans ma direction, la balle ne s'était pas perdue, et son suicide avait eu pour moi l'effet d'un chantage à retardement.

J'ai quitté l'hôtel de la Via Veneto il y a déjà quelques jours de cela et, ne sachant où aller, je suis revenue à la Pension Walder où j'occupe maintenant la même chambre que le jour de mon arrivée à Rome. J'aurais voulu conserver la chambre de Manon jusqu'au jour de mon départ pour Montréal, mais Franco ne l'entendait plus de cette façon et j'ai dû me plier à ses caprices. Depuis le jour où il a commencé à me faire des avances, mon attitude avec lui est passée de la complaisance à la tolérance et de la tolérance à l'agressivité. Mais, sans ignorer que j'étais à sa merci dans un hôtel qui lui appartenait et dont il possédait en double la clé de toutes les chambres, j'avais résolu de n'en pas bouger tant et aussi longtemps que je n'avais pas terminé la rédaction de mon récit. Je comprends toutefois qu'après avoir fait cent fois le tour de ses frustrations, Franco m'ait finalement mise à la porte sans préavis. En fait je m'étonne seulement de la patience et de la persévérance dont il a fait preuve à mon égard et je dois dire que je n'aurais pas été surprise s'il m'avait mise à la porte plus tôt. La saison touristique est terminée depuis longtemps déjà et, n'ayant plus besoin de mes services, Franco n'avait plus aucune raison de me laisser la chambre de Manon à prix d'*ami*. Du moins est-ce l'excuse qu'il a trouvée. Se prenant pour Dieu le Père dans le paradis terrestre, il m'a tout simplement indiqué le chemin de la sortie en pointant le doigt vers la porte. Sans dire un seul mot, il m'a fait comprendre qu'il avait été bon envers moi et qu'il n'avait pas mérité mon ingratitude. Par bonheur j'avais déjà fini de récrire les cahiers numérotés et, s'il n'avait pas signé ma carte de sortie, je l'aurais fait moi-même quelques jours plus tard.

Dans l'une de mes valises, les cahiers à tranches rouges sont empilés dos à dos avec les cahiers numérotés et, vus d'en haut, ils ont tous l'air absolument identiques. Sept mois de ma vie sont enfermés dans cette valise et, avec eux, l'image imparfaite de mon attachement pour Manon. D'une pile de cahiers à l'autre, il n'y a en fait que la différence entre un premier brouillon et le manuscrit définitif d'un roman. Mais à mettre en scène la mémoire de Manon, j'ai probablement déformé, jusqu'à le rendre méconnaissable, le souvenir que j'avais d'elle. L'écriture est parfois indélicate et, qu'elle soit bienveillante ou non, elle finit toujours par en dire trop ou trop peu.

J'ignore si je sortirai intacte de toute cette histoire mais, si j'ai déjà découvert en moi cette même peur de la *déviance* qui, à elle seule, pouvait expliquer, dans les cahiers noirs, tous les soubresauts d'une imagination traquée, j'espère seulement que je n'hériterai ni des rêves, ni des souvenirs ou de la méfiance de Manon. Comme elle, je suis déjà disparue sans laisser d'adresse et, comme elle, j'ai déjà survécu au suicide de quelqu'un que j'aimais. Ajoutez à cela quelques robes et deux ou trois paires de chaussures à talons hauts, et vous aurez peut-être le sentiment que la ressemblance risque de devenir inquiétante. J'ai déjà prévenu quelques amis de la date de mon retour et, dès demain, ils seront là pour voir l'avion s'allonger mollement sur le pavé d'asphalte. Sur le quai d'arrivée, je leur dirai que la beauté et la chaleur de Rome m'ont séduite dès le début et que, me sentant inspirée, j'y suis restée pour écrire.

— « Alors pendant qu'on s'inquiétait pour toi et qu'on te croyait disparue, kidnappée, morte, droguée, convertie à la religion musulmane ou mariée à un mafioso de Palerme, toi tu écrivais tranquillement à Rome ? Et qu'est-ce que c'est, de la poésie, un roman... ?

— ...Un roman ?... Oui, si vous voulez. »

Et se frayant un chemin dans l'air sec et cassant d'un après-midi ensoleillé de décembre, l'avion s'est allongé mollement sur le pavé d'asphalte. Après qu'il se fût immobilisé sur la piste d'atterrissage, les passagers se sont dirigés vers les quais d'arrivée et, parmi eux, il y avait une jeune femme habillée d'un jean noir et d'un chandail rouge.

New York, le 27 septembre 79

COLLECTION *PROSE ENTIÈRE*
dirigée par François Hébert

Titres parus :

1. Hubert Aquin, BLOCS ERRATIQUES, textes (1948-1977) rassemblés et présentés par René Lapierre, 1977.
2. Thomas Pavel, LE MIROIR PERSAN, nouvelles, 1977.
3. Gabrielle Roy, FRAGILES LUMIÈRES DE LA TERRE, écrits divers (1942-1970), 1978.
4. Robert Marteau, L'OEIL OUVERT, chroniques d'art.
5. Fernand Ouellette, TU REGARDAIS INTENSÉMENT GENEVIÈVE, roman, 1978.
6. François Hébert, HOLYOKE, roman, 1979.
7. Louis-Philippe Hébert, MANUSCRIT TROUVÉ DANS UNE VALISE, nouvelles, 1979.
8. Gilles Archambault, LES PLAISIRS DE LA MÉLANCOLIE, textes, 1980.
9. Suzanne Robert, LES TROIS SOEURS DE PERSONNE, roman, 1980.
10. Fernand Ouellette, LA MORT VIVE, roman, 1980.